Lotte Minck
Planetenpolka

Lotte Minck (*1960) ist von Geburt halb Ruhrpottgöre,
halb Nordseekrabbe. Nach 50 Jahren im Ruhrgebiet und etlichen Jobs
in der Veranstaltungs- und Medienbranche entschied sie sich, an die
Nordseeküste zu ziehen. Erst kürzlich überkam sie heftiges Heimweh,
als sie nach Jahren auf dem Land zum ersten Mal in einen echten Stau
geriet, der aus mehr als sieben Autos vor einer Ampel bestand
und sich diese Bezeichnung dank einer halben Stunde totalen
Stillstands redlich verdient hatte.
Mit ihrer neuen Krimödien-Reihe um die Astrologin Stella Albrecht
beweist Lotte Minck abermals, dass sie ein echtes Ruhrpottkind ist.

Besuchen Sie Lotte Minck im Internet:
www.facebook.com/lotte.minck
www.lovelybooks.de/autor/Lotte-Minck/
www.roman-manufaktur.de

Ruhrpott-Krimödien mit Loretta Luchs bei Droste:
Radieschen von unten
Einer gibt den Löffel ab
An der Mordseeküste
Wenn der Postmann nicht mal klingelt
Tote Hippe an der Strippe
Cool im Pool
Die Jutta saugt nicht mehr
Voll von der Rolle
Mausetot im Mausoleum

Lotte Minck

Planetenpolka

Eine Ruhrpott-Krimödie mit Stella Albrecht

Droste Verlag

Für Monika

Figuren und Handlung dieses Romans sind frei erfunden.
Ähnlichkeiten mit lebenden Personen sind rein zufällig und
nicht beabsichtigt.

Bibliografische Informationen der Deutschen Nationalbibliothek
Die Deutsche Nationalbibliothek verzeichnet diese Publikation in der
Deutschen Nationalbibliografie; detaillierte bibliografische Daten sind
im Internet über http://dnb.d-nb.de abrufbar.

© 2018 Droste Verlag GmbH, Düsseldorf
Umschlaggestaltung: Droste Verlag unter Verwendung
einer Illustration von Ommo Wille, Berlin
Satz: Droste Verlag
Druck und Bindung: GGP Media GmbH, Pößneck
ISBN 978-3-7700-2017-1

www.drosteverlag.de

Prolog

Arno Tillikowski langweilte sich.

Es war sein erster Arbeitstag nach längerer Auszeit. Bei seinem letzten Einsatz hatte er sich einen komplizierten Beinbruch zugezogen. Krankenhaus, endlos lange Reha – jetzt war er voller Tatendrang. Aber alles, was er heute zu tun hatte, war, sich in die Akten laufender Ermittlungen einzulesen. Seine Kollegen waren anderweitig beschäftigt.

»Nimm dir erst einmal ein paar Tage, um wieder richtig anzukommen, Arno«, hatte es geheißen, und jetzt blätterte er schon seit einer gefühlten Ewigkeit durch dieses stinklangweilige Zeug.

Als das Telefon klingelte, fiel er vor Schreck fast vom Stuhl, aber es weckte seine Lebensgeister. Noch fünf Minuten und er hätte tief geschlafen, garantiert. Bestimmt wäre sein Kopf ungebremst auf die Schreibtischplatte geknallt.

»Tillikowski.«

Es war die Pforte. »Arno, haste gerade Zeit? Hier ist jemand, der dich sprechen möchte.«

»Mich?«

»Na ja, nicht dich persönlich, aber wen vom Morddezernat, hat sie gesagt.«

»Sie? Wer ist es denn?«

Er hörte Gemurmel, dann: »Eine Stella Albrecht.«

»Aha. Worum geht es?«

Der Mann am Telefon seufzte, und garantiert rollte er mit den Augen. Dessen war Arno sich sicher.

»Warum fraachse sie dat nicht selbst, Arno? Du fraachs mich, dann fraach ich sie, dann sach ich dir, wat sie gesacht hat, dann stellste die nächste Frage … Dat ist doch dämlich. Worum soll et schon gehen, wenn sie wen vom Morddezernat sprechen will? Also, wat ist jetz: Haste Zeit für Frau Albrecht?«

Alles war besser als noch mehr Langeweile, entschied Arno. Außerdem schneite ihm ja vielleicht ein spektakulärer Fall ins Büro, man konnte nie wissen. Dann würde er endlich wieder auf die Jagd gehen, und nichts wünschte er sich mehr.

»Schick sie rauf«, sagte er.

Die junge Frau, die einige Minuten später sein Büro betrat, erfüllte genau sein Beuteschema, wie Arno erfreut feststellte. Nicht, dass er diese Formulierung jemals vor Zeugen gebraucht hätte, aber so ganz für sich erlaubte er sich diesen machohaften Gedanken. Sie war klein, schmal, blond und leger gekleidet. Er mochte Frauen in lässigen Jeans und Wildlederjacke. Arno schätzte sie auf Anfang dreißig, damit wäre sie ein paar Jahre jünger als er selbst. Ihr Händedruck war fest. Er stellte sich vor, sie nannte ihren Namen. Sie trug keinen Ehering. Ihr Pferdeschwanz wippte, als sie sich setzte. Sie war auf diese unaufdringliche Art und Weise attraktiv, die ohne Schminke auskam.

»Frau Albrecht«, sagte Arno mit der vertrauenerweckendsten, männlichsten Stimme, zu der er imstande war, »was kann ich für Sie tun?«

»Es geht um einen Todesfall, der mir reichlich dubios erscheint«, erwiderte sie.

Arno Tillikowski jubilierte innerlich. Ein fragwürdiger Todesfall *und* eine attraktive Frau – besser könnte der Tag kaum werden.

Bereits wenige weitere Minuten später fragte er sich, warum die Bekloppten eigentlich immer bei ihm landeten, aber auch wirklich *immer*. Warum bloß hatte er das Telefon nicht klingeln lassen? Warum trugen diese Verrückten nicht einfach einen Aluhut und ein Schild um den Hals, auf dem ›Ich bin total gaga‹ stand? Oder, wie in ihrem Fall: ›Ich bin Astrologin‹?

Dann könnte man rechtzeitig in Deckung gehen. Aber nun war es zu spät, er saß in der Falle. Er starrte auf das Blatt Papier, das sie auf seinen Schreibtisch gelegt hatte und das – beziehungsweise die Grafik darauf – ihre Mordtheorie angeblich belegte.

Arno wusste, was das war: ein Horoskop. Er wusste es deshalb, weil seine letzte Freundin ihm zu Beginn ihrer vielversprechenden Beziehung mal so etwas geschenkt hatte, samt seiner Persönlichkeitsanalyse; ein knappes Jahr war das jetzt her. Er hatte schallend gelacht und sie gefragt, ob sie ernsthaft an einen derartigen Mumpitz glaubte, das könne doch wohl nicht ihr Ernst sein. Das hatte gereicht, um das zarte Pflänzchen ihrer jungen Liebe schlagartig verdorren zu lassen. Tatsache war: Arno war auf diesen Astrologie-Quatsch nicht gut zu sprechen.

»Sagen Sie mal – hören Sie mir überhaupt zu?«, fragte die Frau vor seinem Schreibtisch pikiert.

»Ich … äh … selbstverständlich«, stotterte Arno, der natürlich keineswegs aufmerksam zugehört hatte und sich lediglich an Bruchstücke erinnerte.

»Sie wirken aber leicht abwesend.«

Arno fühlte sich ertappt – zu Recht. Er setzte sich sehr aufrecht hin und straffte die Schultern, um Kompetenz und Interesse auszustrahlen. Für irgendwas musste dieses Körpersprache-Seminar ja gut gewesen sein, also konnte er das Gelernte auch gleich mal ausprobieren.

Bei ihrem Monolog war es um den Tod dieser alten, schwerreichen Firmenchefin gegangen, das wusste er noch. Und sie hatte eingangs gesagt, dass es einen dubiosen Todesfall gab. Er zählte eins und eins zusammen.

»Also noch einmal: Sie sind der Meinung, dass Cäcilie von Breidenbach ermordet wurde, habe ich das richtig verstanden?« Als sie nickte, fuhr er fort: »Und der Beweis dafür steht Ihrer Meinung nach in diesem Horoskop?«

»Verstehen Sie denn nicht? Es geht um das Erbe! Und die Erben können sagen: Ist doch klar, dass sie gestorben ist, schließlich gab es an diesem Tag eine Mars-Pluto-Konjunktion.«

Arno Tillikowski wusste nicht, ob er lachen oder wütend werden sollte, aber ganz allmählich verlor er die Geduld. So eine hübsche Frau – und so verdreht. Eine Schande.

»Hören Sie, Frau Albrecht, keine Staatsanwaltschaft der Welt kauft mir diese Argumentation ab, um es vorsichtig zu formulieren. Wenn ich denen damit um die Ecke komme, mache ich demnächst nächtliche Verkehrskontrollen an einsamen Landstraßen.« Das war natürlich vollkommener Blödsinn, aber Arno fand es witzig.

Sein Gegenüber allerdings nicht, das war ihrem Gesicht anzusehen. »Dann nehmen Sie eben Ermittlungen auf und sammeln Argumente«, sagte sie.

Arno seufzte. Die Leute waren heutzutage verdorben durch die zahllosen Krimiserien, die im Fernsehen liefen und die von hinten bis vorne sachlich falsch waren. »Frau Albrecht, ich kann nicht einfach so Ermittlungen aufnehmen«, sagte er sanft und kam sich dabei sehr diplomatisch vor. »Ich benötige dazu einen sogenannten *begründeten Verdacht*. Jedenfalls einen stichhaltigeren als eine Mars-Pluto-Koalition, so leid es mir tut.«

»Konjunktion«, fauchte sie.

Oho, jetzt war sie sauer.

»Sind geldgierige, hoch verschuldete Erben in Kombination mit dem plötzlichen Tod der Erbtante etwa nicht verdächtig?«, fragte sie und sah ihn durchdringend an.

Durch ihren Blick fühlte Arno sich unbehaglich, beinahe schon provoziert. Am liebsten hätte er sie rausgeworfen, diese durchgeknallte Astrotante. Aber noch zögerte er. Was, wenn sie doch recht hatte?

»Was wissen Sie über die Erben?«, fragte er. Nicht, dass man ihm irgendwann später einmal vorwerfen konnte, er habe nicht alle Informationen eingeholt …

Was folgte, war die klassische Mischung aus Hörensagen, Gerüchten und vermeintlich hieb- und stichfesten Informationen aus einer angeblich todsicheren Quelle, die sie – und darauf hätte Arno leichten Herzens ein Jahresgehalt gewettet – natürlich nicht preisgeben wollte. Gekrönt wurde das Ganze durch eine hanebüchene Geschichte von einer Frau, die sich bei ihr unter falschem Namen ein Horoskop für die alte Dame hatte anfertigen lassen, um den genauen Zeitpunkt dieses obskuren Planetenzusammentreffens herauszufinden.

Langer Rede kurzer Sinn: Sie hatte nichts vorzuweisen, mit dem er etwas hätte anfangen können. Sie sah ihn erwartungsvoll an. Arno wusste, dass es am klügsten war, sie kurz und schmerzlos mit der Realität zu konfrontieren.

»Gut, Frau Albrecht«, sagte er, »dann danke ich Ihnen für Ihren Besuch, aber ich kann leider nichts für Sie tun.«

Er erhob sich, und sie starrte zu ihm hoch. Sie hatte wirklich schöne grüne Augen. Es war ein Jammer, dass sie sich unter diesen unglücklichen Umständen begegnet waren. Wäre es anderswo gewesen … vielleicht in einer Kneipe im Bermudadreieck … wer weiß. Aber auch dann wäre sie immer noch Astrologin gewesen, und das war und blieb für ihn ein absolutes Ausschluss-Kriterium. Das konnte einfach nicht klappen.

»Wie – das war es jetzt?«, fragte sie. Sie klang ungläubig. »Im Übrigen sollen Sie nichts für *mich* tun. Sie sollen den Tod der armen Frau aufklären.«

Arno schüttelte den Kopf und gab sich alle Mühe, sein Gesicht in bedauernde Falten zu ziehen. »Mir sind die Hände gebunden, so leid es mir tut. Kommen Sie wieder, wenn Sie mit Ihrer Quelle gesprochen haben. Ich muss wissen, woher die Informationen stammen, und ob sie verifizierbar sind. Bringen Sie die Quelle am besten zu mir. Dann reden wir weiter.«

Leider werde ich dann zufällig nicht in meinem Büro sein, dachte er. Soll sich doch ein anderer mit diesem Blödsinn herumärgern.

Sie stand auf, legte ihm eine Visitenkarte auf den Schreibtisch, murmelte einen Abschiedsgruß und ging.

Lange starrte Arno auf die Tür, die sie hinter sich zugezogen hatte. Er war hin und her gerissen. Mal abgesehen von diesem Planetenquatsch war ihre Geschichte durchaus … na ja, vielleicht nicht gerade *plausibel,* aber sie bewegte sich im Bereich des Möglichen.

Warum sie ihm wohl ihre Visitenkarte dagelassen hatte? Ob sie wirklich allen Ernstes glaubte, er würde es sich überlegen und doch noch Ermittlungen einleiten? Eher fror die Hölle ein.

Er nahm das Kärtchen und las: *Stella Albrecht – astrologische Beratung.* Außerdem eine Telefonnummer mit dem Hinweis, dass man eine Nachricht auf dem Anrufbeantworter hinterlassen könne. Keine Adresse, interessant. Die feine Dame gab sich geheimnisvoll. Wahrscheinlich wollte sie so verhindern, dass ihr irgendwelche Leute auf die Bude rückten, ohne einen Termin mit ihr zu haben.

Weg mit dem Ding.

Arno Tillikowskis Hand schwebte schon über dem Papierkorb, als er es sich doch wieder anders überlegte und die Visitenkarte in eine Schreibtischschublade warf. Zu all den anderen, die er auch nie wieder hervorgeholt hatte. Einmal im Jahr leerte er die Lade über dem Papierkorb aus, dann hatte er wieder Platz für neue.

Er wandte sich seinem Computer zu. Es konnte ja nicht schaden, mal ein paar Recherchen vorzunehmen.

Immer noch besser, als sich wieder diese langweiligen Akten zur Brust zu nehmen.

Er tippte den Namen ›von Breidenbach‹ in die Suchmaschine ein, klickte auf den ersten Link und begann zu lesen.

Kapitel 1

Einige Wochen zuvor.

Ein einzelner Spot war auf die schmale Gestalt am Rednerpult gerichtet; der Rest des Raumes lag in Finsternis. Das überwiegend weibliche Publikum hing fasziniert an den Lippen des Redners; nur in der letzten Reihe saß eine zierliche, weißhaarige Dame, die sich immer wieder das Programmheft vors Gesicht hielt. Mehrmals wurde sie von ihren Sitznachbarinnen zischend zur Ruhe gemahnt, denn es gelang ihr nicht, ihre Heiterkeit zu unterdrücken. Wann immer ihr ein leises Kichern entfuhr, verwandelte sie es hastig in unterdrücktes Husten, was um sie herum allerdings auch nicht viel besser ankam.

Der Mann auf der Bühne trug einen asiatisch anmutenden Anzug aus dunkelgrauer Rohseide. Die Kristallknöpfe des bis zum Stehkragen geschlossenen Gehrocks funkelten bei jeder der sparsamen und sorgsam eingesetzten Gesten des Redners. Er sprach mit dunkler Stimme von der unheilverkündenden Planetenkonstellation, um die es an diesem Abend ging.

Immer wieder machte er kleine Pausen, in denen er seinen Blick eindringlich ins Publikum richtete, um seinen Worten mehr Nachdruck zu verleihen.

Der Astrologe Holger van Aalen wusste sich zu inszenieren, das musste der Neid ihm lassen.

Er hatte gerufen, und seine Gefolgschaft war zahlreich herbeigeströmt. Das war bei jedem seiner monatlichen Vorträge so. Die zweihundert Plätze des Saals in seiner Villa am Stadtpark waren innerhalb kürzester Zeit ausverkauft gewesen, also hatte man wegen der großen Nachfrage noch etliche Reihen Klappstühle dazugestellt. Das große Interesse verwunderte nicht, schließlich lautete das Thema: ›*Mord und Totschlag – hätte die Astrologie die Opfer retten können?*‹.

»Bei sämtlichen Opfern, deren Horoskope ich für den Zeitpunkt ihres gewaltsamen Todes erstellt habe, findet sich eine Gemeinsamkeit, verehrte Damen und Herren«, verkündete van Aalen nun, wobei er seine Stimme dramatisch hob.

Hinter ihm erschien auf einer Leinwand eine Horoskopgrafik. Der Astrologe wirbelte herum und stieß mit einem dünnen Zeigestock aus Metall, den er wie ein Florett führte, auf einen Punkt im Kreis, an dem sich zwei Planetensymbole überlappten. Im Publikum herrschte atemlose Stille; nur ganz hinten im Saal war leises Husten zu hören.

Sehr langsam wandte van Aalen sich seinen Zuhörern wieder zu und rief mit donnernder Stimme: »Bei *sämtlichen* Opfern fand ich zum Zeitpunkt ihres Todes die Konjunktion von Mars und Pluto an markanter Stelle in ihrem Radix! Mars, der Zerstörer, und Pluto, der Herrscher der Unterwelt, begegnen sich alle zwei Jahre und bilden diese verhängnisvolle Konstellation – sie tanzen einen *tödlichen Pas de deux!*« Er machte eine Kunstpause und blickte ernst in sein Publikum. »Diese Kräftekombination ist immer gefährlich. Wer sie im Geburtshoroskop hat und die eigene Wut verdrängt, strahlt dennoch Aggression aus, die von anderen unterbewusst wahrgenommen wird. So kann man zum Opfer derer werden, die diese Aggressionen spiegeln. Sie leben sie stellvertretend aus, und zwar in Form von tödlicher, physischer Gewalt!«

Holger van Aalen grinste innerlich, als er das eine oder andere entsetzte Keuchen vernahm. Bewusst hatte er diesmal auf eine besonders theatralische Performance gesetzt.

Im Publikum wurde aufgeregt getuschelt. Er wartete, bis Ruhe eingekehrt war, und sagte leise, beinahe flüsternd: »Ich will Ihnen keine Angst machen. Natürlich wird nicht jeder unter dieser Konstellation eines gewaltsamen Todes sterben. Aber ich rate Ihnen zu erhöhter Vorsicht, wenn Sie von dieser Konstellation direkt betroffen sind. Man kann mit jeder Gefahr umgehen, wenn man von ihr weiß.«

Seine Klienten würden ihm die Bude einrennen, um zu erfahren, wann diese Konstellation in ihrem Horoskop auftauchte, und dann würde er sie mit Freuden – und gegen viel Geld – durch diese stürmischen Zeiten begleiten.

Natürlich würde es dann mit einer Sitzung zu diesem Thema bei Weitem nicht getan sein. Auch dachte er darüber nach, seine Preise zu erhöhen. Zwar war er bereits der teuerste Astrologe im Ruhrgebiet. Aber er hatte schließlich auch einiges zu bieten. Während sich etliche seiner Kollegen als schlichte Lebensberater präsentierten – was sowohl für ihr Äußeres als auch für ihre Räumlichkeiten galt –, bot er stilvolles, teures Ambiente und persönliche Betreuung. Er war nicht irgendein Astrologe – er war Holger van Aalen. Ein echter Guru der Szene.

Wie gesagt: Holger van Aalen wusste sich zu inszenieren. Was er nicht wusste: Er hatte jemanden im Publikum gerade auf eine Idee gebracht.

Kapitel 2

»Ehrlich – mich hat gewundert, dass er nach seiner affigen Show nicht wie der Heiland persönlich zum Himmel aufgefahren ist«, sagte Maria Schmidt und schüttelte kichernd den Kopf. Die lange Pfauenfeder, die ihren Turban zierte, wippte fröhlich. »Aber dann hätte er ja hinterher nicht so überaus leutselig durch die Schar seiner Jüngerinnen wandeln können, die am liebsten den Saum seines Gewandes geküsst hätten. Und zwar jede Einzelne von ihnen. Bis auf mich natürlich.«

Sie saß zusammen mit ihrer Enkelin Stella im Wintergarten der Villa, die sie gemeinsam bewohnten.

»Interessant. Vor allem, dass gerade du als Hohepriesterin der dramatischen Inszenierung dieses Urteil über ihn fällst«, erwiderte Stella amüsiert.

Das entlockte ihrer Großmutter nur ein Achselzucken. »Das Mädchen mag zwar vom Jahrmarkt verschwinden, aber der Jahrmarkt nie gänzlich aus dem Mädchen. Einmal Gaukler, immer Gaukler. So ist es nun mal, und ich schäme mich dessen nicht. Aber ich inszeniere mich nicht als allwissender, göttlicher Guru; das ist der kleine, aber feine Unterschied. Im Gegensatz zu ihm sind mir die Menschen, die zu mir kommen, wirklich wichtig. Für ihn sind sie nur Goldesel auf zwei Beinen.«

»Ich verstehe sowieso nicht, dass du zu seinem Vortrag gegangen bist«, sagte Stella, »wenn du van Aalen doch so blöd findest.«

Maria hob das Messer, mit dem sie gerade eine großzügige Schicht Butter auf ein Croissant gestrichen hatte. »Allein das Thema hat mich gelockt. *Mord und Totschlag* – ich bitte dich. *Hätten die Opfer gerettet werden können?*« Sie hob die Brauen. »Das war dermaßen lächerlich. Aber es ist nie verkehrt, den Markt aufmerksam zu beobachten, Stella. Die Konkurrenz schläft nicht. Außerdem war es höchst amüsant.«

»Ich betrachte ihn nicht als Konkurrenten, wie oft soll ich das noch sagen? Nicht nur Bochum – das gesamte Ruhrgebiet ist groß genug für mehr als einen Astrologen, zumal er eine ganz andere Zielgruppe hat als ich. Oder als du. Apropos Zielgruppe: Darf ich erfahren, warum du dich so spektakulär aufgebrezelt hast? Für mich doch wohl nicht.«

Tatsächlich war Stellas Großmutter Maria in ihre Rolle der Wahrsagerin *Madame Pythia* geschlüpft: wallender Kaftan, jede Menge Klimperschmuck und ebendieser Turban mit Pfauenfeder. Das war ungewöhnlich, denn privat kleidete sie sich ganz normal.

Maria grinste spitzbübisch. »Deine Mutter wird uns gleich Gesellschaft leisten. Sie möchte mit uns reden.«

Aha, daher wehte also der Wind: Sie wollte Felicitas provozieren.

»Tatsächlich? Hast du eine Ahnung, worum es geht?«, fragte Stella.

Maria zuckte mit den Achseln. »Ich habe sie nicht gefragt. Aber rein turnusmäßig steht die Toilettendiskussion mal wieder an, meinst du nicht?«

Ehe Stella antworten konnte, betrat Felicitas Albrecht die Bildfläche, wie immer tadellos frisiert und mit Twinset und schmalem Rock so angezogen, als würde sie gleich zur

Arbeit aufbrechen. Als Konrektorin einer Gesamtschule legte sie größten Wert auf ein stilvolles Äußeres und besaß nach Stellas Schätzung einige Dutzend Twinset-Varianten.

»Ihr seid noch beim Frühstück?«, fragte Felicitas nach dem Offensichtlichen und rümpfte dezent, aber unübersehbar die Nase.

»Setz dich, greif zu«, erwiderte Maria, »ein paar Pfund mehr auf den Rippen würden dir gut stehen. Du bist viel zu mager, Kind.«

Stella kicherte innerlich. Einmal Kind, immer Kind, auch wenn Maria dank ihrer Lebhaftigkeit um so viel jünger erschien als die eigene Tochter.

Felicitas setzte sich, musterte das Gedeck auf ihrem Platz und stellte den Teller beiseite. »Ich habe mein Frühstück bereits vor Stunden zu mir genommen, wie ihr euch denken könnt. Aber ich hätte gern eine Tasse Kaffee.«

Sofort sprang Stella auf und holte die Kanne von der Anrichte, um ihrer Mutter einzuschenken.

Eigentlich schön, dass wir mal zusammensitzen, dachte sie, als sie wieder Platz nahm. Das kommt viel zu selten vor.

Obwohl sie alle drei in der Villa wohnten – jede hatte ein Geschoss für sich –, verbrachten sie wenig Zeit zu dritt miteinander. Stella und Maria hatten ein enges Verhältnis, aber Felicitas blieb immer ein wenig außen vor – zu suspekt war ihr, womit die beiden ihr Geld verdienten.

»Was verschafft uns denn überhaupt die Freude deiner Anwesenheit?«, fragte Maria.

»Wie – hat deine Glaskugel dir etwa nichts dazu gesagt?«, gab Felicitas spitz zurück. »Du bist doch in Arbeitskleidung, da dachte ich …« Geziert nippte sie an ihrer Tasse und stellte sie dann mit einem etwas zu lauten Klirren zurück auf den

Unterteller. »Ich würde gern die Toilettensituation mit euch besprechen.«

Maria hatte also recht gehabt mit ihrer Prognose. Die *Toilettensituation* war folgende: Sowohl Maria als auch Stella hatten ihre Räumlichkeiten, in denen sie ihre jeweiligen Klienten empfingen, in einem großen Gewächshaus im Garten der Villa. Beim Umbau der Orangerie hatte man zwar die bestehende Wasserzuleitung für zwei kleine Küchen nutzen können, aber es gab dort keine sanitären Anlagen. Bei entsprechendem Bedarf benutzten die Kunden das Gäste-WC im Foyer der Villa – und in sehr seltenen Fällen kam es vor, dass sie Felicitas begegneten.

»Mir ist neulich mal wieder eine eurer Patientinnen über den Weg gelaufen«, verkündete Felicitas so vorwurfsvoll, als hätte man in ihrer Küche Kakerlaken ausgesetzt.

»Das sind keine *Patienten,* Mutti«, sagte Stella sanft, »sie sind unsere Klienten. Oder Klientinnen, je nachdem.«

So, wie sie guckte, war Felicitas entschieden anderer Meinung, ahnte Stella. Irgendwann einmal, als es in einem Streit um Astrologie gegangen war, hatte Felicitas gesagt, ihrer Meinung nach müsse man geistig schwer krank – oder wenigstens hochgradig instabil – sein, wenn man ernsthaft Rat bei Astrologen suche.

»Patienten, Klienten … für mich macht das keinen Unterschied«, fauchte Felicitas. »Jedenfalls stand ich in meinem Haus plötzlich vor dieser fremden Frau. Das ist vollkommen inakzeptabel.«

»Und was weiter? War sie dir gegenüber unhöflich?«, fragte Maria.

»Nein, das nicht. Sie grüßte mich, aber das ist ja wohl das Mindeste unter einigermaßen zivilisierten Menschen. Aber wie sie mich anstarrte! Bestimmt hat sie gedacht, ich bin auch eine von euch.«

Stella lächelte. »Eine von uns, soso. Wäre das wirklich so schlimm?«

»Wie bitte?« Felicitas schnappte hörbar nach Luft. »Immerhin habe ich einen Ruf zu verlieren. In meinem Beruf bin ich Respektsperson, da kann ich mir nicht den kleinsten Makel erlauben.«

Maria prustete los. »Welcher Makel denn? Niemand unserer Klienten kennt dich oder weiß, welchen Beruf du hast! Und selbst wenn: Denkst du etwa, sie könnten glauben, du liest deine beruflichen Entscheidungen aus meiner Glaskugel? Ich bitte dich.« Ihr Gesicht wurde ernst, und sie fuhr fort: »Außerdem ist dies *unser* Haus. Wenn ich meine Gäste das WC im Foyer benutzen lasse, ist das mein gutes Recht. Und dafür möchte ich mich vor dir nicht rechtfertigen müssen. Ich verlange etwas mehr Respekt, junge Dame. Vielleicht sollten wir darüber nachdenken, für dich einen eigenen Eingang zu bauen, damit du unseren verrückten *Patienten* nicht mehr begegnen musst. Dann musst du auch mir oder deiner Tochter nicht mehr begegnen! Na, wie klingt das?«

»Respekt?«, fauchte Felicitas und sprang auf. »Sieh dich doch bitte mal an! Du läufst herum wie eine vom billigsten Tingeltangel!«

Sie stolzierte hinaus, und wenige Sekunden später knallte Marias Wohnungstür ins Schloss.

Stella seufzte. So oder ähnlich endeten beinahe alle Diskussionen zu diesem Thema. Es war Felicitas' größter Kummer, welcher Profession sie nachgingen – und das galt ganz besonders für Stella.

Fröhlich summend zog Maria den Turban vom Kopf und stellte ihn auf den frei gewordenen Korbsessel, dann fuhr sie sich mit den Fingern durch die schneeweißen Locken. »Deine verklemmte Mutter ist mal wieder auf hundertachtzig«, stellte sie sichtlich zufrieden fest.

»Womit du dein Ziel ja erreicht hättest«, sagte Stella. »Du hast dich doch nicht ohne Grund in vollem Ornat präsentiert. Du weißt genau, wie sie darauf reagiert.«

»Das nennt man Konfrontationstherapie. Je öfter sie mich so sieht, desto eher härtet sie ab. Klassische Psychologie.«

»Das denkst auch nur du. Eigentlich solltest du deine Tochter besser kennen. Sie wird niemals aufhören, sich für uns zu schämen.«

Maria kicherte. »Und sie wird sich ewig darüber ärgern, dir den Namen Stella gegeben zu haben; das ist der beste Witz für mich. Wer, der deinen Beruf kennt, käme auf die Idee, dass deine intellektuelle Mutter dich nach einem Theaterstück von Goethe genannt hat? Beinahe jeder weiß, dass dein Name ›Stern‹ bedeutet – kann es für eine Astrologin einen passenderen Namen geben?«

Kapitel 3

Auf dem Weg zu ihrem gemütlichen Domizil im Dachgeschoss klopfte Stella spontan an der Wohnungstür ihrer Mutter, die den ersten Stock der Villa bewohnte.

Felicitas Albrecht, eine Stoffserviette in der Hand, öffnete. »Du musst nicht klopfen, wenn du zu mir willst. Komm herein.«

»Nur, wenn ich dich nicht störe. Du bist beim Mittagessen, nehme ich an.«

Felicitas drehte sich um und ging voraus. »Wenn es mich störte, würde ich es sagen. Außerdem: Natürlich bin ich beim Mittagessen. Jeder normale Mensch sitzt um diese Zeit am Mittagstisch. Aber ich bin beinahe fertig.«

Schweigend wartete Stella ab, bis ihre Mutter den Teller geleert und sich die Mundwinkel mit der Serviette abgetupft hatte, dann sagte sie: »Ich mag es nicht, wenn wir streiten, Mutti. Können wir nicht friedlich miteinander leben?«

»Glaubst du etwa, *mir* macht das Spaß? Aber …« Felicitas brach ab, atmete tief durch und fügte hinzu: »Deine Großmutter hat ihr Tingeltangel-Kostüm heute nur aus einem einzigen Grund angezogen: um mich auf die Palme zu bringen.«

Natürlich bemerkte Stella, dass sie ›deine Großmutter‹ sagte und nicht etwa ›meine Mutter‹. Klar, so schuf Felicitas die für sie notwendige Distanz.

»Du brauchst sie nicht zu verteidigen, ich bin nicht blöd«, fuhr Felicitas fort, ehe Stella etwas sagen konnte. »Es macht ihr Spaß, mich zu provozieren. Weißt du, ich danke

Gott jeden Tag auf Knien, dass deine Großmutter mich auf ein Internat geschickt hat, wo ich eine ausgezeichnete Ausbildung erhalten habe. Nicht auszudenken, wenn ich als Kind auf dem Rummel unter diesen Vagabunden aufgewachsen wäre! Ein Leben unter kriminellen Kirmesboxern, Messerwerfern und Feuerschluckern.« Sie schauderte. »Gott sei Dank ist mir dieser unheilvolle Einfluss erspart geblieben.«

In Stella regte sich Widerstand. »Rede nicht so gemein über ihre Freunde. Wenn sie von dieser Zeit erzählt, höre ich nur Geschichten über ihren Zusammenhalt und den liebevollen Umgang miteinander.«

»Zusammenhalt, tss. Vielleicht auf der gemeinsamen Flucht vor der Polizei. Leuten das Geld aus der Tasche ziehen – das ist alles, was sie können.«

»Unsinn! Sie bereiten den Menschen Freude und Vergnügen, ein paar fröhliche und sorglose Stunden auf dem Rummel. Daran ist nichts Anrüchiges, hörst du? Die einen gehen ins Theater, die anderen sehen sich Clowns oder einen Magier an, um sich zu unterhalten. Wo ist der Unterschied?«

Felicitas starrte Stella sprachlos an. »Das meinst du jetzt nicht ernst, oder? Ich könnte dir einige Unterschiede zwischen Hamlet und zwei Clowns, die sich gegenseitig Sahnetorte ins Gesicht werfen, aufzählen.«

Ja, das konnte Stella sich lebhaft vorstellen, aber nach einem Vortrag über Hochkultur stand ihr nicht der Sinn. Sie erhob sich und sagte: »Ich gehe besser, ehe wir uns auch noch in die Haare kriegen. Aber eines solltest du nicht vergessen, Mutti: Mit dem Geld, das Oma auf dem Jahrmarkt verdient hat, wurde dir das tolle Internat ermöglicht, hast du darüber schon mal nachgedacht? Dass deine hervorragende Ausbildung damit finanziert wurde, dass sie jeden Tag Dutzenden von Leuten die Tarotkarten gelegt und selbst auf alles verzichtet hat? Sie hat in einem kleinen Wohnwagen gelebt, während du studieren durftest. Du solltest stolz auf sie sein.«

Damit drehte sie sich um und ging. Felicitas unternahm keinen Versuch, sie aufzuhalten.

Wieso muss es mit meiner Familie nur so kompliziert sein?, dachte Stella.

Es ärgerte sie, dass es immer wieder zu Streit kam. Wie viel harmonischer wäre das Leben im Haus, wenn ihre Mutter sich endlich mit ihrem und Marias Beruf versöhnen würde. Sie musste es ja nicht gleich toll finden. Aber eine gewisse Akzeptanz wäre für den Anfang nicht schlecht. Leider weigerte sie sich strikt, sich mit der Astrologie zu beschäftigen oder auch nur zuzuhören, wenn Stella ihr etwas darüber erzählen wollte.

Das Klingeln an der Wohnungstür riss sie aus ihren Gedanken. Das musste Ben sein – niemand sonst würde sie spontan besuchen. Sie drückte auf den Türöffner und lächelte unwillkürlich, als sie seine polternden Schritte auf den Treppenstufen hörte.

Sie waren zusammen zur Schule gegangen, und ihre Freundschaft hielt bis heute. Um die Wahrheit zu sagen: Ben Glaeser war ihre Nabelschnur zur Außenwelt. Nach dem Abitur hatte er Journalismus studiert und arbeitete nun als Reporter für den *Ruhrgebiets-Anzeiger*. Ben kannte jeden und wusste alles, und er war stets ein Garant für Anekdoten. Er war jetzt genau die richtige Medizin gegen ihre trübe Stimmung.

Als sie ihm die Tür öffnete, riss er sie ohne Vorwarnung in eine Umarmung, schwenkte sie einmal im Kreis und rief: »Stella, ich bin verliebt!«

Ben war immer in irgendeine Traumfrau verliebt. Als er sie absetzte, strubbelte sie ihm grinsend durch die ohnehin stets zerzausten Haare. »Die Neuigkeit wäre, wenn du es *nicht* wärst, mein Lieber.«

»Diesmal ist es anders. Ganz anders. Diesmal ist es die Richtige!« Er warf sich der Länge nach rücklings aufs Sofa und strahlte über das ganze Gesicht.

»Lass mich raten: Du bist gestern Abend um die Häuser gezogen, und dann, um Mitternacht, saß sie dort einsam an der Bar, schön und rein wie eine Rosenblüte, und wartete auf dich.«

Ben packte Stellas Hand und zog sie herunter zu sich. »Genau so war es. Das haben die Sterne dir verraten, richtig? Und du weißt, was ich von dir möchte. Ich brauche deine Planetenpolka, unbedingt.«

Planetenpolka – so nannte er das Erstellen eines Horoskops, und das durfte nur Ben. Immer, wenn er eine Frau kennenlernte, luchste er ihr die Daten ab und ging damit zu Stella. Was danach geschah, variierte jeweils nur in kleinen Details: Er benutzte das von Stella erstellte charakterliche Profil der Angebeteten, um dieser zu imponieren, was aber meist in einer Katastrophe und mit Liebeskummer für Ben endete. Die regelmäßigen Warnungen Stellas, die Sache vielleicht mal langsamer anzugehen und sich nicht von seiner überschäumenden Euphorie mitreißen zu lassen, schlug er in seiner Verliebtheit lachend in den Wind.

Nach einigen Tagen, Wochen oder in selten Fällen auch mal Monaten saß er dann wie ein Häufchen Elend auf ihrem

Sofa und ließ sich trösten – bis zum nächsten Mal, wenn alles wieder von vorne losging.

»Na, gib schon her«, sagte Stella und stand auf. Ben nestelte einen Bierdeckel aus der Jackentasche, auf den einige Daten gekritzelt waren. Während sie sich an den Schreibtisch setzte und ihren Laptop aufklappte, summte er fröhlich vor sich hin.

Der nächste Tag begann für Stella mit einer Kundin, die per Mail ein schriftliches Jahreshoroskop für ihre greise Tante bestellt hatte, also die persönlichen Planetenkonstellationen der nächsten zwölf Monate.

Allerdings wollte sie es sich – wie normalerweise üblich – nicht zuschicken lassen, sondern persönlich abholen. So habe sie die Möglichkeit, die eine oder andere Frage zu stellen, falls es Unklarheiten gebe. Stella hatte mit sich gerungen, ob sie dieses Gespräch als Beratung berechnen sollte, sich schließlich aber dagegen entschieden. Immerhin bestand ja auch die Möglichkeit, eine neue Kundin zu gewinnen, falls Frau Behrens mit ihrem Service zufrieden war.

Stella blickte auf die Uhr. Frau Behrens war bereits um zwanzig Minuten zu spät.

Sie nutzte die Wartezeit, um einen Tee aufzubrühen. Gerade hatte sie den niedrigen Tisch in der gemütlichen Sitzecke eingedeckt, als es endlich klingelte.

Daniela Behrens war eine hochelegante Erscheinung im Chanelkostüm, die Stella hoheitsvoll die Hand reichte und sich ausgiebig umsah, nachdem sie Platz genommen hatte. Sie erwähnte ihre Verspätung mit keiner Silbe, geschweige denn, dass sie sich dafür entschuldigte. Sie zögerte kurz, als Stella ihr eine Tasse Tee anbot, nickte dann aber. Ohne dazu aufgefordert zu werden, griff sie nach der Mappe mit dem Horoskop, die auf dem Tisch bereitlag, und schlug sie auf.

Stella trank ihren Tee und wartete ab. Die Frau, die ihr gegenübersaß, strahlte Autorität aus. Davon ließ Stella sich nicht einschüchtern, aber sie sah auch keinen Grund, ihr Territorium zu verteidigen. Wenn Daniela Behrens die Chefrolle wollte, sollte sie sie haben, damit hatte Stella kein Problem.

Nachdem sie die Mappe durchgeblättert hatte, sah Daniela Behrens hoch. »Vielen Dank für Ihre Arbeit, Frau Albrecht. Ich bin zufrieden. Allerdings habe ich einige Fragen, wenn Sie erlauben.«

Sie macht nicht den Eindruck, als brauchte sie für irgendetwas eine Erlaubnis, dachte Stella amüsiert und nickte. »Sehr gern, so war es ja besprochen. Was möchten Sie wissen?«

»Mir geht es um den Punkt, den Sie ›Kritische Tage‹ nennen. Was habe ich darunter zu verstehen?«

»Das sind Tage, an denen durch die jeweiligen Konstellationen der Planeten gewisse Spannungen entstehen können. Das kann zum Beispiel dazu führen, dass man sich unruhig fühlt, ohne erklären zu können, woher die Unruhe kommt.«

»Aha. Und dieser eine Tag, der mit der Mars-Pluto-Konjunktion … der steht ja kurz bevor.« Daniela Behrens lächelte. »An diesem Tag sollte ich besonders auf Tantchen aufpassen, richtig? Man sagt doch, diese Konstellation steht für Mord und Totschlag.«

Das musste Stella erst einmal verdauen. ›Man sagt doch‹? Ihres Wissens behauptete das nur einer, und zwar Holger van Aalen.

Um Zeit zu gewinnen, nahm sie einen Schluck Tee, dann sagte sie: »So würde ich es nicht ausdrücken. Wir dürfen eines nicht vergessen: Jeder kritische Moment enthält die Chance, ihn in etwas Positives zu verwandeln. Es gibt immer viele Möglichkeiten, wie sich eine Konstellation im Horoskop konkret auswirkt und wie der Mensch mit kritischen Situationen umgeht. Ich persönlich neige nicht dazu, Dinge unnötig zu dramatisieren. Tatsache ist allerdings, dass dieser Konstellation ein großes Energiepotenzial innewohnt. Unsere Aufgabe ist, diese Energie richtig zu kanalisieren. Um ein ganz einfaches Beispiel zu nennen: Wenn ich unter starken Aggressionen leide und viel Wut verspüre, bin ich nicht dazu gezwungen, eine Schlägerei anzuzetteln. Ich habe auch die Option, zum Boxtraining zu gehen oder mich mit einer anderen Sportart auszupowern. Und ich kann zusätzlich Entspannungsübungen machen, verstehen Sie? Aber ich würde wirklich gern wissen, wieso Sie bei dieser Konstellation an Mord und Totschlag denken.«

»Das habe ich mir keineswegs ausgedacht«, erwiderte Daniela Behrens. »Ich war unlängst bei einem Vortrag zu diesem Thema, den ein Kollege von Ihnen gehalten hat. Holger van Aalen. Er ließ keinen Zweifel daran, dass diese unselige Mars-Pluto-Geschichte eine Gefahr für Leib und Leben darstellt. Und jetzt mache ich mir natürlich große Sorgen um meine Tante.«

Aha, deshalb also.

Frau Behrens war eine derjenigen, die dieser verantwortungslose van Aalen kirre gemacht hatte. Am liebsten hätte Stella ihr gesagt, dass sie seine Ausführungen höchst unseriös fand und für Geschwätz hielt, mit dem man die Ängste der Klienten schürt, um anschließend abzukassieren, aber sie riss sich zusammen. Hier war Diplomatie angesagt; sie hielt nichts davon, Kollegen vor Klienten zu diskreditieren.

»Ich kann Herrn van Aalen in dieser Frage nicht zustimmen«, erwiderte Stella also. »Wir haben völlig unterschiedliche Herangehensweisen an die Astrologie, die ohnehin einen großen Spielraum an Interpretationsmöglichkeiten bietet. Ich bin sicher, dass Ihre Tante an diesem Tag nicht ermordet werden wird.«

Die Frau im Chanelkostüm presste die Lippen zusammen; offenbar war sie unzufrieden mit dem, was Stella ihr dazu sagte.

»Es tut mir leid, wenn ich Ihre Erwartungen nicht erfülle«, fügte Stella hinzu. »Vielleicht hätten Sie sich lieber an Herrn van Aalen gewandt und das Horoskop bei ihm bestellt? Wenn Sie von ihm eine zweite Meinung einholen wollen, verstehe ich das.« Sie überlegte kurz. Diese Frau würde niemals eine regelmäßige Klientin werden, also fügte sie spontan hinzu: »Sie sind nicht verpflichtet, mir das erstellte Jahreshoroskop für Ihre Tante abzunehmen, Frau Behrens. Falls Sie sich dagegen entscheiden, werde ich es Ihnen nicht berechnen.«

Daniela Behrens griff zu ihrer Handtasche und holte ihre großformatige Börse heraus. Sie entnahm ihr einige Scheine und legte sie auf den Tisch. »Eine bestellte Dienstleistung nicht zu bezahlen, gehört nicht zu meinen Gepflogenheiten. Leider hatte Herr van Aalen keine Zeit, den Auftrag kurzfristig zu erledigen. Vielen Dank für Ihre Mühe, Frau Albrecht. Ich finde selbst hinaus.«

Ehe Stella reagieren konnte, hatte Frau Behrens sich die Mappe mit dem Horoskop geschnappt und stolzierte aus dem Raum. Sekunden später sah Stella sie schnellen Schrit-

tes an der verglasten Fensterfront der Orangerie entlangge-
hen und schließlich verschwinden.

Sie hat gelogen, dachte Stella, alles an ihr war irgendwie …
falsch. Ihr Lächeln, ihr Auftreten, alles. Dieser Auftrag wäre in
van Aalens Horoskop-Fabrik mühelos zu erledigen gewesen.
Es muss einen Grund geben, weshalb sie ausgerechnet zu
mir gekommen ist. Oder besser: warum sie nicht zu ihm gegangen ist. Mich hat sie vermutlich nach dem Zufallsprinzip
ausgewählt.

Stella wusste: Ein Mensch, der log, zeigte dies auch unbewusst, denn niemand vermochte sich derart zu kontrollieren, dass er die winzigen, aber verräterischen Anzeichen
unterdrücken konnte. Daniela Behrens' Lächeln, das weder
Augen noch Stirn erreicht hatte, war noch kein Beweis –
wenn man aus reiner Höflichkeit lächelte, war es genauso.
Aber ihr Blick hatte sie verraten. Menschen dachten, sie
wirkten besonders ehrlich, wenn sie dem Blick ihres Gegenübers standhielten, ohne wegzuschauen – das Gegenteil war
der Fall. Dass die Augen sich bewegten, bedeutete, dass man
in Erinnerungen kramte – und sich nicht gerade eine Geschichte ausdachte.

Spontan setzte Stella sich an ihren Computer, um ein
Stundenhoroskop von der gerade erlebten Begegnung zu
erstellen – und fand sich bestätigt: Neptun stand im ersten
Haus, und das bedeutete üblicherweise, dass ein Besucher –
egal, ob bewusst oder unbewusst – nicht mit der ganzen
Wahrheit rausrückte.

Kapitel 4

»Oh, du liebe Güte!«

Der entsetzte Ausruf ihrer Großmutter ließ Stella von ihrer Zeitungslektüre hochblicken. Maria wirkte zutiefst erschüttert. Sie war kreideweiß geworden und starrte auf etwas in der Tageszeitung.

»Was ist los?«, fragte Stella.

»Cäcilie ist tot ... aber das kann doch nicht sein.« Maria drehte die Seite zu Stella um. Mehrere großformatige Todesanzeigen beklagten – und bestätigten gleichzeitig – das überraschende, tragische Ableben Cäcilie von Breidenbachs.

»War sie nicht schon sehr alt?« Stella berührte die Hand ihrer Großmutter, die schlaff auf dem Tisch lag.

Brüsk zog Maria die Hand weg. »Na und? Was heißt das schon? Cäcilie war kerngesund.«

»Trotzdem ... wenn ein Mensch über achtzig ist ... das geht manchmal sehr schnell.«

»Mumpitz. Ich traf sie erst vor Kurzem, und sie war in blendender Verfassung. Sie wusste, dass ihre Erben langsam ungeduldig werden, aber das amüsierte sie. Nicht nur das: Sie plante eine Weltreise auf einem Kreuzfahrtschiff. Gerade erst hatte ihr Arzt ihr attestiert, dass sie die Reise unbesorgt antreten kann.«

Stella studierte die Anzeigen. »Hier steht nichts von einem Unfall oder dergleichen. *Nach kurzer, schwerer Krankheit* ... was immer das heißen soll. Kanntest du sie gut?«

»Ja, und das schon seit vielen Jahren. Meine Mutter arbeitete im Hause Breidenbach als Näherin. Sie hat diese wunderbaren Ballkleider angefertigt, aber auch die Kleidung für Cäcilie und ihren Bruder. Ich begleitete sie oft dorthin und freundete mich mit Cäcilie an, obwohl sie zehn Jahre älter war als ich. Die Ärmste lebte dort ja wie in einem goldenen Käfig und hatte kaum Kontakt zu anderen Kindern. Sie wurde von Hauslehrern unterrichtet und langweilte sich fürchterlich. Allerdings habe ich noch niemals so viel Spielzeug gesehen. Sie bekam absolut alles, was sie sich wünschte. Stell dir vor – sie hatte sogar ein eigenes Kinderkarussell mit echten Ponys!« Maria lächelte bei der Erinnerung, dann wurde sie wieder ernst. »Aber all das kann menschliche Wärme nicht ersetzen. Wenn die Eltern nie da sind, hilft auch keine noch so nette Kinderfrau. Meine Eltern besaßen nicht viel, aber Cäcilie tat mir damals immer schrecklich leid.«

»Möchtest du, dass ich dich zur Beerdigung begleite? Das mache ich gern.«

Maria schnaubte. »In diesen Kreisen gibt es keine öffentlichen Beerdigungen. Man veranstaltet eine Trauerfeier, zu der ich natürlich nicht eingeladen bin.«

»Bist du sicher?«

»Ganz sicher. Erstens ist die Feier bereits heute, und es war keine Einladung in meinem Briefkasten. Zweitens wird das Publikum sorgfältig selektiert.«

»Geh doch trotzdem hin; immerhin war sie deine Freundin.«

»Um mir den Zutritt zur Feier verweigern zu lassen? Das tue ich mir nicht an. Denn man stelle sich vor: eine Frau vom Jahrmarkt unter lauter steifen Schlipsträgern und Society-Damen, die allesamt vor Hochnäsigkeit kaum geradeaus laufen können.« Sie wirkte bekümmert, aber nach einer kleinen Pause grinste sie plötzlich und fügte hinzu: »Cäcilie würde es ganz sicher gefallen, wenn ich dort als *Madame Pythia* aufkreuzen würde, mitsamt wippender Pfauenfeder. Ein schriller, bunter Vogel unter all den rabenschwarzen Trauergästen, das wäre genau ihr Humor.«

Die Familie hatte sich im Wohnzimmer versammelt, auch Otmar Hansen war anwesend. Man hatte entschieden, gemeinsam zur Trauerfeier zu fahren. Genauer gesagt: Serena von Breidenbach hatte es entschieden.

Sie war der Meinung, ein geschlossenes Auftreten machte einen besseren Eindruck, als wenn die Mitglieder des Clans einzeln eintrafen. Das warf nur unnötige Fragen auf. War man womöglich zerstritten? Gab es ein Zerwürfnis wegen des nun zu erwartenden gewaltigen Erbes? Und wenn man nicht mit der Presse sprach – was sich von selbst verstand – führte das nur dazu, dass diese Aasgeier sich irgendetwas aus den Fingern sogen, was wiederum eilige Dementi notwendig machte.

Außerdem: Sollte einer der sicherlich anwesenden Pressevertreter es wagen, einen der Erben anzusprechen, konnte man im Pulk weitergehen, ohne zu reagieren. Die Presse abzuwimmeln war Hansens Aufgabe, schließlich bekam er für seine Tätigkeit als Familienanwalt genug Geld. Wer Kontakt zur Familie wollte, musste erst an Hansen vorbei. Und das war nicht einfach, denn vorher gab es noch eine ganze Armee Vorzimmerdamen zu überwinden.

Fridolin von Breidenbach saß auf dem antiken Sofa. Otmar Hansen goss sich an der Hausbar einen Cognac ein, Serena von Breidenbach stand am Fenster.

Jetzt drehte sie sich zu den anderen im Raum um. »Wenn sie nicht bald kommt, kann sie von mir aus bleiben, wo der Pfeffer wächst. Dann fahren wir los.«

In diesem Moment ging die Tür auf, und Undine von Breidenbach betrat den Raum. »Guten Morgen zusammen«, sagte sie.

Alle starrten sie stumm an, nur Serena blaffte: »Das ist doch wohl nicht dein verdammter Ernst, Undine.« Sie erhielt keine Antwort und fügte hinzu: »Du ziehst dir etwas anderes an. Du siehst wie ein Hippie aus.«

Undine lächelte sanft. Mit ausgebreiteten Armen drehte sie sich einmal um sich selbst und ließ die geblümten Rüschen ihres weiten, dünnen Kleids fliegen. »Das war Tante Cäcilies Lieblingskleid. Ich trage es ihr zu Ehren. Außerdem stehen Hippies für Liebe und Frieden.« Wieder begann sie, sich zu drehen.

»Hör auf damit!«, keifte Serena. »Liebe und Frieden? Dass ich nicht lache. So liebevoll wie Charles Manson? Der war doch auch ein Hippie, oder irre ich mich?«

Otmar Hansen seufzte, ging zu Serena und hielt ihr das Cognacglas hin. »Beruhige dich. Trink einen Schluck. Es bringt doch nichts, wenn wir uns ausgerechnet jetzt innerhalb der Familie in die Haare kriegen.«

Sie funkelte ihn zornig an. »Familie? *Wir*? Du gehörst nicht zur Familie, mein Wertester. Wir schlafen miteinander, aber das ist auch schon alles. Ansonsten bist du unser Angestellter. Nicht mehr und nicht weniger.«

Hansen war sichtlich betroffen. Mit einem großen Schluck leerte er das Glas, dann ging er zur Bar, um nachzuschenken.

»Fridolin! Sag doch auch mal was dazu!« Serena blickte ihren Bruder herausfordernd an.

Der rutschte unbehaglich auf dem Sofa herum, dann murmelte er: »Also, dein Privatleben geht mich nichts an. Dazu möchte ich mich nur ungern äußern.«

Serena von Breidenbach sah aus, als wünschte sie sich dringend eine geladene Waffe. »Bin ich denn hier nur von Idioten umgeben? Großer Gott! Ich meine natürlich Undines unmöglichen Aufzug!«

Sie stürmte auf Undine zu, packte sie am Ärmel und zerrte sie hinter sich her. Das Geräusch reißenden Stoffs erklang, dann knallte die Tür hinter den beiden ins Schloss.

Im Raum herrschte einen Moment lang Schweigen, dann sagte Fridolin: »Du bist nicht zu beneiden, Otmar.«

Der Anwalt stieß ein schnaubendes Lachen aus. »Interessant, wie du über deine Schwester sprichst.«

Fridolin zuckte mit den Schultern. »Ich kenne sie mein Leben lang, vergiss das nicht.«

Serena von Breidenbach ließ ihre Schwester erst los, als sie vor der Tür zu ihrem privaten Bereich standen, den sie in der riesigen Familienvilla bewohnte. Sie schloss auf und stieß Undine unsanft hinein.

Undine stolperte ein paar Schritte vorwärts, blieb dann stehen und rieb sich den Arm. »Du bist gemein. Du hast mir wehgetan.«

»Hör auf, das kleine Mädchen zu spielen, mich führst du damit nicht hinters Licht. Und jetzt komm, wir suchen dir etwas Vernünftiges zum Anziehen.«

»Ich will nicht. Ich will nicht in Kleidern von dir rumlaufen. Die sind hässlich und unbequem.«

Serena verdrehte die Augen. »Darüber, ob meine Kleider hässlich sind, ließe sich vortrefflich streiten. Aber dazu fehlt mir jetzt die Energie. Und von deinem billigen Flatterkleidchen will ich gar nicht erst anfangen.«

Sie durchquerte das riesige Wohnzimmer und blieb im Schlafzimmer vor einem mehrere Meter breiten Kleiderschrank stehen. Sie öffnete eine Schiebetür und musterte kritisch das reichhaltige Angebot an schwarzer Kleidung. Gut, dass sie so viel davon besaß. Als Geschäftsfrau war man mit einem schwarzen Hosenanzug, Kostüm oder Cocktailkleid immer angemessen und seriös gekleidet, da konnte man nichts falsch machen. Manchmal beneidete sie die Männer darum, dass sie nur ein paar Anzüge, Hemden und Krawatten benötigten, um für jede Gelegenheit ausgerüstet zu sein. Von einer Frau wie ihr wurde schon mehr erwartet, und schließlich konnte sie nicht ständig die gleichen Sachen anziehen.

Sie schob einige Bügel hin und her, dann entschied sie sich für einen schlichten Hosenanzug, den sie aufs Bett warf. Hinter einer weiteren Schiebetür hingen Blusen in allen nur vorstellbaren Farben. Sie wählte eine aus dunkelgrauer Seide und legte sie dazu. Herrgott, wo blieb denn diese …

»Undine! Jetzt komm endlich! Wir haben nicht ewig Zeit! Die Limousinen holen uns in einer Viertelstunde ab!«

Ihre Schwester kam ins Zimmer. »Limousine? Ich fahre mit meinem eigenen Auto.«

»Vergiss es.« Serena war bereits damit beschäftigt, passende Schuhe auszusuchen. »Du wirst nicht mit dieser Schrottkarre bei der Kirche vorfahren. Was sollen denn die Leute denken? Ich würde vor Scham im Boden versinken.«

»Tante Cäcilie war sich nicht zu fein für mein Auto«, erwiderte Undine, die sich entschieden hatte, den Streit um ihre Aufmachung aufzugeben, zumal der rechte Ärmel zerrissen war. Langsam zog sie das Kleid über den Kopf. »Sie ist gerne bei mir mitgefahren. Wir haben so schöne Ausflüge gemacht. Zum Kaffeetrinken, oder wir sind essen gegangen. Oder ins Theater. Manchmal haben wir uns auch einen Einkaufsbummel gegönnt, und danach waren wir dann in einer ganz einfachen ...«

»Ja, ja, schon gut«, fiel Serena ihr ins Wort. »Du musst jetzt nicht jeden kleinen Schaufensterbummel aufzählen, ich habe auch so verstanden. Ihr wart beste Freundinnen. Aber Tante Cäcilie ist tot, und in einer knappen Stunde beginnt ihre Gedenkfeier, zu der einige sehr wichtige Menschen erwartet werden.«

»Weißt du was? Ich habe keinerlei Lust, auf diese Gedenkfeier zu gehen. Fahrt einfach ohne mich. Tante Cäcilie hätte diesen übertriebenen Zirkus, den ihr veranstaltet, sowieso nicht gemocht. Und ich mag ihn auch nicht.« Sie fing an, die Bluse wieder aufzuknöpfen.

»Hör sofort auf damit!«, schrie Serena unbeherrscht. »Zieh dich jetzt *sofort* an, verstanden? Wir sind die von Breidenbachs, und wir werden geschlossen in der Kirche erscheinen. Deine Tante war nicht irgendwer – und wir sind es auch nicht. Da wirst du ja wohl einen einzigen Tag opfern und dich ausnahmsweise mal zusammenreißen können! Immerhin kommen Fridolin und ich schon seit vielen Jahren unseren Verpflichtungen der Familie und der Firma gegenüber nach, und niemand hat uns je danach gefragt, ob wir nicht lieber etwas anderes täten. Währenddessen lebst du deinen Egoismus aus und gefällst dir darin, dich auf deinem Bauernhof als verrücktes Kräuterweibchen zu inszenieren und mit Obstbäumen zu sprechen!«

Beinahe in Zeitlupe zog Undine sich weiter an. Serena

wusste sich nicht anders zu helfen, als in die andere Richtung zu sehen, um nicht die Fassung zu verlieren – zumindest nicht noch mehr als ohnehin schon. Sie hätte ihre renitente Zwillingsschwester mit bloßen Händen erwürgen können.

Undine begutachtete sich im Spiegel. »Ich sehe fürchterlich aus. Ich sehe aus wie …«

»Wie ich, wolltest du sagen?«, fiel Serena ihr ins Wort.

»Wohl kaum. Du kannst einer Vogelscheuche einen Pelzmantel anziehen, und sie sieht immer noch aus wie eine Vogelscheuche.« Sie musterte Undine, dann sagte sie: »Wir müssen noch irgendwas mit deinen Haaren machen. Diese ungepflegte Mähne ist schrecklich.«

»Am liebsten hätte ich einen Hut mit Schleier«, erwiderte Undine, »dann muss ich wenigstens nichts von diesem Schmierentheater sehen.«

Serena stand bereits wieder am Schrank und holte mehrere Hutschachteln heraus. »Da hast du ja ausnahmsweise mal eine gute Idee«, murmelte sie, öffnete mehrere der großen, runden Boxen und holte aus einer schließlich einen schwarzen Samthut, der mit einem langen Spitzenschleier versehen war. »Der ist perfekt.«

Sie schob Undine ins angrenzende Bad, bändigte deren lange Haare geschickt zu einem festen Nackenknoten und setzte ihr den Hut auf.

Sofort zog Undine den Schleier vor ihr Gesicht und nickte dann. »Schön. Wie ein Tarnumhang. Jetzt bin ich unsichtbar. Das mag ich.«

Serena blickte ihre Schwester an und seufzte innerlich. Diese kleine Schlacht war siegreich geschlagen, aber der Tag war noch lange nicht zu Ende.

Kapitel 5

Die Trauerfeier für Cäcilie von Breidenbach war ein gesellschaftliches Ereignis, und natürlich war sie nicht öffentlich,
wie Maria ganz richtig – und das sogar ohne die Hilfe ihrer
Glaskugel – vorausgesehen hatte. Immerhin handelte es sich
bei der teuren Verstorbenen um die Matriarchin einer alten
Stahldynastie, deren Geschicke sie bis zu ihrem Ende als voll
stimmberechtigtes Vorstandsmitglied mitgelenkt hatte. Die
geladenen, handverlesenen Gäste fuhren in dunklen Limousinen vor, die zumeist von Chauffeuren – teilweise sogar in
Livree – gelenkt wurden. Cäcilie von Breidenbach war nicht
irgendwer, und die Gäste ihrer Trauerfeier erst recht nicht.
Etliche Fernsehsender hatten Teams geschickt, die vor der
Kirche die Ankunft der Prominenz aus Kunst, Kultur, Wirt-
schaft und Politik filmten und Interviews zu ergattern ver-
suchten. Bis auf knappe Statements einiger weniger waren
sie damit allerdings erfolglos.

Männer in feinstem Zwirn und Damen in Designerklei-
dern strömten in die große Kirche, die von leisem Murmeln
und getragenen Orgelklängen erfüllt war. Zahllose pompöse
Kränze und ausladende Gestecke waren um ein großes Foto
Cäcilie von Breidenbachs arrangiert. Die illustren Namen
auf den Trauerschleifen hatten in der Republik Gewicht. Die
trauernden Angehörigen erschienen ganz zum Schluss und
nahmen in der ersten Reihe Platz.

Das leise Klicken einer Kamera mischte sich in die gedämpfte Geräuschkulisse. Obwohl die Feier hinter verschlos-

senen Türen stattfand, konnte man es sich nicht leisten, die Öffentlichkeit gänzlich auszusperren, dazu war Cäcilie von Breidenbach nicht nur zu bekannt, sondern in der Bevölkerung auch zu beliebt. Als Chefin des Unternehmens hatte sie sich immer um ihre Angestellten und deren Familien gekümmert. Mehrmals im Jahr hatte sie außerdem auf dem Firmengelände große Feste ausrichten lassen, und nicht nur die alljährliche Ostereiersuche erfreute sich regelmäßig großen Zulaufs.

Also hatte man sich entschlossen, einem Reporter vom *Ruhrgebiets-Anzeiger* den Zugang zur Kirche zu gewähren; zumindest für einige Minuten. Um dieses Blatt kam man nicht herum, denn es erschien im gesamten Ruhrgebiet.

Benjamin Glaeser wusste, dass er nicht viel Zeit hatte. Das vielfarbige Tableau aus kostspieligen Kränzen und Gestecken rund um das Porträt der Verstorbenen hatte er bereits aus allen möglichen Blickwinkeln abgelichtet, als die Kirche noch leer war.

Zusammengenommen mussten die Blumen ein Vermögen wert sein – zu schade, dass sie nach der Feier vermutlich auf dem Komposthaufen des Friedhofs verrotten würden. Vielleicht war ihnen noch ein kurzer Auftritt am Mausoleum der Familie vergönnt, aber das war's dann auch.

Leider hatte man in der Traueranzeige derer von Breidenbach nicht dazu aufgerufen, das Geld für den Blumenschmuck stattdessen einer gemeinnützigen Organisation zu spenden. Das hätte zu Cäcilie von Breidenbach gepasst, war aber offenbar nicht im Sinne ihrer Erben. Ob die alte Dame es versäumt hatte, rechtzeitig entsprechende Verfügungen niederzulegen? Kaum vorstellbar. Tatsächlich konnte Ben sich vorstellen, dass man diesen Teil des letzten Willens schlicht ignoriert hatte, da von der nächsten Generation die Wichtigkeit der Familie offenbar an Äußerlichkeiten gemessen wurde.

Als die Kirche sich langsam füllte, zog er sich diskret ins Seitenschiff zurück, um die Gäste von dort aus zu fotografieren. Er hatte gerade einige Bilder von den Angehörigen in der ersten Reihe geschossen, als an seiner Seite ein Mann auftauchte, der ihn leise bat, die Kirche nun zu verlassen.

Ben protestierte nicht. Er hatte alles an Material, was er für den Moment benötigte. In der Redaktion wartete man bestimmt schon auf ihn, denn die Fotos sollten in der morgigen Ausgabe erscheinen.

Ebendiese Fotos ließen Stella am nächsten Vormittag an ihrem Schreibtisch zur Salzsäule erstarren. Da sie einen frühen Termin gehabt hatte, war sie beim Frühstück nicht dazu gekommen, die Tageszeitung zu lesen, und holte es jetzt bei einer Tasse Tee nach.

Genauer gesagt waren es nicht *alle* Bilder, sondern ein bestimmtes. Da vorne in der ersten Reihe bei der Trauerfeier, das war … aber nein, das konnte nicht sein, oder vielleicht doch?

Sie öffnete eine Datei auf ihrem Rechner, verglich einige Daten, die sie über eine Suchmaschine recherchierte, und saß dann ein paar Minuten ganz still.

Dann sprang sie auf, schnappte sich die Zeitung, rannte aus ihrer Tür, umrundete das Glasgebäude und stürmte in die Räume ihrer Großmutter auf der anderen Seite der Orangerie.

»Das nenne ich mal einen stürmischen Auftritt«, sagte

Maria, die gerade ihre Glaskugel polierte, wie sie es immer tat, wenn sie Kundschaft erwartete.

»Hast du die Fotos von der Trauerfeier gesehen?«, fragte Stella und fuchtelte raschelnd mit der Zeitung.

»Sicher. Die hat dein Freund Ben gemacht, nicht wahr?«

»Ja ... aber darum geht es mir nicht. Wer sind die Leute, die in der ersten Reihe sitzen?«

»Die Familie. Warum fragst du?«

Stella breitete die Zeitung auf dem Tisch aus. »Ist mir klar, aber wer *genau* sind diese Leute? In der Bildunterschrift steht nur, dass es die Angehörigen sind.«

Auf dem Foto waren vier Personen zu sehen; zwei Männer und zwei Frauen.

Maria deutete auf den ersten Mann. »Das ist Otmar Hansen, keine Verwandtschaft. Aber als langjähriger Anwalt gehört er praktisch zur Familie. Die drei anderen sind die Kinder von Cäcilies verstorbenem Bruder, also ihre Erben.«

»Ihre Erben«, murmelte Stella und ließ sich in einen Sessel sinken. »Ich fasse es nicht.«

»Ja, das sind Fridolin, Undine und Serena von Breidenbach. Der hoffnungsvolle Nachwuchs.«

»Die von dir erwähnten *ungeduldigen* Erben.«

»Genau. Wobei, das trifft eigentlich nur auf zwei von ihnen zu, nämlich Fridolin und Serena. Cäcilie konnte die beiden nicht ausstehen. *Sie können nicht abwarten, endlich meine Leiche zu fleddern. Am liebsten würde ich zweihundert Jahre alt werden, nur um sie zu ärgern,* hat sie immer gesagt.« Maria deutete auf eine der Frauen, deren Gesicht hinter einem Spitzenschleier nur zu erahnen war. »Das muss Undine sein, sie ist ganz anders. Sie interessiert sich nicht sonderlich für die Geschäfte der Firma; sie ist den schönen Künsten zugetan. Sie und Cäcilie hatten ein enges Verhältnis. Ein sehr gutes, wie ich hinzufügen möchte. Es war geplant, dass Undine sie auf der Kreuzfahrt begleitet. Sie und Serena sind übrigens eineiige Zwillinge, aber charakterlich so unterschiedlich wie Tag und Nacht.«

»Die andere Frau ist also Serena von Breidenbach? Bist du sicher? Könnte man sie nicht verwechseln?«

»Als Kinder glichen sie sich wie ein Ei dem anderen: gleiche Frisuren, gleiche Kleidung ... wie zwei identische Püppchen. Aber im Teenageralter änderte sich das plötzlich. Beide schienen das Bedürfnis zu haben, sich deutlich voneinander zu unterscheiden. Dazu kam, dass sie völlig unterschiedliche Interessen hatten. Das Leben, das ein Mensch führt, prägt schließlich auch seine Gesichtszüge und seine Körperhaltung. Während Undine weich und freundlich ist, wirkt Serena kalt und abweisend. Undine ist ein sehr lieber Mensch. Überaus fürsorglich.«

»Kennst du sie persönlich?«

Maria nickte. »Ich habe sie schon einige Male beraten. Ist das nicht interessant? Und irgendwie folgerichtig, dass Serena den Worten eines Holger van Aalen glaubt und Undine sich an jemanden wie mich wendet?«

»Dass eine so kühl kalkulierende Geschäftsfrau wie Serena von Breidenbach überhaupt an Astrologie glaubt, finde ich schon bemerkenswert.«

»Nein, das Bemerkenswerte ist, dass sie so offen damit umgeht und seine Vorträge besucht. Zu allen Zeiten holten Staatslenker und Firmenbosse den Rat von Astrologen ein; sie hängten es bloß nicht an die große Glocke. Aber das zeigt, wie wenig Serena darauf gibt, was andere Leute von ihr denken.« Maria musterte Stella aufmerksam. »Du hast mir noch immer nicht gesagt, worum es eigentlich geht. Warum reden wir über die Breidenbach-Zwillinge? Und warum bist du ihretwegen so aufgeregt?«

Stella atmete tief durch. »Ganz einfach: Weil ich glaube, dass ich Serena von Breidenbach bereits begegnet bin. Allerdings hat sie sich mir als Daniela Behrens vorgestellt, als sie bei mir ein Jahreshoroskop für ihre alte Tante geordert und es persönlich abgeholt hat.«

»Wie bitte?«, sagte Maria entgeistert. »Sie war bei dir? Bist du ganz sicher, dass es sich bei dieser Frau tatsächlich um Serena handelt?«

»Na ja, Zeitungsfotos sind ja immer ein wenig unscharf. Und diese große Sonnenbrille, die sie trägt ... Aber ja, ich bin mir fast sicher. Ich werde Ben trotzdem bitten, mir die Originale zu zeigen.«

»Aber was genau ist denn nun so spektakulär daran? Vielleicht wollte sie inkognito bleiben.«

»Spektakulär ist, dass sie sich besonders für einen bestimmten Aspekt des Horoskops interessiert hat. Und ich war nach dem Treffen sicher, dass sie mich belogen hat. Aber mir war nicht klar, in welcher Hinsicht. Jetzt weiß ich es.«

»Ja, sie hat dir einen falschen Namen genannt; das war die Lüge. Aber für welchen Aspekt hat sie sich interessiert? Du hast mich neugierig gemacht.«

»Es ging ihr um die kritischen Tage im Jahreshoroskop, und zwar im Speziellen um die Mars-Pluto-Konjunktion, die wir letzte Woche hatten. Sie faselte was von Mord und Totschlag und dass sie an diesem Tag wohl besonders auf ihre Tante aufpassen müsse. Sie sagte, sie sei in van Aalens Vortrag gewesen. Und jetzt rate, an welchem Tag Cäcilie von Breidenbach gestorben ist ...«

Kapitel 6

War die trauernde Hinterbliebene auf dem Foto wirklich die angebliche Daniela Behrens? Plötzlich war Stella sich nicht mehr sicher.

Zurück an ihrem Schreibtisch, suchte sie im Internet nach Fotos von Serena von Breidenbach. Eines war ganz schnell klar: Die Frau ließ sich nicht gern fotografieren. Entweder trug sie eine Sonnenbrille à la Yoko Ono, meist kombiniert mit einem breitkrempigen Hut, der ihr Gesicht zusätzlich beschattete, oder sie wandte den Kopf ab. Nicht einmal auf der Website des Unternehmens gab es ein Porträtfoto von ihr, obwohl der Vorstand dort in Wort und Bild – Ausnahmen bestätigten mal wieder die Regel – vorgestellt wurde.

Aber sie hatte doch erwähnt, sie sei in diesem Vortrag von Holger van Aalen gewesen …

Kurz entschlossen rief Stella die Website des Astrologen auf, was sie bei dieser Gelegenheit übrigens zum ersten Mal tat.

Eitelkeit, dein Name ist Holger van Aalen, dachte sie, während sie sich durch die Unterseiten klickte. Natürlich gab es auch ein Archiv seiner Vorträge; besser gesagt: eine Bildergalerie.

Selbstverständlich würde er niemals seine Vorträge ins Netz stellen, wo sich dann jeder kostenfrei daran bedienen konnte. Stattdessen bot er an, Ausdrucke davon gegen ein saftiges Entgelt zuzusenden, ›in optisch hochwertiger Samm-

lerqualität‹, wie Stella kichernd las. Sogar ein signiertes Autogrammfoto konnte man bestellen; wobei der Preis dafür sich verdoppelte, wenn man eine persönliche Widmung wünschte. Immerhin berechnete er diese nicht nach der Anzahl der Buchstaben – oder hatte sie etwas überlesen? Auch die Eintrittspreise zu seinen Vorträgen waren gestaffelt: Sogenannte *VIP-Tickets* (Reihe 1 bis 4) kosteten 35 Euro, die billigen – hinteren – Plätze gab es hingegen für nur 25 Euro. Auch ein Jahres-Abonnement war möglich, dann verbilligten sich beispielsweise die VIP-Tickets auf sagenhaft günstige 34 Euro.

Beinahe war Stella versucht, vor der Geschäftstüchtigkeit ihres Kollegen den Hut zu ziehen. Kein Wunder, dass van Aalen hochherrschaftlich residierte. Von ihrer Großmutter wusste Stella, dass seine Vorträge in seiner Villa stattfanden, denn das Gebäude verfügte im Erdgeschoss über einen großen ehemaligen Ballsaal mit einer Bühne und modernem technischem Schnickschnack.

Wie auch immer – sie war auf der Website, um nach dieser Frau zu forschen. Stella begann, sich durch die Galerien der einzelnen Vortragsveranstaltungen zu arbeiten. Die Präsentationen der Fotos folgten alle dem gleichen Muster: Erst mindestens zehn Aufnahmen Holger van Aalens – stets in beeindruckenden Posen, die Stella unangenehm an Mick Jagger, den doppelten Löwen, erinnerten –, gefolgt von Ansichten des sichtlich hingerissenen Publikums. Und wer saß stets in der ersten Reihe? Genau – Serena von Breidenbach, und zwar auch hier mit Sonnenbrille.

Ob sie nicht erkannt werden wollte? Hatte sie wohl doch Angst um ihr Image als seriöse Geschäftsfrau und versuchte aus diesem Grund, ihr Gesicht zu verbergen? Eine Augenkrankheit konnte es nicht sein, denn bei ihrem Besuch bei Stella hatte sie ja keine Brille getragen.

Dennoch: Stella war sich nach wie vor nicht hundertprozentig sicher, dass es sich bei Serena von Breidenbach um die Frau handelte, die sich ihr als Daniela Behrens vorgestellt hatte.

Ihr fiel nur eine Person ein, die ihr helfen könnte: Ben. Und sein Bildarchiv natürlich.

»Super, dass du Zeit für mich hast«, sagte Stella, nachdem Ben sie mit einer Umarmung begrüßt hatte. »Du hast sogar gekocht. Oder ist es nur der Duft von deinem letzten Essen, der noch in der Luft hängt?«

Ben schüttelte lachend den Kopf. »Nee, ich habe wirklich und wahrhaftig für dich gekocht. Na ja, was man so kochen nennt. Du besuchst mich viel zu selten, und wenn du schon mal hier bist ...«

Sie folgte ihm in seine gemütliche Küche, die aus jeder Pore den leicht chaotischen Charme einer Studenten-WG verströmte: offene Regale, ein abgenutzter Tisch und eine Eckbank, die sie irgendwann mal im Sperrmüll entdeckt hatten, als sie zusammen unterwegs gewesen waren. Mit vereinten Kräften hatten sie das Monstrum zu ihm geschleppt, abwechselnd fluchend und dann wieder so sehr lachend, dass sie ihre Last absetzen mussten. Unterwegs hatten sie sich an einem Imbiss eine Stärkung für den weiteren Weg geholt und die Currywurst auf ihrer Bank genossen – mitten auf dem Bürgersteig.

Ben hatte die Bank dann himmelblau angestrichen und so in ein echtes Schmuckstück verwandelt. Immer, wenn Stella hier saß, bekam sie gute Laune, weil sie sich an ihre gemeinsamen Mühen mit dem großen Sitzmöbel erinnerte.

Stella freute sich über köstliche Spaghetti mit Champignons und viel Parmesan, dazu servierte Ben einen leckeren Wein. Während des Essens plauderten sie über dies und das, aber nachdem Ben den Tisch abgeräumt und sich wieder gesetzt hatte, sagte er: »Raus mit der Sprache: Du bist doch nicht ohne Grund hier.«

Stella grinste. »Ist das so offensichtlich?«

»Du warst am Telefon heute so betont vage. Aber ich freue mich, dass ich mich mal für deinen Horoskop-Service revanchieren kann. Was kann ich für dich tun?«

»Hast du irgendwelche Fotos von Serena von Breidenbach, auf denen sie keine Sonnenbrille trägt?«

»Was ... wozu brauchst du ein Bild von dieser Schnepfe – *ohne* Sonnenbrille?«

Interessant, er nannte sie eine Schnepfe. Das tat er mit Sicherheit nicht ohne Grund. Darauf würde sie später noch zurückkommen, nahm Stella sich vor.

»Lass mich bitte erst mal sehen, okay? Ich möchte etwas überprüfen. Danach erkläre ich dir einiges dazu.«

Ben schien noch etwas sagen zu wollen, aber dann holte er kommentarlos seinen Laptop, stellte ihn auf den Tisch und klappte ihn auf, nachdem er sich neben Stella auf die Bank gesetzt hatte. Er klickte sich durch mehrere Ordner, dann öffnete er den mit dem Namen ›Breidenbach‹.

»Serena ohne Sonnenbrille«, murmelte er, während er einen nach der Geschäftsfrau benannten Unterordner aufrief, »warum nicht gleich ein Foto des Ungeheuers von Loch Ness? Aber eins müsste ich haben, da war doch mal ...«

Jetzt hatte ihn der Ehrgeiz gepackt, dieses eine Bild auch

zu finden, das erkannte Stella sofort. Sie lehnte sich zurück und genoss ihren Wein, während Ben weitersuchte.

»Da!«, rief er schließlich triumphierend. »Ich wusste es doch!«

Er drehte den Laptop zu ihr. »Das habe ich mal geschossen, als sie mir zufällig vor die Linse gelaufen ist. Normalerweise trägt sie immer eine dunkle oder zumindest eine getönte Brille.«

Das Foto zeigte Serena von Breidenbach, wie sie in einer Boutique einen Pullover begutachtete – tatsächlich ohne Brille. Stella erkannte sofort: Es war die Frau, die sich ihr als Daniela Behrens vorgestellt hatte.

»Warum hast du dieses Foto von ihr gemacht?«, fragte sie.

Ben zuckte mit den Achseln. »Keine Ahnung, ganz spontan. Ich habe sie durch die Schaufensterscheibe gesehen und einfach abgedrückt. Vermutlich, weil mich ihr ungewohnt nacktes Gesicht so verblüfft hat. Beinahe hätte ich sie nicht erkannt. Aber jetzt hätte ich gerne gewusst, warum du dieses Foto unbedingt sehen wolltest.«

Also erzählte Stella ihm die Geschichte vom Horoskop für die alte Tante – und was sich dann herausgestellt hatte.

Ben sah sie ungläubig an. »Wie bizarr ist das denn bitte? Warum in Dreiteufelsnamen gibt sie sich für jemand anderen aus?«

»Das ist genau die Frage, die ich mir auch stelle. Zumal …sieh mal.« Stella rief van Aalens Website auf und klickte die Bildergalerien an. »Da, sie ist regelmäßige Besucherin seiner Vorträge. Und ich fresse einen Besen, wenn sie nicht auch für Beratungen zu ihm geht. Weshalb also kommt sie wegen des Horoskops zu mir? Das im Übrigen für die unlängst verstorbene Cäcilie von Breidenbach war, wie ich mittlerweile weiß.«

»Ist ja irre. Diesen angeberischen Astro-Guru habe ich übrigens auf der Trauerfeier gesehen. Der ist bestimmt auf irgendeinem Foto, warte mal ...«

Ben zog den Laptop wieder zu sich. Ein paar Klicks später hatte er gefunden, was er suchte. Er zoomte auf einen Mann in einer der hinteren Reihen und deutete auf den Monitor: »Bitte sehr: der Aal.«

»*Wie* nennst du ihn?«

»Nicht nur ich – die gesamte Redaktion nennt ihn so. Weil er ständig anruft und rumschleimt, dass wir was über ihn schreiben sollen. Aber der Chef weigert sich beharrlich, kostenlose Werbung für den Kerl zu machen.«

Recht so, dachte Stella, während sie sich vorbeugte, um sich das Foto genauer anzusehen. Tatsächlich – da saß van Aalen. Auf dieser Trauerfeier, die nur für gesellschaftlich wichtige und geladene Gäste gewesen war. Also musste er eine enge Beziehung zur Familie haben, oder zumindest zu einem Mitglied der Familie. Und was lag näher, als dabei an Serena von Breidenbach zu denken?

»Sag mal, kanntest du Cäcilie von Breidenbach?«

Ben nickte. »Klar. Eine ganz feine alte Dame. Großherzig, immer freundlich, überaus humorvoll und sehr sympathisch. Ich hab mal ein Interview mit ihr gemacht, das ist noch gar nicht so lange her. Und hier ...«, er tippte sich mit dem Finger an die Stirn, »war sie topfit. Ganz klar und gedanklich sehr flott unterwegs.«

Das bestätigte, was ihre Großmutter über die alte Dame gesagt hatte. Stella rang mit sich – sollte sie Ben einweihen? Sie wusste, sie konnte ihm vertrauen, aber andererseits war er Journalist. Was würde passieren, wenn er eine Story witterte?

Schließlich gab sie sich einen Ruck. »Was wir nun besprechen, muss unbedingt unter uns bleiben, Ben. Du bist jetzt kein Journalist, sondern nur mein bester Freund. Versprichst du mir das?«

Kapitel 7

Ben lehnte sich zurück. »Also, dass du vor den besten Freund ein ›nur‹ gesetzt hast, macht mich ein bisschen traurig, liebe Stella. Aber weil du mich sehr, sehr neugierig gemacht hast, bin ich bereit, dir zu verzeihen. Schieß los.«

»Okay: Glaubst du das mit der kurzen, schweren Krankheit, an der Cäcilie von Breidenbach gestorben sein soll?«

Zuerst begriff er nicht, aber dann riss er die Augen auf. »Willst du etwa andeuten, dass da irgendwas nicht mit rechten Dingen zuging?«

»Ich habe so ein blödes Gefühl«, sagte Stella langsam. »Oma war total geschockt von ihrem Tod. Sie sagt, Cäcilie war kerngesund. Welche Krankheit soll das also gewesen sein?«

»Keine Ahnung … Cäcilie war immerhin Mitte achtzig. Da kann einiges passieren. Ein Schlaganfall zum Beispiel. Oder ein Herzinfarkt. Oder ein zu spät diagnostizierter Krebs. Dann kann es ganz schnell gehen.«

Stella schüttelte den Kopf. »Den Krebs können wir eigentlich ausschließen. Oma sagt, Cäcilie ließ ihre Gesundheit intensiv überwachen. Sie hatte sich gerade erst vom Arzt bestätigen lassen, dass sie fit genug ist, um mit einem Kreuzfahrtschiff auf eine Weltreise zu gehen. Wohlgemerkt: Kein Kurztrip nach Österreich, sondern eine *Weltreise*. Der Arzt kann es sich nicht erlauben, schlampig zu diagnostizieren, denkst du nicht auch?«

»Da hast du natürlich recht. Irgendwelche sonstigen Indizien dafür, dass bei ihrem Tod vielleicht nachgeholfen wurde?«

»Später. Was weißt du über die drei Erben?«

Ben musterte sie amüsiert. »Was ist los mit dir? Entwickelst du dich zu einer modernen Miss Marple?«

»Du meinst, zu einer neugierigen Frau, die ihre Nase in Dinge steckt, die sie nichts angehen?«

Ben lachte und stand auf, um die Weinflasche zu holen. Nachdem er eingeschenkt hatte, setzte er sich wieder. »Die Erben, okay … Da ist zunächst Fridolin, genannt ›der flotte Frido‹. Er ist der Älteste von den dreien. Er lässt gerne mal die Puppen tanzen, wenn du verstehst, was ich meine.«

»Das kann viel bedeuten. Wechselnde Freundinnen, was weiß ich. Klartext, bitte.«

»Wohl eher wechselnde Damen des horizontalen Gewerbes. Natürlich die der gehobenen Klasse, die richtig viel kosten. Ihm wird ein Hang zu strenger Behandlung nachgesagt. Auf jeden Fall ist er ein gern gesehener Gast in einem gewissen, sehr teuren Etablissement, wo eine Flasche Champagner dreitausend Euro kostet.«

»Wie viel? Du willst mich wohl verarschen.«

»Mitnichten. Du kannst dir also vielleicht vorstellen, wie hoch der Stundensatz der dort anzutreffenden Damen ist. Die im Übrigen nicht dort angestellt, sondern selbstständige Unternehmerinnen sind.«

Stella griff nach ihrem Glas, leerte es mit einem beherzten Schluck und hielt es Ben hin. »Nachschub, bitte. Das haut mich gerade um.«

Grinsend schenkte Ben nach. »Was denn genau? Dass der hochwohlgeborene Herr Manager derartige Dienstleistungen in Anspruch nimmt?«

»Wohl kaum. Aber das viele Geld ...« Stella schüttelte den Kopf.

»Eben. Und damit kommen wir zum Kern der Sache: Geld. Der flotte Frido hat nämlich noch ein kostspieliges Hobby: die Börse. Spekulationen mit Risiko-Aktien, um genau zu sein. Dabei scheint er mit traumwandlerischer Präzision grundsätzlich auf die falschen zu setzen. Dagegen sind die Summen, die er für seine sinnlichen Freuden ausgibt, Peanuts. Der Mann verbrennt Geld schneller, als es jedes Feuer könnte.«

»Pleite?«

»Allerdings. Der plötzliche Tod seiner Erbtante Cäcilie ist das Beste, was ihm passieren konnte.« Ben stutzte und runzelte die Stirn. »Oha.« Er starrte sie an.

Stella kannte ihn gut genug, um zu wissen, dass es hinter seiner Stirn gerade auf Hochtouren arbeitete. Ungeduldig wedelte sie mit der Hand vor seinem Gesicht herum. »Hey, aufwachen! Wir sind hier noch nicht fertig. Was weißt du über Serena?«

Er schreckte hoch, als würde er aus tiefem Schlaf erwachen. »Serena ... sie gibt sich gern undurchsichtig. Es ist nicht gerade so, dass sie sich bei jeder Gelegenheit ins Licht der Öffentlichkeit drängt, wie du weißt. Fridolin hat damit deutlich weniger Probleme. Aber ...« Er hob den Zeigefinger und fuhr fort: »Kein Nebeneingang für VIPs ist diskret genug und keine Sonnenbrille groß genug, als dass irgendwer sie nicht doch erkennen würde.«

Stella horchte auf. »VIP-Nebeneingang? Nebeneingang von was denn bitte?«

»Spielkasinos. Fridolin verplempert Geld mit Aktien, Serena am Roulettetisch. Mittlerweile übrigens geliehenes

Geld, wie man munkelt. Wir reden hier übrigens von sehr viel Geld. Millionen.«

»Puh.« Stella atmete tief durch.

Sie hätte nicht sagen können, was sie erwartet hatte, aber das war eine Menge ... schmutzige Wäsche? Menschliche Abgründe? Nein, das traf es nicht. Das war mehr. Wer sich Geld lieh, musste es irgendwann zurückzahlen; das galt auch für Leute wie Fridolin und Serena von Breidenbach.

Was, wenn das Geld mittlerweile aus dubiosen Quellen stammte, weil Banken längst abwinkten?

Was wäre, wenn sie unter Druck gesetzt oder sogar bedroht wurden?

Das, fand Stella, war eine Menge *Mordmotiv.*

»Kommen wir zur Dritten im Bunde: Undine«, sagte Stella schließlich. »Hast du über sie auch irgendwelche Informationen?«

»Nicht so viele, um ehrlich zu sein. Sie ist nicht besonders interessant. Sie mischt in der Firma nicht mit.«

»Sondern?«

Ben zuckte mit den Achseln. »Sie ist irgendwie künstlerisch unterwegs.«

»Heißt im Klartext?«

»Sie versucht sich wohl als Malerin, aber ohne besondere Ambitionen, mehr so als Zeitvertreib. Es gab mal das Gerücht, sie sei nicht ganz richtig im Kopf. Aber das kam vielleicht nur daher, weil sie so aus der Art geschlagen ist und sich kein Stück für die Geschäfte ihrer Familie interessiert. Sie lebt längst nicht auf so großem Fuß wie ihre Geschwister; darauf scheint sie keinen Wert zu legen.«

»Wovon lebt sie? Und wo?«

»Wovon? Ich vermute, sie bezieht Geld aus der Firma.

Mit Sicherheit hat sie beim Tod ihres Vaters Anteile geerbt. Sie lebt sehr zurückgezogen auf einem renovierten Bauernhof außerhalb von Bochum und töpfert dort vor sich hin.«

»Gerade hat sie noch gemalt.«

»Na, alles Mögliche halt. Malen, töpfern, ein bisschen Bildhauerei ... Vielleicht sitzt sie aber auch einfach nur auf einer Bank vor ihrem Häuschen in der Sonne und schaut den Wolken hinterher.«

Stella machte sich eine geistige Notiz: Sie musste ihre Großmutter unbedingt noch mal genauer über Undine ausfragen. Oder nein ... Sie hatte eine viel bessere Idee.

»Sag mal, als frischgebackene Erbin ist die geheimnisvolle Undine für deine Zeitung doch bestimmt irre interessant, oder?«

»Klar. Warum fragst du?«

»Du hast nicht zufällig vor, mal ein richtig ausführliches Porträt über sie zu machen? So mit Homestory und allem Brimborium?«

»Worauf willst du hinaus?«

»Hast du je wegen eines Interviews bei ihr angefragt?«

Ben schüttelte den Kopf. »Nee. Ich sag doch, sie ist nicht besonders interessant.«

»Aber jetzt *ist* sie es, nicht wahr? Und wenn du sie in ihrem Häuschen besuchst, wäre ich gerne dabei.«

»Du spinnst! Als was denn?«

»Keine Ahnung. Als deine Assistentin oder so. Ich möchte sie unbedingt kennenlernen.«

Ben stand auf und ging in der Küche umher. Er dachte nach, das sah Stella ihm an. Sie hielt es für klüger, den Mund zu halten und ihn in Ruhe zu lassen.

Endlich hielt Ben inne. Er lehnte sich an die Arbeitsfläche

und blickte Stella ernst an. »Du denkst also wirklich, Cäcilie von Breidenbach wurde ermordet. Aber wieso denn bloß? Nur, weil ihre Erben Geld brauchen? Das kommt in den besten Familien vor. Ich habe das Gefühl, du verrennst dich da in …«

Stella hob die Hand, um ihn zu unterbrechen, und Ben klappte den Mund zu. »Ich habe dir von meinem Termin mit Daniela Behrens alias Serena von Breidenbach noch nicht alles erzählt. Da war mehr als die Tatsache, dass sie mir einen falschen Namen genannt hat.«

»Ach du Schande. Hat sie etwa angekündigt, ihre Tante ermorden zu wollen? Kann ich mir beim besten Willen nicht vorstellen.« Ben rollte mit den Augen. »Aber lass mich raten: Jetzt kommt irgendwas mit Planeten, richtig? Oder deine Oma hat von ihrer Glaskugel eine Nachricht aus der Zwischenwelt erhalten.«

Er machte sich über sie lustig, und das ärgerte Stella. »Lass das, Ben. Es ist mir verdammt ernst.« Sie schluckte ihren Groll herunter. Derlei Gefühle waren jetzt mehr als kontraproduktiv. »Diese Kundin interessierte sich besonders für eine bestimmte Konstellation im Jahreshoroskop ihrer Tante. Eine Konstellation, die – so sagte sie selbst – für Mord und Totschlag stehen soll.«

»Moment mal … da klingelt was bei mir. Hat dieser van Aalen nicht kürzlich einen Vortrag dazu gehalten? Er hat nämlich Einladungen in die Redaktion geschickt. Hat wohl gehofft, wir würden auf dieses Thema anspringen. Fehlanzeige.«

»Und wer saß bei diesem Vortrag in der ersten Reihe, wie ich auf seiner Website entdeckt habe? Serena.« Stella referierte kurz, um was es genau bei diesem Vortrag gegangen war, und fuhr dann fort: »Jetzt erkläre mir mal bitte, warum sie wegen des Horoskops zu mir gekommen und nicht zu ihrem Leibastrologen gegangen ist.«

»Woher willst du denn wissen, dass er Serenas Leibastrologe ist?«

»Ich bitte dich: Van Aalen war zu Cäcilies Trauerfeier eingeladen, also hat er näher mit der Familie zu tun, richtig? Serena sitzt bei jedem seiner Vorträge in der ersten Reihe ... welchen Schluss kann man daraus wohl ziehen?«

»Na gut, in dieser Sache könntest du recht haben. Dennoch: Das alles ist kein Beweis dafür, dass sie ihre Tante ermordet hat.«

»Stimmt. Aber ich habe ein verdammt ungutes Gefühl, Ben.«

Ben sah sie ernst an und nickte. »Okay. Versuchen wir, ein paar Dinge herauszufinden. Als Erstes bemühe ich mich um einen Interviewtermin bei Undine von Breidenbach. Meinem Chef werde ich sagen, dass ich eine Porträtreihe über die drei Geschwister machen will. Allerdings habe ich wenig Hoffnung, dass ich an Fridolin und Serena rankomme.«

»Wieso?«

»Die rufst du nicht einfach an, verstehst du? Da reicht es noch nicht einmal, irgendeine Vorzimmerdame zu bezirzen.«

»Sondern?«

»Alles läuft über den Familienanwalt, Otmar Hansen, der auch der Firmenanwalt ist. Ohne Hansens Zustimmung läuft gar nichts.«

»Aber du wirst es versuchen?«

Ben nickte. »Das auf jeden Fall.«

Kurz vor dem Einschlafen fiel Stella ein, dass sie ganz vergessen hatte, Ben nach dem Stand seiner neuesten Verliebtheit zu fragen. Ob er mithilfe des Horoskops bei der Angebeteten wohl Sympathiepunkte gemacht hatte?

Eines war wirklich seltsam: Männer, die sich für Esoterik interessierten – wenn auch nur vermeintlich –, hatten bei Frauen oft einen Stein im Brett.

Umgekehrt war es ganz anders, wie Stella leider aus eigener Erfahrung wusste.

Männer fanden sie attraktiv, und an Dates hatte es ihr nie gemangelt. Aber meist war es bei einem Treffen geblieben, denn sobald die Rede auf ihren Beruf kam, war der Ofen aus. Astrologin, das schien für die meisten Männer gleichbedeutend mit einer Hexe zu sein, die furchteinflößende Zauberkräfte besaß. Tatsächlich hatte sie nie die Chance, sich mit all ihren Facetten zu präsentieren, weil sie immer auf ihren Beruf reduziert wurde. Sie hatte sogar schon einmal darüber nachgedacht, sich als Sekretärin oder Lehrerin auszugeben, nur damit die Männer nicht sofort flüchteten.

»Tut mir leid, aber ich will meine Zukunft nicht wissen«, hatte mal einer gesagt und war mitten in einem Essen aufgestanden und gegangen. Fassungslos hatte sie im Restaurant gesessen und dann zähneknirschend die Rechnung beglichen.

Aber auch wenn die Männer sich nicht abfällig äußerten, konnte sie in ihren Gesichtern lesen, was sie dachten: Furcht, Verachtung, Spott – und nichts davon war angenehm.

Einmal hatte sie eine Beziehung mit einem Kollegen aus der Branche gehabt, aber auch das war nur von kurzer Dauer gewesen, denn innerhalb weniger Wochen hatte sie sich in einem von ihm initiierten Konkurrenzkampf wiedergefunden. Ohne lange zu zögern, hatte sie die Notbremse gezogen und Schluss gemacht.

Kein Wunder, dass sie sich beinahe schon damit abgefunden hatte, allein zu bleiben. Der Mann an ihrer Seite musste selbstbewusst und offen sein – und ihr die Möglichkeit geben, sie vorurteilsfrei kennenzulernen. Nur dann hatten sie eine Chance.

Kapitel 8

»Ben! Du sollst sofort zum Chef kommen!«, rief die Praktikantin quer durchs Großraumbüro.

»Mist«, murmelte Ben nach einem Blick auf die Uhr. Er war ohnehin schon knapp dran. Aber gut. Sein Rechner war bereits heruntergefahren, die Fototasche gepackt. Er hängte sich den Riemen über die Schulter, checkte kurz, ob er Handy und Autoschlüssel eingesteckt hatte, und marschierte zum Chefbüro.

Wie üblich war die Tür halb geöffnet. Michael Bandner war dafür bekannt, dass er gerne mindestens ein Ohr draußen bei seinen Leuten hatte. Was diese eigentlich nicht so gerne hatten, aber das störte ihn nicht weiter.

Ben klopfte an den Türrahmen und wurde hereingebeten.

»Tür zu«, sagte Bandner knapp und deutete auf den Besucherstuhl vor seinem Schreibtisch. Dann wandte er sich wieder den Unterlagen zu, die vor ihm lagen.

Mühsam unterdrückte Ben seine Ungeduld. In aller Seelenruhe, als sei er allein im Büro, studierte Bandner weiter die Papiere, blätterte um, las weiter …

»Chef. Herr Bandner«, sagte Ben schließlich. »Ich will nicht drängen, aber ich habe einen Interviewtermin, zu dem ich auf keinen Fall zu spät erscheinen möchte.«

Michael Bandner blickte hoch. »Und genau darüber möchte ich mit Ihnen sprechen.«

Ach tatsächlich? Ben war verblüfft. Das war bisher noch nie vorgekommen.

»Ganz recht«, fuhr Bandner fort. »Sie haben einen Termin mit Undine von Breidenbach, nicht wahr? Wie sieht es mit den beiden anderen aus? Stand der Dinge?«

»Das gestaltet sich ein wenig zäh. Meine Anfrage läuft über den Anwalt der Familie, Otmar Hansen. Ich warte noch auf seine Antwort.«

»Aha.« Bandner nickte vor sich hin, als hätte er genau das erwartet. »Und wieso hat das mit Undine von Breidenbach so schnell geklappt?«

Ben zuckte mit den Schultern. »Ich habe sie einfach angerufen. Sie steht im Telefonbuch.«

»Tatsächlich? Nun denn ...« Bandner wippte mit seinem Stuhl und blickte nachdenklich aus dem Fenster. »Wie soll ich sagen ...«

Ist mir egal, Hauptsache schnell, dachte Ben.

»Also, Herr Glaeser, normalerweise mache ich Ihnen ja keine Vorschriften, wie Sie Ihre Interviews zu führen haben. Allerdings ...« Er verstummte.

Komm zu Potte, du Honk!, brüllte Ben innerlich, riss sich aber zusammen und fragte ruhig: »Allerdings?«

»Die von Breidenbachs sind nicht irgendwer, Herr Glaeser. Das ist eine Familie von höchstem Ansehen. Ich möchte, dass Sie überaus respektvoll mit ihnen umgehen.«

Ben traute seinen Ohren kaum. »Was heißt das? Dass ich mich den hochwohlgeborenen Herrschaften nur unter Verbeugungen nähern und ihnen nicht in die Augen sehen darf?«

»Reden Sie nicht so einen Mumpitz, Herr Glaeser. Ich möchte nicht, dass die von Breidenbachs sich hinterher ärgern, uns ein Interview gewährt zu haben, verstehen Sie? Besonders heute, das ist delikat. Undine von Breidenbach gilt als ... nun ja ... wie soll ich sagen ...«

»Zurückgeblieben?«, platzte Ben heraus.

Sein Chef zuckte sichtlich zusammen und hob die Hände. »Bitte, Herr Glaeser«, sagte er mit gedämpfter Stimme, als befürchtete er heimliche Lauscher, »das will ich nicht gehört haben! Frau von Breidenbach ist eine höchst sensible Person – und genauso sensibel werden Sie mit ihr umgehen. Wir haben uns verstanden, hoffe ich.«

Ben nickte knapp, stand auf und verließ das Büro.

Während der gesamten Fahrt zum Interview hatte Ben sich wortreich über seinen Chef echauffiert. Stella hatte ihm geduldig zugehört und wahlweise zustimmende oder bedauernde Geräusche gemacht. Als Ben weiter ausholen wollte, sagte sie sanft: »Lass gut sein, Ben. Allerdings frage ich mich, warum er diesen vorauseilenden Aufstand gemacht hat.«

Ben schnaubte. »Ha. Vorauseilender Aufstand, das ist gut. Das muss ich mir merken. Du fragst, warum? Kann ich dir sagen: Weil die von Breidenbachs so was wie die königliche Familie des Ruhrgebiets sind. Denen scheißt man nicht vor den Koffer.«

»Das hat doch auch kein Mensch vor. Oder hast du ihm gesagt, dass wir Cäcilies Tod für fragwürdig halten und deshalb mit den glücklichen Erben reden wollen?«

»Natürlich *nicht*. Ich bin ja nicht bekloppt. Der Bandner will einfach nur … Verdammt!«

Ben machte eine Vollbremsung, warf einen Blick in den Rückspiegel, setzte mit quietschenden Reifen ein Stück zurück und bog nach rechts in einen Feldweg ein. »Wir müssen hier lang.«

Er konzentrierte sich ganz darauf, den Wagen über den holprigen, unbefestigten Weg zu lenken.

»Nicht wirklich eine hochherrschaftliche Auffahrt«, sagte Stella. »Man sollte meinen, dass für ein bisschen Asphalt genug Kleingeld vorhanden sein dürfte.«

»Offenbar hat sie andere Prioritäten. Hoppla …« Er zog zischend die Luft ein, während er einige tiefe Schlaglöcher umkurvte. »Ich möchte nicht wissen, wie diese Piste hier nach ein paar Tagen Regen aussieht. Umso mehr interessiert mich, welches Auto die Dame fährt. Eine Flunder von Sportwagen schließe ich aus.«

Einige Minuten später führte der Weg auf einen tadellos gepflasterten Platz vor einem niedrigen Bauernhaus, das mit sichtlicher Sorgfalt restauriert worden war.

»Damit dürfte auch deine Frage nach ihrem fahrbaren Untersatz geklärt sein«, sagte Stella und deutete auf einen altertümlichen maigrünen Kombi. »Ziemlich rustikal.«

»Wow.« Ben parkte sein Auto neben dem Gefährt und stellte den Motor ab. »Das ist ein Buckelvolvo. Mindestens fünfzig Jahre alt. Fantastisch. Jetzt bin ich noch ein bisschen neugieriger auf die Dame.«

Sie stiegen aus und gingen auf die Haustür zu, als Undine von Breidenbach schon um die Hausecke kam. Optisch hätte Stella sich keinen größeren Gegensatz zur eleganten Serena vorstellen können. Undine trug ein flatterndes Blümchenkleid, selbst gestrickte Socken und Sandalen. Ihr langes, offenes Haar wehte um sie herum.

»Herzlich willkommen!«, rief sie und winkte, dann ließ sie die Hand sinken. »Oh, Sie sind zu zweit?«

»Ich muss mich entschuldigen, das ergab sich ganz spontan«, sagte Ben und lächelte entwaffnend. »Ich bin Ben Glaeser, und das ist meine Assistentin Stella Albrecht. Vielen Dank, dass Sie uns empfangen. Während ich Sie in Wort und

Bild porträtiere, Frau von Breidenbach, wird Stella weitere Eindrücke notieren. So kann ich mich gänzlich auf Sie konzentrieren.«

Undine musterte Stella und Ben nachdenklich, dann nickte sie. »Kommen Sie, wir setzen uns in den Garten, das Wetter ist so schön heute. Ich habe einen Kuchen gebacken. Mögen Sie Rhabarberkuchen?«

Ohne eine Antwort abzuwarten, drehte sie sich um und verschwand wieder um die Hausecke. Stella und Ben folgten ihr einen bestimmt zwanzig Meter langen Weg am Haus entlang. Von vorn hatte das Gebäude nicht besonders groß gewirkt, aber nun wurden die beachtlichen Ausmaße deutlich.

An die Rückseite des Hauses schloss sich ein weitläufiger Garten mit knöchelhohem Gras voller Blumen und alten, knorrigen Obstbäumen an. Überall standen große Skulpturen, die aus Metall, Holz oder beidem gefertigt waren. Bei manchen ließ sich erahnen, was sie darstellen sollten, bei den meisten allerdings nicht. Zusätzlich hingen an den Ästen der Bäume Windspiele und Mobiles, in denen Federn, Muscheln und kleine Tierknochen verarbeitet waren. Ganz offensichtlich war Undine von Breidenbach eine vielseitige Künstlerin.

An einer schattigen Stelle wartete ein gedeckter Tisch auf sie.

»Nehmen Sie Platz, ich hole den Kaffee und noch ein Gedeck«, sagte ihre Gastgeberin und eilte ins Haus.

»Na, was sagst du?«, fragte Ben.

Stella setzte sich und grinste. »Ich bin ein wenig erschlagen, um ehrlich zu sein. Auf jeden Fall ist sie kreativ. Mich würde interessieren, ob es im Haus ähnlich aussieht.«

»Achtung, sie kommt zurück«, murmelte Ben und ging Undine von Breidenbach entgegen, um ihr das Tablett abzunehmen, was sie mit einem koketten Lächeln quittierte.

Als Kaffee und Kuchen verteilt waren, sagte Stella: »Hier ist es wirklich wunderschön. So viel Platz. Bestimmt haben Sie Haustiere?«

»Nein. Sie sterben.«

Eine kleine, unbehagliche Stille entstand. Das war kein guter Start ins Interview gewesen, ahnte Stella, und der Blick, den Ben ihr zuwarf, bestätigte das. Betreten nahm Stella einen Schluck Kaffee. Der Kuchen schmeckte gut.

»Wir sind sehr beeindruckt von der vielfältigen Kunst in Ihrem Garten, Frau von Breidenbach«, sagte Ben. »Stammen die Skulpturen von Ihnen?«

Undine von Breidenbach nickte. »Nennen Sie mich Undine, bitte. Selbstverständlich sind die Skulpturen von mir. Warum fragen Sie?«

»Nun …«, Ben lächelte sie an, »Sie sind eine besonders zarte Person, wenn ich mir diese Bemerkung erlauben darf. Die Vorstellung, dass Sie mit diesen groben und schweren Materialien hantieren, fällt mir schwer.«

»Sie wollen mir schmeicheln …« Zarte Röte huschte über das Gesicht der Künstlerin. Sie lächelte und aß von ihrem Kuchenstück.

Du flirtest mit ihm, dachte Stella, du bist fasziniert von Ben, was mir bestens in den Kram passt. Je mehr du mich ignorierst, desto besser kann ich dich beobachten.

»Ich mag äußerlich zart wirken«, fuhr Undine von Breidenbach fort, »aber das täuscht. Schließlich kann ich nicht jedes Mal jemanden zu Hilfe holen, wenn ich an einem größeren Werkstück arbeite, nicht wahr?« Sie kicherte albern und fügte mit kindlicher Stimme hinzu: »Ich kann einen Baumstamm ganz alleine tragen.«

Sie klang wie ein Kleinkind, das stolz darauf ist, die Schnürsenkel zum ersten Mal selbst gebunden zu haben.

»Jetzt bin ich noch beeindruckter von Ihnen«, erwidert Ben, »ich bewundere kreative Menschen sehr. Woher nehmen Sie nur die vielen Ideen, Undine? Ich hörte, Sie widmen sich auch der Malerei?«

»Allerdings. Möchten Sie mein Atelier sehen?«, fragte Undine von Breidenbach. Langsam wickelte sie eine lange Strähne ihres grauen Haars um den Zeigefinger, wobei sie Ben nicht aus den Augen ließ.

»Nichts lieber als das!«, trompete Ben munter und setzte seine Tasse ab. Während ihre Gastgeberin vom Tisch aufsprang, warf Ben Stella einen heimlichen Blick zu. Mit hochgezogenen Brauen.

Auch Stella verließ den Tisch und schlenderte mit ein wenig Abstand hinter den beiden her. Diese Geste mit der Haarsträhne … Bei einem Kind hätte sie niedlich gewirkt, bei einem Teenager oder vielleicht auch noch bei einer jungen Frau kokett … Aber bei einer Frau von Mitte fünfzig?

Das Atelier war ein großer, lichtdurchfluteter Raum mit bodentiefen Fenstern, in dem früher – vor dem Umbau – vermutlich mal Kühe gemolken worden waren. Überall an den verbliebenen Wandflächen hingen und lehnten großformatige Gemälde, meist Landschaften, die von der Künstlerin großzügig um Elemente wie Einhörner, Feen, Drachen und dergleichen ergänzt worden waren. Stellas Blick wurde von der großen Staffelei angezogen, die mitten im Raum stand; das darauf befindliche Bild war mit einem Laken verhängt –

allerdings nur nachlässig, sodass Teile des Gemäldes zu sehen waren. Es schien sich um eine nächtliche Schlafzimmerszene zu handeln.

Ben stand an der Staffelei, fragte: »Darf ich?«, und zog, ohne Undine von Breidenbachs Zustimmung abzuwarten, das Laken herunter.

»Oh!«, rief Undine von Breidenbach und eilte herbei. Ganz zart strich sie mit der Hand über das Gemälde und wisperte: »Meine tote Tante ...«

»Darf ich Sie vor diesem Bild fotografieren?«, fragte Ben, aber die Malerin schüttelte den Kopf.

»Lieber vor diesen hier«, sagte sie und zog Ben am Ärmel mit sich zu einer Wand voller Gemälde, die mystische Wälder zeigten.

Das war Stella mehr als recht, denn nun konnte sie sich das Bild auf der Staffelei näher ansehen.

Meine tote Tante, hatte Undine gesagt. Tatsächlich zeigte das Gemälde eine Frau in einem riesigen, antiken Bett mit hohen, reich geschnitzten Pfosten an den Ecken. Zahlreiche brennende Kerzen in hohen Kandelabern und eine altmodische Stehlampe warfen sanftes Licht auf die Szene.

Die Figur im Bett war lediglich mit ein paar Pinselstrichen skizziert. Stella erkannte weißes Haar und schmale Hände, die auf der kostbar wirkenden Bettdecke – die bis zum Kinn hochgezogen war – gefaltet waren. Auf der Decke lagen Blumen mit roten Blüten. War das tatsächlich die in ihrem Schlafzimmer aufgebahrte Cäcilie von Breidenbach? Unter einer gesteppten Satindecke mit goldenen Troddeln? War das in diesen Kreisen wohl üblich?

Über das Bett hinweg wanderte Stellas Blick zum riesigen, bodentiefen Sprossenfenster im Hintergrund des Gemäldes. Am nächtlichen Himmel waren einige Sterne zu sehen … und eine Sternkonstellation, die einen Totenkopf bildete. Der bleiche Mond – es gab sogar einige angedeutete Krater – war eine der Augenhöhlen des Schädels.

Wie verrückt war das denn? Stella sah sich unauffällig zu den beiden anderen um, die ihr momentan den Rücken zuwandten. Dann zog sie rasch ihr Handy heraus und machte einige Aufnahmen vom Gemälde.

Sie hatte es gerade wieder weggesteckt, als Undine von Breidenbach direkt hinter ihr sagte: »Tante Cäcilie ist nun erlöst. Und der Himmel hat gesprochen in dieser Nacht.«

»Interessant, dass Sie das sagen«, erwiderte Stella. »Und sehr kreativ, dass Sie dieses Motiv gewählt haben. Der Totenschädel symbolisiert den Tod Ihrer Tante Cäcilie, nicht wahr?«

Undine von Breidenbach sah sie erstaunt an. »Symbolisiert? Nein. Ich habe nur gemalt, was ich in jener Nacht gesehen habe.«

Auf der Rückfahrt schwiegen sie zunächst. Undine von Breidenbach hatte sie freundlich verabschiedet und Ben – natürlich nur Ben – eingeladen, sie zu besuchen, wann immer er wolle. Oder falls er noch weitere Fragen habe: jederzeit.

Als Ben vom Feldweg auf die Landstraße in Richtung Innenstadt eingebogen war, sagte er: »Wow, das war schräg. Was hältst du von ihr?«

»Auf jeden Fall konnte sie *dich* gut leiden.«

Ben kicherte. »Diese Wirkung habe ich seltsamerweise auf Damen zwischen fünfzig und sechzig. Ich scheine der perfekte Schwiegersohn zu sein.«

»Oder die perfekte Beute für alleinlebende Frauen, die sich ein Abenteuer mit einem jüngeren Mann vorstellen können. Undine hat mich komplett links liegen gelassen, hast du das nicht gemerkt? Als wäre ich überhaupt nicht anwesend!«

»Ich dachte, das ist dir recht. So konntest du wenigstens alles in Ruhe beobachten.«

»Ich beschwere mich ja auch nicht darüber. Es ist mir nur aufgefallen. Aber um deine Frage zu beantworten: Ja, sie ist schräg. Sie kam mir vor wie eine multiple Persönlichkeit, so häufig hat sie ihr Verhalten geändert.«

Ben warf ihr einen kurzen, erstaunten Blick zu, dann konzentrierte er sich wieder auf die Straße. »Hat sie?«

»Allerdings: Kleinkind, koketter Teenager, weise Kräuterhexe, vergeistigte Künstlerin ... ihr Repertoire ist breit gefächert. Allerdings frage ich mich, ob sie es bewusst steuert.«

»Du meinst, das alles könnte eine Inszenierung sein? Die große, bunte Undine-Show?«

»Ich habe keinen Schimmer, Ben. Meine Oma hat sie als lieben und freundlichen Menschen beschrieben, aber ich habe das blöde Gefühl, dass die *liebe* Undine vielleicht nur ein Aspekt ihrer Persönlichkeit ist.« Stella schüttelte den Kopf. »Ach, das ist bestimmt Quatsch. Sie hat mich einfach irritiert, das trifft es vielleicht am besten. Was mich allerdings wirklich umgehauen hat, ist das Gemälde.«

»Das war wirklich irre. Ich würde es zu gern abdrucken. Dieser Totenschädel ... gruselig.«

»Ich habe es heimlich fotografiert.«

Ben lachte. »Es hätte mich auch sehr gewundert, wenn nicht. Aber das kann ich nicht benutzen. Sie hat ganz klar gesagt, dass es privat ist. Es war ihr ja schon unangenehm, dass wir es überhaupt gesehen haben.«

»Und das ist auch so ein Punkt, der mich nachdenklich macht«, erwiderte Stella. »Dafür, dass es niemand sehen soll, hat sie es nur sehr nachlässig versteckt, finde ich. Ich meine, sie wusste doch, dass sie heute Besuch bekommt. Und wir haben uns ja auch nicht wirklich gewaltsam Zutritt zu ihrem Atelier verschafft, richtig? Im Gegenteil: Sie hat es uns angeboten. Es wäre für Undine ein Leichtes gewesen, das Gemälde von der Bildfläche verschwinden zu lassen; sie hätte es nur in ein anderes Zimmer stellen müssen. Sie hätte sogar noch Gelegenheit dazu gehabt, als wir schon im Garten saßen. Als sie den Kaffee aus dem Haus geholt hat.«

»Vielleicht ist sie so tüddelig, dass sie es vergessen hat.«

»Mag sein.«

»Und der Totenschädel …« Ben schüttelte den Kopf. »Auf so was muss man erst mal kommen. Fantasie hat sie jedenfalls, das muss man ihr lassen.«

»Na, daran besteht kein Zweifel. Die Skulpturen, die Mobiles – sie ist auf jeden Fall künstlerisch veranlagt. Aber der Totenkopf auf dem Gemälde …« Stella brach ab und dachte nach.

»Was ist damit?«, fragte Ben. »Er steht bestimmt dafür, dass die liebe Erbtante gestorben ist. Gevatter Tod mal anders. Ewig das Skelett mit der Sense in der zerfetzten Kutte ist ja auch auf Dauer langweilig.«

Stella schüttelte den Kopf. »Das ist es nicht. Ich glaube, er symbolisiert die vermeintlich tödliche Mars-Pluto-Konjunktion, für die sich ihre Zwillingsschwester Serena so intensiv interessiert hat. Und was sagt uns das? Undine wusste ebenfalls von den kosmischen Gegebenheiten. Aber vermutlich nicht von Serena, denn meine Oma sagt, die beiden seien wie Hund und Katze. Kaum vorstellbar, dass sie gemütlich zusammensitzen und bei einem Tässchen Tee über Astrologie plaudern.«

Kapitel 9

Kopflos stürmte Stella aus dem Präsidium.

Das Gespräch mit diesem borniertem und desinteressierten Kommissar hatte sie derart aufgeregt, dass sie mehrere Versuche benötigte, um ihr Auto aufzuschließen. Schließlich schaffte sie es und fuhr los.

Typisch Mann, dachte sie, was er nicht versteht, zieht er ins Lächerliche. Der hat null Kontakt zu seinem Mond, so kopflastig, wie er ist.

Kurz entschlossen parkte sie am Stadtpark; sie hatte das Bedürfnis, ein paar Schritte zu laufen, um sich abzureagieren. Tatsächlich beruhigte sie das üppige Grün der Natur um sie herum. Sie setzte sich auf eine Bank am Ufer des idyllischen Teichs und beobachtete die Enten, während sie über das Gespräch mit diesem Beamten nachdachte, von dem sie lediglich den Vornamen – Arno – behalten hatte. Wie hatte noch gleich sein Nachname gelautet? Till... Tillo... sie konnte sich beim besten Willen nicht erinnern. War aber auch egal, denn sie würde ihm vermutlich nie wieder begegnen.

Allerdings ... Wie hätte sie wohl reagiert, wenn sie an seiner Stelle gewesen wäre?

Sie hatte ihn mit Dingen konfrontiert, die ihr selbst vollkommen logisch und vernünftig erschienen, auf ihn allerdings wie ziemlich wirres Geschwafel gewirkt haben mussten.

Manchmal vergaß Stella einfach, dass die Astrologie für

manche Menschen schlicht und ergreifend totaler Humbug war. Eine Ansammlung hanebüchener Theorien, die von einer Horde durchgeknallter, selbst ernannter Gurus zu einer Art Pseudowissenschaft hochstilisiert wurden. Gurus und selbst ernannte Heilsbringer, die es irgendwie geschafft hatten, ihre Gläubigen von der Wahrhaftigkeit unbeweisbarer Märchen zu überzeugen, für die sie sich auch noch teuer bezahlen ließen.

Man musste ja nur einschlägige Fernsehkanäle einschalten. Da saßen dann obskure Gestalten, die angeblich Kontakt zu himmlischen Wesen hatten, mit Tarotkarten herumkasperten und innerhalb von zwei Minuten Telefongespräch mit Ratsuchenden etwas vorführten, das sie Beratung nannten. Oder ihren Jüngern irgendwelchen überteuerten Schrott andrehten, der angeblich von Erzengeln gesegnet war. Vermeintlich mit positiver Energie bestrahlte Kraftsteine, die dann hundert Euro kosteten, in Wahrheit aber nichts anderes waren als Kiesel aus dem Baumarkt. Diese Pseudoastrologen schafften es, eine ganze Branche in Verruf zu bringen.

Kein Wunder, dass Leute wie dieser Kommissar glaubten, Astrologen wie sie selbst seien nichts anderes als betrügerische Scharlatane, die irgendwann mal einen Fliegenpilz zu viel gegessen hatten.

Wie hatte sie nur ernsthaft glauben können, einen Kommissar der Kriminalpolizei von ihrem sicheren Gefühl überzeugen zu können, dass jemand bei Cäcilie von Breidenbachs Ableben nachgeholfen hatte? Nein, für sie selbst war es Gewissheit, aber für alle anderen war es wohl nicht mehr als das diffuse Bauchgefühl einer Frau in fragwürdiger mentaler Verfassung.

Dieser Arno Tilli…*irgendwas* hatte sich redlich bemüht, höflich zu bleiben, das musste sie ihm zugestehen. Aber sein Gesicht hatte Bände gesprochen, denn wie er war kaum jemand dazu imstande, diese winzigen Veränderungen in seiner Mimik zu kontrollieren, die seine wahren Gefühle ausdrückten – so sehr er sich auch bemühte. Sie hatte Verachtung aufblitzen sehen, mehrmals, nicht einmal einen Wimpernschlag lang. Aber sie hatte es bemerkt. Außerdem Belustigung, logisch, aber gepaart mit einer Art Betroffenheit, die sehr persönlich gewirkt hatte. Sie wünschte sich, sie könnte das Gespräch ungeschehen machen und einen neuen Versuch starten. Dann würde sie diplomatischer vorgehen, vorsichtiger, und nicht so mit der Tür ins Haus fallen. Aber dazu war es nun zu spät.

Spontan zog sie ihr Handy heraus und wählte Bens Nummer.

»Mein Fische-Aszendent ist mal wieder mit mir durchgegangen. Ich vergesse es immer wieder, dass die meisten Menschen sehr viel nüchterner und rationaler sind als ich«, sagte sie, kaum dass er das Gespräch angenommen hatte. »In anderen Worten: Ich habe großen Mist gebaut.«

Nach einem kurzen Moment verblüfften Schweigens lachte Ben und fragte: »Ist es etwas, das als Schlagzeile taugt?«

Wider Willen musste Stella kichern. »Ich kenne deine Kriterien nicht«, erwiderte sie dann. »Ist die Story einer dummen Gans, die sich total lächerlich gemacht hat, reif für die Titelseite?«

»Kommt drauf an.«

»Na gut. Ich war bei der Polizei und habe von unserem Verdacht, Cäcilie könnte ermordet worden sein, erzählt.«

»Du machst Witze!«

»Ich wünschte, es wäre so«, murmelte Stella. Dann erzählte sie ihm von ihrem Gespräch auf dem Präsidium.

»Hallo, du traust dich ja was!«, rief Ben, nachdem sie geendet hatte. »Ich weiß gerade nicht, ob ich dich dafür bewundern oder auslachen soll. Warum um Himmels willen hast du das getan?«

Ja, das fragte sie sich mittlerweile auch, aber am Morgen war es ihr so logisch erschienen … »Also, ich habe gestern noch sehr lange über alles nachgedacht«, sagte sie kleinlaut. »Und als ich heute Morgen aufgewacht bin, war ich absolut sicher, dass wir es mit Mord zu tun haben.«

»Warum hast du denn nicht zuerst mit mir gesprochen? Oder irgendjemand anderem, der seine fünf Sinne beisammenhat?«

»Wollte ich ja, aber du warst nicht erreichbar. Dann bin ich runter zu Oma, aber die hatte Termine. Ich musste mit irgendwem darüber reden, unbedingt. Mir fiel nichts anderes ein, als zur Polizei zu fahren. Ich meine, die sind schließlich für so etwas zuständig. Und predigen die nicht immer, dass man ein aufmerksamer Bürger sein und sich ihnen lieber einmal zu viel als einmal zu wenig anvertrauen soll, wenn einem etwas komisch oder verdächtig vorkommt? Genau das habe ich getan.«

Sie hörte ihn leise kichern, dann fragte er: »Gutes Mädchen. Wie haben sie reagiert?«

»Sie? Ich habe mit einem Kommissar geredet. Ein Baum von einem Kerl mit Bart. Mit Sicherheit hat er gedacht, ich wäre aus der nächstbesten Klapse ausgebrochen. Oder eine gelangweilte Hausfrau mit zu viel Fantasie, die sich für eine Hellseherin hält.«

»Wie hieß er? Weißt du, ich kenne einige von den Jungs. Vielleicht kann ich es wieder geradebiegen.«

Stella lachte. »Meinen guten Ruf wiederherstellen, meinst du? Das dürfte vergebliche Liebensmüh sein. Arno hieß er, und sein Nachname fing mit *Till* an, glaube ich.«

Brüllendes Lachen kam aus dem Hörer. Als Ben sich wieder beruhigt hatte, fragte er schnaufend: »Du bist an Miss Tilly geraten? Gütiger Himmel! Ich wusste gar nicht, dass Arno wieder im Dienst ist.«

»Äh … *Miss Tilly*?« Jetzt war Stella neugierig.

»Ja, kennst du die etwa nicht? Diese Werbetante, die mit Spülmittel herumpanscht?«

Stella verdrehte die Augen. »Ich weiß, wer Miss Tilly war. Ich will wissen, warum du diesen Kommissar so nennst.«

»Das ist halt sein Spitzname. Arno Tillikowski, verstehst du? Miss Tilly! Alle nennen ihn so. Also, jedenfalls alle in unserer Fußballmannschaft. Wir treffen uns immer sonntagvormittags und spielen ein bisschen. Allerdings war Arno schon lange nicht mehr da, er hatte diesen Unfall. Freut mich, dass er wieder gesund zu sein scheint.«

»Zumindest saß er im Präsidium in einem Büro an einem Schreibtisch, also war er offenbar im Dienst. Vielleicht wäre es besser gewesen, er hätte noch einen Krankenschein gehabt.«

»Dann hättest du dich halt vor jemand anderem blamiert. Mensch, Stella, sagst du nicht immer, dass deine Jungfrau-Sonne dich davor bewahrt, unbesonnen zu sein? Hat er dich denn sofort vor die Tür gesetzt oder zuerst noch zugehört?«

Bei der Erinnerung daran seufzte Stella. Dann sagte sie: »Ich hab ihm alle Sachen erzählt, die ich von dir über Serena und Fridolin weiß. Und dass die beiden unbedingt Geld brauchen und vielleicht nicht warten konnten, bis Tante Cäcilie auf natürlichem Weg stirbt. Zumal sie ja offenbar kerngesund war.«

»Hast du unseren Besuch bei Undine erwähnt?«

»Nein, das habe ich mich nicht getraut. Ich dachte plötzlich, er wird vielleicht sauer, weil wir uns bei ihr eingeschlichen haben, um sie auszuhorchen. Ist das nicht vielleicht Hausfriedensbruch oder so etwas?«

»Nee, immerhin hatte ich einen offiziellen Interviewtermin mit ihr.« Eine kurze Stille folgte. »Diese Quelle, die du ihm gegenüber erwähnt hast … Du hast doch hoffentlich nicht meinen Namen genannt? Also, dass du die schmutzigen kleinen Informationen über Fridolin und Serena von mir hast?«

»Natürlich *nicht*. Was denkst du denn? Ich habe nur von einer gut informierten Quelle gesprochen. Wie ihr das bei der Zeitung auch immer macht.«

Sie hörte ihn aufatmen. »Das war klug.«

»Vielen Dank. Aber er sagte, ich solle meine Quelle mitbringen. Dann könnte er überprüfen, was von diesen Gerüchten der Wahrheit entspricht. Und vielleicht eine Ermittlung in Gang setzen.«

»Natürlich. Der Arno riskiert doch nicht seinen Job, um auf irgendwelche Verdächtigungen hin einem Fridolin von Breidenbach auf den Pelz zu rücken. Der Anwalt, dieser Otmar Hansen, zertritt einen unbedeutenden Kommissar im Nullkommanichts zu Staub, so schnell kannst du gar nicht gucken. Der ruft den Polizeipräsidenten an – ach, was sag ich: den Justizminister! – und sagt dem, er solle den kleinen Terrier zurückpfeifen, der gerade versucht, seinem Chef ans

Bein zu pinkeln. Eine sichere Methode, um Arnos Karriere bis zum Nimmerleinstag stagnieren zu lassen.«

Stella spürte, dass sie wütend wurde. »Ganz allmählich kann ich es nicht mehr hören, wie hochwohlgeboren und unantastbar dieser Clan ist. Es kann doch nicht sein, dass die mit allem durchkommen, nur weil sie Geld genug haben, um sich freizukaufen!«

»Stella«, sagte Ben sanft, »vergiss bitte nicht, dass dein Verdacht sich – in Arnos Augen, zum Beispiel – auf eine Planetenkonstellation gründet. Auf ein Horoskop.«

»Nein, das tut es nicht! Es ist die Tatsache, dass Serena von mir wissen wollte, wann dieser Tag mit der gefährlichen Mars-Pluto-Konjunktion sein wird – und dass Cäcilie an diesem Tag gestorben ist! *Das* macht mich misstrauisch. Es gibt einen Grund, weshalb sie das Datum wissen wollte. Und es ist umso verdächtiger, weil sie an Astrologie *glaubt*. Es geht darum, wie sie denkt und wovon sie ihr Handeln bestimmen lässt, das ist alles. Ob Fridolin aktiv mit drinhängt – keine Ahnung. Aber ich halte ihn für verzweifelt genug, um Serena nicht davon abzuhalten. Verdammt!«

»Schön, dass du es mir noch einmal erklärst, aber ich hatte es längst verstanden. Immerhin bin ich mit im Boot. Wer weiß, vielleicht schaffen wir es, Stückchen um Stückchen zusammenzutragen, sodass Arno irgendwann überzeugt ist, dass sich eine Ermittlung lohnt. Aber vielleicht schaffen wir das auch nie, das muss dir klar sein. So leid es mir tut. So, und jetzt muss ich auflegen, ich habe einen Termin. Wir reden später weiter, okay? Lass uns doch in der City auf ein Bierchen treffen. Ich rufe dich an, wenn ich Feierabend habe.«

Kapitel 10

Wieder zu Hause angekommen, machte Stella sich auf die Suche nach ihrer Großmutter. Sie fand Maria weder in ihrer Wohnung noch in der Orangerie. Ein wichtiger Hinweis war allerdings das beinahe schon antike Herrenrad, das seitlich an der Villa abgestellt war.

Stella ging ein Stück die Auffahrt hinunter und öffnete eines der großen Holztore der lang gestreckten Remise. Ganz früher waren dort die Kutschen der Herrschaft untergebracht gewesen, aber irgendwann hatte man sie zu Garagen umgebaut. In einer davon stand Marias alter Kirmeswagen, ein bunt bemalter Anhänger aus Holz, in dem sie zu ihrer Zeit als Wahrsagerin von Jahrmarkt zu Jahrmarkt gereist war. Stella musste jedes Mal grinsen, wenn sie die schwungvolle goldene Schrift auf tiefgrünem Grund las: »Madame Pythia – Wahrsagerin, Medium, Prophetin«. Die wie ein flatterndes Spruchband gestaltete Aufschrift war von einem prachtvollen Sternenhimmel umgeben, in den farbige Planetensymbole gestreut waren.

Für ihre Großmutter war der Wagen eine lieb gewonnene Erinnerung. Zu gern hätte sie ihn im Garten aufgestellt, hatte sich aber bisher nicht gegen Felicitas' erbitterten Widerstand durchsetzen können. Ein Kirmeswagen im Park der Villa? Niemals. Dann schon lieber ›Patienten‹ im Foyer.

Stella stieg die kurze Holztreppe des Wagens hinauf und klopfte an die Tür, obwohl das Fahrrad signalisierte, dass Maria Besuch hatte.

»Oma? Ich bin's. Darf ich reinkommen?«

Natürlich durfte sie. Wie erwartet, war Maria in Gesellschaft: Otto Korittke, alter Weggefährte und enger Freund, saß mit brennender Zigarre und einem Fläschchen Bier auf dem bequemen Diwan, während Maria in einem ausladenden Sessel thronte. Von außen war der Wohnwagen im Urzustand belassen worden, aber innen hatte sie ihn mit Ottos Hilfe in einen gemütlichen Rückzugsort für sich und sorgfältig ausgewählte Gäste verwandelt.

»Stella!«, dröhnte Otto jovial. »Komm, gib einem alten Oppa ein Begrüßungsküsschen. Setz dich zu mir.« Er wandte sich an Maria und zwinkerte. »Dat Mädchen wird immer hübscher. Nich mehr lange, und sie ist so hübsch wie du, meine Schöne.«

Stella grinste innerlich, als sie das Aufleuchten in Marias Gesicht sah. Schon lange war ihr klar, dass die beiden mehr verband als eine innige Freundschaft. Sie küsste den alten Herrn auf beide Wangen, umarmte ihre Großmutter und ließ sich neben Otto aufs Sofa fallen.

»Was gibt 's Neues?«, fragte Maria. »Du wirkst aufgewühlt, Kindchen.«

Sie liest in mir wie in einem Buch, dachte Stella. Sie holte ihr Handy heraus und klickte in der Bildergalerie auf das Foto, das sie von Undines Gemälde gemacht hatte. Dann reichte sie es an ihre Großmutter weiter. »Schau mal hier.«

Maria wirkte erst verständnislos, dann weiteten sich ihre Augen vor Überraschung. »Aber ... das ist doch Cäcilies Schlafzimmer! Du meine Güte, soll das etwa Cäcilies aufgebahrter Leichnam sein? Wer ... Woher stammt dieses Gemälde? Und wo hast du das fotografiert?«

»Ben und ich waren gestern bei Undine von Breidenbach«, erwiderte Stella. »Ben hat sie für seine Zeitung interviewt. Und in ihrem Atelier stand auf einer Staffelei dieses Gemälde.« Sie beugte sich vor und deutete auf den Schädel aus Sternen, der durchs Fenster am Nachthimmel zu sehen war. »Hast du den Totenkopf bemerkt?«

Maria kniff die Augen zusammen. »Aber das ist ja … Das ist ziemlich morbide, oder? Und das hat wirklich Undine gemalt? Bist du sicher? Das scheint überhaupt nicht zu ihr zu passen.« Sie gab das Handy weiter an Otto. »Das soll meine Freundin Cäcilie sein, von der ich dir erzählt habe. Die, die kürzlich verstorben ist.«

Während Otto das Foto studierte und sich mit Maria darüber unterhielt, dachte Stella nach. Interessant, dass ihre Oma der Meinung war, es passe nicht zu Undine, etwas Morbides wie den Totenkopf zu malen. Aber was passte denn zu Undine? Oder besser: Was passte zu welcher ihrer Facetten? Von denen Maria vielleicht ja auch nicht alle kannte – ohne es zu ahnen. Natürlich kannte sie nur diejenigen, die Undine ihr zeigte.

Sie selbst – Stella – war hingegen keineswegs über dieses unheimliche Detail auf dem Gemälde gestolpert, sondern hatte es vielmehr insgeheim als kreatives Symbol für den Tod der geliebten Tante bewundert. Reichlich bizarr war ihr dann allerdings erschienen, wie Undine sein Vorhandensein im Bild begründet hatte.

»Hat Undine euch etwas über das Gemälde erzählt?«, fragte Maria. »Ist es wirklich eine reale Szene? Bis auf den Schädel, natürlich.«

Stella nickte langsam. »Wahrscheinlich war deine Freundin tatsächlich in ihrem Schlafzimmer aufgebahrt, bevor sie in den Sarg gelegt wurde. Was allerdings diesen Totenkopf betrifft ...« Sie brach ab. Sollte sie Maria die Wahrheit sagen?

»Wat is damit?«, fragte Otto.

Stella zögerte, dann gab sie sich einen Ruck. »Undine erzählte, sie habe nur gemalt, was sie in jener Nacht gesehen habe. Der Totenkopf habe wirklich am Nachthimmel gestanden.«

Maria sah sie ungläubig an. »*Das* hat sie gesagt?«

»Ja. Wörtlich. Keinerlei Interpretationsspielraum. Offenbar ist sie davon überzeugt, dieses ... hm ... Zeichen dort gesehen zu haben.«

»Mal unter uns Betschwestern«, warf Otto ein, »kann es sein, dat diese Undine ein bissken plemplem ist?« Mit dem Zeigefinger machte er kreiselnde Bewegungen an seiner Schläfe.

Maria schüttelte den Kopf. »Damit tust du ihr unrecht, Otto. Sie ist nicht plemplem. Allerdings ...«

Da ihre Großmutter nicht weiterredete, hakte Stella nach: »Allerdings? Dir ist etwas eingefallen, oder?«

»Es gab da mal einen Vorfall«, sagte Maria zögernd. »Undine war damals im frühen Teenageralter, wenn ich mich recht erinnere. Die Kinder hatten eine Nanny, die sich um sie kümmerte, und die arme Undine fand sie eines Tages mit gebrochenem Genick am Fuß einer Treppe. Sie war derart traumatisiert, dass man sie in ein Sanatorium geben musste. Seither ist sie etwas versponnen, zugegeben, aber mir wäre neu, dass sie unter Halluzinationen leidet. Zumindest hat sie mir gegenüber nie etwas davon erwähnt. Ich bin sicher, das hätte sie, wenn es so wäre.«

»Aber wissen Menschen mit Halluzinationen denn, dat es welche sind?«, fragte Otto. »Isses nich zum Beispiel so, dat

Leute, die Stimmen hören, diese für vollkommen real halten? Vielleicht is ihr gar nich bewusst, dat sie Dinge sieht, die … nun ja … nur sie allein wahrnimmt.«

Damit hat er natürlich recht, dachte Stella. Aber was, wenn Undine diesen Totenkopf … »Sag mal, Oma, wusste Undine von der Mars-Pluto-Konjunktion?«

»Keine Ahnung«, erwiderte Maria. »Denkst du, das ist die Bedeutung des Totenschädels am Himmel? Stellvertretend für diese Konstellation?«

»Könnte doch sein? Angeblich steht sie ja für Mord und Totschlag, wie Serena glaubt. Folgende Theorie: Undine weiß, dass ihre Tante umgebracht wurde. Oder ahnt es auch nur. Und deshalb hat sie den Schädel ins Bild gemalt. Als Hinweis.«

»Jetz bin ich verwirrt: Wer is denn diese Verena jetz schon wieder?«, fragte Otto.

»Serena« sagte Stella. »Mit S. Sie ist jemand, der dringend Geld braucht und eventuell nicht warten wollte – oder konnte –, bis Cäcilie von Breidenbach eines natürlichen Todes stirbt. Außerdem ist sie Undines Zwillingsschwester. So verpeilt Undine ist, so knallhart und machtbewusst ist Serena, soweit ich das bisher beurteilen kann. Und dann gibt es noch einen älteren Bruder, Fridolin, der auch aufs Erbe scharf war. Beide sind seit vielen Jahren in der Firma ihrer Erbtante aktiv, beide sollen hoch verschuldet sein, und beide profitieren enorm von Cäcilies Ableben.«

»Klingt ja fast wie von Shakespeare.« Grinsend paffte Otto an seiner Zigarre, dann fuhr er fort: »Die allmächtige Königin stirbt, die Erben tanzen auf ihrem Grab … Jetzt müssen wir nur noch warten, bis sie sich gegenseitig in die Pfanne hauen. Wenn der Tod der Königin ein Komplott war, isses nur eine Frage der Zeit, glaubt mir. Außerdem sind Dreierkonstellationen immer zum Scheitern verurteilt.«

Maria hob die Hand. »Moment, ich muss da mal was klarstellen: Wenn – *falls* – es ein Komplott gibt, ist Undine nicht daran beteiligt. Nie im Leben. Dazu ist sie charakterlich nicht imstande. Sie ist eine liebevolle, freundliche Person. Überhaupt nicht geldgierig. Stella, du hast doch selbst gesehen, wie sie lebt. Bescheiden und zurückgezogen.«

»Du vergisst eines, Oma: Ohne das Geld, über das sie offenbar verfügt, könnte sie sich selbst dieses vermeintlich bescheidene Leben nicht leisten, ohne arbeiten zu gehen. Sie besitzt ein nicht gerade kleines Gehöft, wo sie ihren künstlerischen Ambitionen nachgehen kann. Dass ihr klassische Statussymbole und gesellschaftliche Anerkennung nichts bedeuten, heißt nicht, dass Geld ihr unwichtig ist. Der Umbau und die Modernisierung ihres Anwesens dürften nicht gerade billig gewesen sein. Und angesichts ihres beinahe schon historischen Autos ist Ben vor Ehrfurcht beinahe auf die Knie gesunken. Das ist zwar eine andere Form von Luxus als der, den Serena und Fridolin so sehr schätzen, aber es ist *Luxus*. Aber sie wird nicht, wie ihre Geschwister, in Geldnöten sein. Und deshalb wüsste ich momentan auch nicht, was ihr Motiv sein sollte, sich an einem eventuellen Komplott zu beteiligen und ihre geliebte Tante umzubringen.«

Eine Zeit lang herrschte Schweigen, dann sagte Maria: »Bei dem Gedanken, dass die arme Cäcilie tatsächlich von ihrem eigenen Fleisch und Blut ermordet worden sein könnte, wird mir ganz schlecht. Sie hat sich um die Kinder ihres Bruders immer gekümmert, als wären es ihre eigenen. Nach dem Tod ihres Bruders und seiner Frau hat sie nicht nur die Leitung des Konzerns übernommen, was schon schwer genug war. Sie hat den Kindern die beste Ausbildung zukommen lassen und sie immer gefördert. Später hat sie Serena und Fridolin Aufgaben und Verantwortung in der Firma übertragen, die ihren Fähigkeiten entsprachen. Sie haben ihr alles zu verdanken. Auch wenn ich es noch immer nicht glauben kann, wünsche ich mir, dass es tatsächlich eine plötzliche Krankheit war, an der Cäcilie gestorben ist.«

Ihre Augen waren tränenfeucht, und Otto ergriff ihre Hand. »Warum zweifelst du an einer Krankheit, Liebes?«

»Weil sie kerngesund war und sogar eine Weltreise plante. Weil ihr der Arzt gerade noch bescheinigt hatte, dass sie fit sei und ihr nichts fehlte.« Sie verstummte und senkte den Kopf.

»Und weil Serena unter falschem Namen bei mir war und ein Jahreshoroskop wollte«, sagte Stella. »Dabei interessierte sie besonders, ob und wann die Mars-Pluto-Konjunktion im Horoskop ihrer Tante wirksam wird. Und da sie an Astrologie glaubt, glaubt sie auch, dass das Leben ihrer Tante zu diesem Zeitpunkt besonders gefährdet und dass ein gewaltsamer Tod die logische Konsequenz ist.«

»Wie bitte?« Otto sah Stella erstaunt an. »Verstehe ich nicht. Hat sie den optimalen Zeitpunkt für einen Mord gesucht oder wat? Sie hätte die alte Dame doch an jedem beliebigen Tag umbringen können. Wat macht dat für einen Unterschied? Glaubst du etwa, einen Staatsanwalt interessiert, wo welche Planeten zum Zeitpunkt der Tat standen? Dat ist doch Mumpitz.«

»Ja. Und nein«, erwiderte Stella. »Ich versuche nur, mich in Serenas Gedankenwelt hineinzuversetzen. Selbstverständlich ist – von außen betrachtet – der Tag vollkommen wurscht. Aber nicht für Serena, das ist der springende Punkt.

Für sie hat diese Konstellation eine besondere Bedeutung.«
Sie schnaubte und fügte hinzu: »Die ihr dieser verdammte
van Aalen in den Kopf gesetzt hat. Unverantwortlich.«

Stella hielt inne. Verrannte sie sich gerade endgültig in
die Theorie, dass ein Mord stattgefunden hatte? Welche Beweise hatte sie? Keinen einzigen. Das hatte ihr nicht zuletzt
der Kommissar nachdrücklich klargemacht. Und doch …

Maria unterbrach ihre Gedanken. »Bist du denn wirklich
sicher, dass es Mord war, Kind?«

»Oma, ich weiß es wirklich nicht. Ich wünsche es mir
nicht, das kannst du mir getrost glauben. Aber bei mir läuten
alle Alarmglocken. Und was ich über Fridolins und Serenas
Geldprobleme erfahren habe, trägt nicht gerade dazu bei,
meinen Verdacht zu zerstreuen. Aber am wichtigsten ist mir
eine Sache: Ich will, dass du nicht mehr darüber nachdenken
musst. Ich will unbedingt die Wahrheit herausfinden. Wenn
die Wahrheit ist, dass Cäcilie tatsächlich krank war, dann ist
es gut so – und du weißt Bescheid. Wenn sie allerdings umgebracht wurde, muss jemand dafür bestraft werden.«

Wenn Stella ehrlich war, gab es noch einen Grund, der
sie nicht ruhen ließ: die Vorstellung, dass es diesen Mord –
wenn es denn einer gewesen war – vielleicht nicht gegeben
hätte, wenn sie das Horoskop nicht erstellt hätte.

Hätte, hätte, Fahrradkette.

Sie wusste selbst, dass dieses Gefühl einer Mitschuld ir-
rational war, aber es quälte sie. Hatte sie deshalb vorhin mit
dem Finger auf Holger van Aalen gezeigt? Um mit der Verantwortung nicht allein dazustehen? Immerhin: Er war derjenige, der eventuell den Samen zu Serenas Plan gepflanzt
hatte.

Oder etwa nicht?

Kapitel 11

Arno Tillikowski streckte sich und stöhnte unwillkürlich, als es in seinem – offenbar doch noch nicht zur Gänze verheilten – Bein unangenehm zwickte. Der erste Arbeitstag hatte ihm sowohl körperlich als auch mental mehr abverlangt, als er erwartet hatte.

Beinahe acht Stunden am Schreibtisch, zwischendurch eine Mittagspause in der Kantine mit einem unterirdischen Eintopf, von dem er höchstens ein Drittel heruntergewürgt hatte. Okay, er hatte die Wursteinlage und vielleicht zwei oder drei Löffel von dieser undefinierbaren Masse gegessen, die sich ›Muttis Linseneintopf‹ geschimpft hatte. Wie sehr hatte er sich auf das deftige Gericht gefreut. Und dann diese Enttäuschung.

Eine Beleidigung für die Kochkünste aller Mütter, aber das nur nebenbei.

Jetzt hatte er Feierabend und einen Bärenhunger, den er schnellstens stillen musste, damit dieser Tag nicht zu einem kompletten Reinfall wurde. Das Aktenstudium einiger laufender Fälle, das ihn auf den Stand der jeweiligen Ermittlungen bringen sollte, hatte ihn über alle Maßen genervt. Und dann noch diese Astrotante, die ja zuerst das Potenzial gehabt hatte, wie ein leuchtender Sonnenstrahl seinen düsteren Tag zu erhellen. Einen verdächtigen Todesfall habe sie zu melden … Aber dann hatte sie eine der abstrusesten Geschichten ausgepackt, die er jemals gehört hatte.

Nun ja, die Geschichte selbst war es gar nicht gewesen,

nur leider die Begründung, warum sie den Tod der alten Firmenchefin für verdächtig hielt: Irgendein Planetenquatsch sei schuld daran. Also bitte, wenn das nicht durchgeknallt war, dann wusste er auch nicht.

Dennoch hatte er einige Recherchen über die Familie von Breidenbach angestellt, aber jetzt war es Zeit, Feierabend zu machen. Morgen war immer noch früh genug, um die Ergebnisse seiner Internetsuche auszuwerten und weiter darüber nachzudenken.

Für heute war Schluss damit.

Im Bermudadreieck, Bochums berühmter Kneipenmeile, herrschte reges Treiben. Vor sämtlichen der zahlreichen Restaurants, Bistros, Kneipen und Imbissbuden saßen Menschen und genossen die frühabendliche Sonne.

Arno hatte die freie Auswahl: War ihm nach üppig belegter Pizza, einem turmhohen Cheeseburger mit Pommes frites, knuspriger Peking-Ente oder einem dicken Steak in der Größe von Texas, das nur sekundenlang von der Flamme des Grills geküsst worden war? Eigentlich war es ihm egal, denn alles war besser als dieser Linsenmatsch aus der Kantine. Er beschloss, sich überraschen zu lassen und die Entscheidung davon abhängig zu machen, wo er einen freien Tisch fand.

»Arno! He, Arno! Hier!«

Tillikowski reckte den Hals und blickte sich um. Menschen, Menschen, Menschen, wohin er auch sah. Auf den ersten Blick niemand, den er kannte. Aber dann entdeckte er den frenetisch winkenden Rufer, einen seiner Fußballkumpel, der vor einem Restaurant saß, das für seine exzellenten Burger bekannt war.

Arno war mit der Entscheidung des Schicksals hochzu-
frieden. Ihm lief das Wasser im Munde zusammen, während
er auf Ben Glaeser zuging. Ein saftiger Cheeseburger mit
doppelt Käse, ein eiskaltes Bier und nette Gesellschaft – der
Tag war gerettet.

Arno begrüßte Ben mit einer kumpelhaften Umarmung,
dann ließ er sich ihm gegenüber auf den Stuhl fallen. »Du
ahnst nicht, wie froh ich bin, dich zu treffen. Was machst du
hier?«

»Einen Happen essen, ich bin auch gerade erst gekommen. Später habe ich eine Verabredung.«

Arno grinste. »Oha, was Neues am Start?«

Lachend schüttelte Ben den Kopf. »Eine ganz alte Freundin. Aber wir haben noch genug Zeit, bevor sie kommt. Wie
geht es dir? Lange nicht gesehen.«

»Ich hatte einen grauenvollen Tag im Büro.« Arno rollte
mit den Augen. »Stufe zehn von zehn auf meiner persönlichen Katastrophenskala.«

Der Service war flink unterwegs, und im Handumdrehen
standen zwei eiskalte Glas Bier auf dem Tisch. Schon den
ersten Schluck empfand Arno als reines Labsal. Darauf hatte
er sich wirklich gefreut. Natürlich nicht auf die Art, wie ein
Alkoholiker sich auf seinen Stoff freute, ohne den er nicht leben konnte. Aber manchmal war das Feierabendbier wie Medizin. Das besonders Schöne war: Mit Ben zusammen konnte
man schweigen. Sie genossen ihr Bier, blinzelten in die Sonne, beobachteten müßig die Leute in der Fußgängerzone und
nickten sich manchmal anerkennend zu, wenn eine besonders attraktive junge Dame an ihrem Tisch vorbeilief.

Sein Burger sah aus wie gemalt und duftete betörend.
Beinahe hätte Arno beim ersten Bissen vor Wonne gegrunzt;

gerade noch konnte er es unterdrücken. Auch Ben stürzte sich mit sichtlicher Begeisterung auf seinen Pulled-Pork-Burger. Während des Essens, bei dem sie sich Zeit ließen, plauderten sie über Belanglosigkeiten. Zuerst erzählte Arno von seiner Reha und erfuhr von Ben, wie sehr die Fußballmannschaft sich auf seine Rückkehr freute; dann gab Ben ein paar Anekdoten von seiner Arbeit als rasender Reporter zum Besten.

Der Kellnerin räumte die leeren Teller ab und stellte im Austausch zwei frisch gezapfte Pils auf den Tisch.

Arno trank einen großen Schluck. »Aaaah, das tut gut. Jetzt geht es mir besser. Langsam komme ich wieder runter. Und sagen wir so: Ich freue mich, hier mit einem geistig gesunden Menschen zu sitzen.«

Ben nickte, als hätte er eine Bestätigung für irgendetwas bekommen. »Du bist also zurück bei der Truppe. Schon länger?«

»Nee, erster Tag heute. Ich war so lange lahmgelegt, dass ich schon vergessen hatte, wie unglaublich langweilig Bürodienst sein kann. Aber jetzt ist meine Erinnerung wieder aufgefrischt. Gott sei Dank war Feierabend, bevor ich mir eine Kugel in den Kopf schießen konnte, um diese Qual zu beenden. Und selbst?«

»Das Übliche: Mein Chef nervt, und manchmal habe ich das Gefühl, ich bin ausschließlich von Irren umgeben.«

»Gutes Stichwort: Die Ober-Irre war heute in meinem Büro. Diese Leute sollten eigentlich eine rot blinkende Warnleuchte auf dem Kopf tragen, damit sie gar nicht erst unsere Pforte überwinden. An diese Wirrköpfe werde ich mich nie gewöhnen. Was veranlasst Leute zum Beispiel dazu, Verbrechen zu gestehen, die sie nie begangen haben? Oder andere

Menschen irgendwelcher Verbrechen zu verdächtigen, und zwar aufgrund der beknacktesten *Beweise*«, er malte mit den Fingern Anführungszeichen in die Luft, »die du dir vorstellen kannst?«

Ben lachte, prostete Arno zu und trank einen Schluck. Dann sagte er: »Du Ärmster. Aber erzähl mal von der Ober-Irren, die heute in deinem Büro war.«

Arno schwankte. Eigentlich hatte er sich vorgenommen, das Gespräch mit der Astrotante so schnell wie möglich aus seinem Gedächtnis zu streichen. Aber andererseits konnte es auch nicht schaden, Ben davon zu erzählen. Schließlich war das eine anerkannte Methode der Trauma-Bewältigung.

»Also, zuerst fand ich sie sogar ganz süß«, begann er und versuchte im Folgenden, das Gespräch mit dieser Frau möglichst wortgetreu wiederzugeben. Ben hörte aufmerksam zu und grinste an einigen Stellen so breit, dass auch Arno selbst der Geschichte allmählich die eine oder andere komische Seite abgewinnen konnte. »Und dann habe ich sie nach Hause geschickt. Zu ihrer Glaskugel und ihren Tarotkarten, oder womit auch immer sie herumspielt«, schloss er.

Ben wollte gerade etwas erwidern, als er über Arnos Schulter hinwegspähte und winkte. »Da bist du ja! Ich bin hier!«, rief er und winkte jemandem in Arnos Rücken.

Arno drehte sich neugierig um und erstarrte. Ausgerechnet die verrückte Astrotante strebte auf ihren Tisch zu. Als sie ihn erkannte, war das Lächeln aus ihrem Gesicht wie weggewischt.

Er fuhr herum zu Ben. »Tut mir leid, aber mir fällt gerade ein … äh … ich muss los. Dringend.«

Ben schüttelte den Kopf. »Unsinn, musst du nicht. Erzähl mir nicht, dass du noch einen Termin hast. Auf dich wartet nur eine leere Wohnung. Du bleibst hier. Ich glaube, ihr zwei solltet euch noch einmal in Ruhe unterhalten.«

Schlagartig wurde Arno bewusst, dass Ben die ganze Zeit klar gewesen war, über wen er sich wortreich beschwert und lustig gemacht hatte. Warum nur hatte er nicht auf sein Bauchgefühl gehört und die Klappe gehalten? Aber Ben hatte es aus ihm herausgelockt. Natürlich hatte er seine Version der Begegnung hören wollen, da er – und darauf hätte er seinen geliebten Ford Capri verwettet – die Sicht seiner Freundin bereits kannte.

Schlimmer konnte es kaum werden, als nun mit Ben und dieser Frau, die seine *Freundin* war, an einem Tisch zu sitzen. Sie würden sich anschweigen, und es würde unglaublich peinlich sein.

Er saß in der Falle.

Es verbot sich von selbst, jetzt noch aufzustehen und abzuhauen, immerhin hatte sie den Tisch beinahe erreicht. Auch wenn er die Frau für eine Bekloppte hielt, wollte er vor ihr keinesfalls wie ein Feigling aussehen.

So viel zu: ›Der Tag war gerettet‹.

Einen Scheiß war der Tag.

Kapitel 12

Das kann doch wohl nicht wahr sein, dachte Stella, was will der denn hier?

Sie hatte ihn sofort erkannt, trotz der verspiegelten Piloten-Sonnenbrille, die er trug. Ihr erster Impuls war, sich auf dem Absatz umzudrehen und ihr Heil in der Flucht zu suchen, aber dann straffte sie die Schultern und ging weiter auf den Tisch zu. So weit kam das noch, sich von diesem Kommissar das Treffen mit Ben versauen zu lassen. Sie konnte nur hoffen, dass dieser Mensch die Höflichkeit besaß, sich baldmöglichst vom Acker zu machen.

Stella setzte sich, wobei sie den Kommissar keines Blickes würdigte und Ben nur knapp zunickte.

»So«, sagte Ben und grinste geradezu diabolisch, wie Stella fand, »wenn ich vorstellen darf: Stella, meine beste Freundin, und Arno, mein Fußballkumpel.«

»Wir kennen uns bereits«, murmelten Stella und Arno unisono, und Stella fügte hinzu: »Wie du sehr wohl weißt, mein Lieber. Was soll das hier?«

»War nicht geplant, Ehrenwort«, erwiderte Ben, »ich habe auf dich gewartet, und Arno kam zufällig vorbei. Ich dachte, es wäre nett, wenn ihr zwei noch einmal von vorne anfangt. Eure erste Begegnung scheint ja gründlich in die Hose gegangen zu sein. Ist doch blöd, so was.«

»Na ja«, sagte Arno Tillikowski, »ich habe auf die Dinge, die Sie vorgebracht haben, Frau ... äh ... vielleicht ein bisschen zu ... nun ja ... abweisend reagiert. Das tut mir leid.«

Stella war überrascht. Sie hatte nicht damit gerechnet, dass der selbstsichere Kommissar so bereitwillig von seinem Thron herabsteigen würde. Vielleicht hatte er doch einen Zugang zu Venus und Mond in seinem Horoskop?

Jetzt war sie an der Reihe. »Und ich habe Sie möglicherweise mit Dingen, die für mich selbstverständlich sind, nun ja ... überfordert. Das tut mir ebenfalls leid. Würde es Ihnen übrigens etwas ausmachen, die Sonnenbrille abzusetzen? Wenn ich Sie angucke, spiegele ich mich in den Gläsern.«

Sofort schob er die Brille hoch ins Haar.

»Na also!«, dröhnte Ben jovial. »Geht doch! Und jetzt lasst ihr noch das affige Gesieze weg, und die Welt ist wieder im Lot.«

Das ging Stella eindeutig zu schnell. Ben sollte sie eigentlich besser kennen: Er wusste doch, dass sie sich nicht leicht mit so etwas tat. Nicht, dass sie grundsätzlich misstrauisch anderen Menschen gegenüber war, aber Freundschaften zu schließen, das brauchte Zeit. Der Kommissar war nicht automatisch ihr Kumpel, nur weil er der von Ben war. Zumal nach ihrer ersten, für beide Seiten mehr als unangenehmen Begegnung. Sie beschloss, Bens Vorschlag zu ignorieren, und hoffte, Tillikowski sah es genauso wie sie, damit es nicht noch peinlicher wurde.

»Also, Arno«, fuhr Ben fort, »vielleicht sollte Stella wissen, dass du mal ein traumatisches Erlebnis mit Horoskopen hattest und seitdem Single bist.«

»Ben!« Tillikowski war sichtlich empört. »Halt die Klappe!«

»Keine Bange, Ihr Privatleben interessiert mich überhaupt nicht«, murmelte Stella unangenehm berührt.

»Aber das ist doch ein ganz wichtiger Aspekt, Stella«,

sagte Ben, »wenn Arno nicht diese Erfahrung gemacht hätte, wäre er vielleicht nicht so verdammt ablehnend deiner Astrologie gegenüber und würde ernsthaft über diese Von-Breidenbach-Geschichte nachdenken.«

»Was war das denn für ein traumatisches Erlebnis?«, fragte Stella den Kommissar. Jetzt war sie doch neugierig. Natürlich nur aus rein beruflichen Gründen. Und wegen Cäcilie von Breidenbach.

»Meine Exfreundin hat mein Horoskop angeschleppt, samt Persönlichkeitsanalyse«, murmelte Tillikowski. »Eigentlich kann ich sie kaum meine Ex nennen, weil wir zu dem Zeitpunkt erst ein paar Wochen … wie auch immer. Sie wollte mir eine Freude machen, aber ich habe sie ausgelacht, weil sie an diesen Quatsch glaubt.« Er zuckte zusammen und warf Stella einen schuldbewussten Blick zu. »Nichts für ungut. Aber ich fand das absurd. Mittlerweile ist mir klar: Das war respektlos von mir. Natürlich habe ich umgehend die Quittung gekriegt: Sie hat mich verlassen. Noch während ich über sie lachte, um ehrlich zu sein. Seither bin ich auf Leute, die an Horoskope glauben, nicht sonderlich gut zu sprechen.«

»Wie überaus reflektiert von Ihnen.« Stella biss sich auf die Unterlippe, aber es war zu spät, sie hatte es gesagt. Dumm gelaufen.

Ehe sie dazu kam, sich zu entschuldigen, erwiderte Arno: »Damit haben Sie wohl recht. Nicht, dass ich der Frau noch hinterhertrauere, aber ich habe mich wie ein Idiot aufgeführt, das stimmt.«

»Kinder!«, rief Ben begeistert. »Das läuft hier ja besser als bei der Gruppentherapie! Und das mit dem Duzen kriegen wir auch noch hin. Die nächste Runde geht auf mich!«

Innerlich atmete Stella auf: Tillikowski war ebenfalls

beim ›Sie‹ geblieben. Scheint ja doch ganz nett zu sein, dieser Arno, dachte Stella, immerhin ist Selbsterkenntnis der erste Schritt zur Besserung.

Als hätte er ihre Gedanken gehört, sagte Tillikowski: »Also gut. Fangen wir noch einmal von vorne an, wie Ben vorgeschlagen hat. Sie … ihr glaubt also tatsächlich, dass die alte Dame keines natürlichen Todes gestorben ist?«

Stella nickte. »Ja, das glauben wir. Also, *ich* glaube das. Meine Großmutter kennt Cäcilie von Breidenbach sehr gut und weiß, dass sie kerngesund war. Dazu kommt das merkwürdige Verhalten der Erbin, Serena. Kennen Sie die Familienverhältnisse der Dynastie?«

Arno nickte. »Tatsächlich habe ich ein wenig recherchiert, nachdem Sie heute gegangen waren. Alte Stahldynastie, steinreich, echte Ruhrpott-Prominenz.«

Ach was, dachte Stella amüsiert und fuhr fort: »Okay. Also Serenas Verhalten, dazu all die schmutzigen kleinen Geheimnisse von Fridolin und Serena …« Sie zuckte mit den Schultern. »Das stinkt zum Himmel. Und gestern waren Ben und ich bei der dritten Erbin, Undine. Auch das war ziemlich aufschlussreich.«

»Alles klar. Und ich gehe mal davon aus, Ben, dass du die ominöse unbekannte Quelle bist, von der Stella gesprochen hat, als sie bei mir im Büro war.«

Der Journalist deutete eine kleine Verbeugung an. »Schuldig im Sinne der Anklage. Wer sollte das wohl sonst sein? Ich vertraue Stellas Bauchgefühl und werde ihr dabei helfen, die Wahrheit herauszufinden.«

»Selbstverständlich kann das Ergebnis sein, dass Cäcilie eines natürlichen Todes gestorben ist, das ist mir klar«, sagte Stella. »Aber die Sache lässt mir keine Ruhe. Schon allein, weil Cäcilie eine enge Freundin meiner Oma war. Und weil ich mich von Serena von Breidenbach benutzt fühle.«

Arno Tillikowski runzelte die Stirn. »Euch ist aber hoffentlich klar, dass ich damit nicht beim Staatsanwalt antanzen kann? Der muss nämlich eventuelle Ermittlungen genehmigen, und dazu muss ein hinreichender Verdacht bestehen. Was soll ich ihm sagen? Dass Serena verdächtig ist, weil sie sich von einer Astrologin den optimalen Zeitpunkt für einen Mord ausrechnen lassen hat? Da kann ich ihm ja gleich sagen, ich hätte morgens im Kaffeesatz gelesen, dass diese Serena ihre Tante abgemurkst hat. Unmöglich. Der schickt mich stante pede zum psychologischen Dienst. Außerdem: Soweit ich herausfinden konnte, gilt der Tod der Erbtante als natürlich. Und damit gibt es keinen Fall.«

»Ich habe hier noch etwas.« Stella zeigte ihm das Foto des Gemäldes. »Das ist von Undine.«

Tillikowski studierte das Bild, dann sah er zuerst zu Ben, dann zu Stella. »Interessant. Aber was soll mir das sagen?«

»Die Gestalt im Bett, das soll die aufgebahrte Cäcilie von Breidenbach sein«, erklärte Stella. »Der Totenkopf steht – jedenfalls glaube ich das – für die todbringende Planetenkonstellation, von der Undine wohl auch wusste. Es könnte sein, dass sie damit einen versteckten Hinweis geben will.«

Stella hielt inne und dachte nach. War das nicht totaler Quatsch? Ein Hinweis auf einem Gemälde, das niemand sehen durfte? Oder nur niemand außerhalb der Familie? Andererseits war das Gemälde ja nur sehr unzulänglich versteckt gewesen – eigentlich gar nicht – und Undine hatte es doch offensichtlich darauf angelegt, dass Ben es sah und die versteckte Botschaft verstand, oder? Immerhin war er Journalist, und Journalisten waren traditionell neugierige Menschen. Hoffte Undine insgeheim, er würde weitere Nachforschungen anstellen und Serena als Mörderin entlarven?

Tillikowski legte das Handy zurück auf den Tisch. »Wie gesagt habe ich ein bisschen recherchiert. Undine von Breidenbach gilt als etwas aus der Art geschlagen, um es freundlich zu formulieren. Sie interessiert sich nicht die Bohne für die Firma und lebt als *Künstlerin*«, wie er das Wort betonte, sprach Bände, fand Stella, »auf einem Bauernhof. Bei gesellschaftlichen Ereignissen des Clans ist sie so gut wie nie anwesend. Auf den wenigen Fotos, die ich von ihr finden konnte, sieht sie aus wie eine Hippiefrau, die in einer Zeitschleife hängen geblieben ist. Oder auf einem schlechten LSD-Trip. Ich tu mich gerade ein bisschen schwer damit, diese Pinselei als ... wie soll ich sagen ... als ernst zu nehmende Botschaft zu sehen. Sie malt nicht zufällig auch Einhörner und Elfen? Wer weiß, vielleicht ist der Schädel ja auch nur das kindliche Symbol für den Tod der Tante?«

Hoffentlich plappert Ben nicht raus, dass sie tatsächlich Einhörner und Elfen malt, dachte Stella. Es ärgerte sie, dass Tillikowski mit seiner Vermutung so exakt ins Schwarze traf – und entsprechend fiel ihre Reaktion aus. »Das habe ich alles in Erwägung gezogen, vielen Dank, Herr Kommissar«, erwiderte Stella heftiger als geplant. Nichts hatte sich geändert im Vergleich zu ihrem Gespräch im Büro, gar nichts, und das frustrierte sie.

Ben legte ihr die Hand auf den Arm. »Ruhig bleiben, Stella. Arno tut nur, was er von Berufs wegen tun muss: bei jeder Theorie, die wir anführen, nach dem Beweis dafür zu fragen. Das ist seine Arbeit. Nicht mehr und nicht weniger.«

»Genauso ist es.« Tillikowski nickte. »Mir gefällt es keineswegs, hier am Tisch das Arschloch zu sein. Wenn ich es mit einer Leiche zu tun habe, die ein Einschussloch im Kopf hat oder der ein Brotmesser aus dem Rücken ragt, werden automatisch Ermittlungen in Gang gesetzt. Logisch, denn dann handelt es sich offenkundig um einen nicht natürlichen Todesfall. Sie dürfen mir eines glauben, Stella: Meine Arbeit ist zuweilen verdammt frustrierend, denn ich kann längst nicht alles beweisen oder jeden Täter überführen. Da kann ich noch so sicher sein, dass jemand schuldig ist – wenn die Beweise fehlen …« Er zuckte mit den Schultern und fügte hinzu: »Denn das ist mein Job: Beweise sammeln. Oder das, was ich für Beweise halte. Spuren finden, Indizien aufspüren. Das alles übergebe ich der Staatsanwaltschaft, und die wird dann versuchen, daraus einen Fall zu zimmern, der vor Gericht Bestand hat. So leid es mir tut: Ein Totenkopf auf einem Gemälde ist keine echte Spur, geschweige denn ein Indiz oder gar ein Beweis.«

Stella – keineswegs besänftigt – verschränkte die Arme vor der Brust. »Aus meiner Sicht und im Kontext der Astrologie ist er das sehr wohl.«

»Ich glaube, das hat Arno verstanden«, warf Ben ein. »Aber er spricht von sogenannten materiellen Spuren.« Arno nickte, und Ben fuhr fort: »Das könnte zum Beispiel ein Kissen sein, das Cäcilie aufs Gesicht gedrückt wurde, um sie zu ersticken. Daran wären dann Speichelspuren zu finden. Oder ein Glas mit Resten von Gift.«

»Aber so etwas hätte doch der Hausarzt bemerken müssen, oder?«, fragte Stella. »Wenn sie erstickt oder vergiftet worden wäre? Das sieht man einem Toten doch an. Bestimmt haben sie den Hausarzt gerufen, damit der den Totenschein ausstellt. Falls Serena ihre Tante umgebracht hat, dürfte sie nicht den Notarzt geholt haben, dieses Risiko wäre sie nicht eingegangen. Andererseits wusste der Hausarzt, dass Cäcilie nicht krank war …«

Tillikowski schüttelte den Kopf. »Es gibt leider eine hohe Dunkelziffer an nicht erkannten Tötungsdelikten. Irgendjemand hat mal gesagt, Friedhöfe wären nachts taghell erleuchtet, wenn auf jedem Grab eines unentdeckten Mordopfers eine Kerze brennen würde. Stellen Sie sich in Cäcilies Fall Folgendes vor: Der Hausarzt wird gerufen, und die alte Dame liegt tot in ihrem Bett, umringt von aufgelösten Angehörigen. Auf den ersten Blick sind keine Spuren äußerer Gewalt erkennbar. Jetzt müsste der Arzt die Tote eigentlich vor Ort entkleiden und Zentimeter für Zentimeter nach Spuren absuchen; andererseits war sie wirklich schon ganz schön alt, und dann stirbt man halt manchmal ganz plötzlich – gesund hin oder her. Ein altes Herz hört auf zu schlagen, fertig. Passiert immer wieder. Jetzt sind wir wieder bei diesem Arzt, der Cäcilie seit Jahren oder Jahrzehnten betreut. Aus Respekt vor der Toten und um die Angehörigen nicht zu verärgern – immerhin geht es um die von Breidenbachs –, verzichtet er auf die eigentlich vorgeschriebene Leichenbeschau und füllt den Totenschein aus. Zack – schon steht da eine natürliche Todesursache.«

»Und was machen wir jetzt?«, fragte Stella.

Tillikowski grinste. »Im Optimalfall hält ein Mörder dem psychischen Druck auf Dauer nicht stand und geht zur Polizei, um sich zu stellen. Passiert nicht allzu häufig, aber es kommt vor. Manche Fälle sind so gelagert, dass wir ohne ein Geständnis des Täters nichts beweisen können. Ich gebe zu: Leute sind von ihren Erben schon für deutlich weniger umgebracht worden, als Cäcilie von Breidenbach auf dem Konto hatte. Also: Sollte es so etwas wie dieses Kissen mit Speichelspuren tatsächlich geben, müsste *ich* ins Haus gelangen, um es zu finden. Und zwar im Rahmen eines offiziellen Einsatzes. Aber die Situation ist so, dass ich nie und nimmer einen Durchsuchungsbeschluss bekomme, das können wir also vergessen. Auf andere Weise *darf* ich mir keinen Zutritt zum Haus verschaffen.«

»Und wenn wir …«, begann Stella, aber der Kommissar hob sofort die Hand.

»Um Himmels willen – dazu wollte ich gerade kommen. Genauso wenig würde funktionieren, dass ihr mir einen Beweis anschleppt, den ihr auf halblegalem Weg beschafft habt. Den tritt der Staatsanwalt in die nächstbeste Tonne, denn er dürfte vor Gericht nicht verwendet werden. Ich gehe davon aus, dass ihr weiter herumschnüffeln werdet, und ihr dürft mich gern auf dem Laufenden halten. Aber Vorsicht: Versaut mir eventuelle Beweise nicht. Wenn ihr auf etwas stoßt, rührt es nicht an. Ich werde irgendeinen Weg finden, um dranzukommen. Das gilt selbst für eine blutbefleckte Tatwaffe. Wenn ihr den Beweis kontaminiert, ist er verloren. Für immer.« Er stand auf und schob die Brille wieder auf die Nase. »Ich muss los. Hat mich gefreut. Wirklich.«

Stella blickte ihm hinterher, wie er sich den Weg durch die flanierende Menschenmenge bahnte und schließlich verschwunden war. Dann sah sie Ben an und sagte: »Er hat ›wir‹ gesagt – hast du das bemerkt? Soll das etwa bedeuten, dass wir in ihm tatsächlich einen Verbündeten haben? Was meinst du?«

»Das hab ich so verstanden.« Ben nickte grinsend.

»Aber wie stelle ich mir das vor? Sollen wir ihn anrufen, wenn wir etwas herausgefunden haben? Oder zu ihm ins Präsidium gehen?«

»Letzteres wohl eher nicht. Immerhin handelt es sich nicht um offizielle Ermittlungen. Ich könnte mir vorstellen, es wird nicht gerne gesehen, wenn er berufliche Ressourcen für sein Privatvergnügen benutzt. Indem er mit uns zusammenarbeitet oder sich auch nur als Ansprechpartner zur Verfügung stellt, begibt er sich ohnehin auf dünnes Eis. Wir müssen sehr diskret damit umgehen. Nicht, dass wir ihm noch durch unsere amateurhafte Trampeligkeit schaden.«

Nein, das wollte Stella natürlich nicht. »Hast du schon was von diesem Anwalt gehört?«, fragte sie. »Wegen der Interviews mit Fridolin und Serena?«

»Nee. Wenn – falls – dieser Termin zustande kommen sollte, dann bestimmt nur in seiner Anwesenheit, da bin ich mir sicher. Und du musst leider draußen bleiben.«

Natürlich konnte sie nicht daran teilnehmen – jedenfalls nicht, wenn ein Interview wirklich in dieser Konstellation stattfinden sollte. Erstens wusste Serena, wer sie war, und zweitens würde Hansen mit Sicherheit vorher mit Bens Chef abklären, wer anwesend sein durfte.

Aber irgendwas war ja immer.

Kapitel 13

Nach Hause hatte Arno Tillikowski es nicht allzu weit.

Zwar fuhr er normalerweise mit seinem Capri zum Präsidium; heute war er allerdings gelaufen. Er wollte jede Gelegenheit nutzen, um wieder in Form zu kommen – sein Bein war noch nicht so weit wiederhergestellt, dass er sein morgendliches Laufpensum im Stadtpark schon hätte aufnehmen können.

Nicht, dass er die blöde Rennerei ernsthaft vermisste. Jeden gottverdammten Morgen um sechs Uhr seinen inneren Schweinehund niederringen zu müssen, war eigentlich schon genug Sport für den Tag. Sich danach noch eine halbe oder Dreiviertelstunde lang durch die Botanik zu quälen und völlig verschwitzt nach Hause zu kommen, war beinahe mehr, als er ertragen konnte.

Zur Rushhour am frühen Morgen war es im Park beinahe so voll wie auf den Autobahnen des Ruhrgebiets. Das Geräusch der Schritte erschien in der Stille des Morgens übermäßig laut. Niemand unterhielt sich; die meistens hörten ohnehin über Kopfhörer Musik, vielleicht auch die Börsennachrichten oder Hörbücher.

Manchmal kam Arno sich vor wie mitten in der Zombie-Apokalypse, wenn ein Rudel ihm im Herbst aus dichtem Nebel entgegenkam und dann schweigend, ohne ihn wahrzunehmen, an ihm vorbeizog und wieder im Nebel verschwand.

Sollte das etwa Spaß machen? Sah auch nur ein einziger

der Jogger fröhlich aus? Na also. Mehr musste man ja wohl nicht wissen. Er jedenfalls nicht.

Warum er sich dennoch dieser Tortur unterzog – jedenfalls bis zu seinem blöden Unfall –, war ganz einfach: Er brauchte ein gewisses Maß an Kondition. Aus beruflichen Gründen. Außerdem neigte er dazu, rasch zuzunehmen, wenn er nicht aufpasste wie ein Schießhund. Leider war er kein Finanzbeamter, dessen Kondition lediglich ausreichen musste, den Tag auf dem Schreibtischstuhl zu überstehen.

Arno musste darauf vorbereitet sein, hinter einem Flüchtenden herzurennen, das konnte durchaus vorkommen. Und er hatte keine Lust, bei einer eventuellen Verfolgungsjagd vom Bösewicht nicht nur locker abgehängt zu werden, sondern nach vielleicht fünfzig Metern röchelnd aufgeben zu müssen, weil er nicht mehr konnte. Mit anderen Worten: eine Blamage epischen Ausmaßes zu erleben.

Noch schob er es vor sich her, mit dem Training zu beginnen; allerdings zeigte seine blöde Badezimmerwaage unbarmherzig die grausame Realität an: Er hatte während der letzten Wochen neun Kilo zugenommen. Aber nach langem Krankenstand nicht nur wieder zur Arbeit zu gehen, sondern gleichzeitig die ungeliebte Morgenrunde im Park aufzunehmen ... Das war ihm zu viel.

Man musste ja nicht gleich übertreiben.

Daheim angekommen schaltete er den Fernseher ein – ein reiner Reflex – und holte sich ein Bier aus dem Kühlschrank. Damit trat er hinaus auf den winzigen Balkon, der diese Bezeichnung eigentlich nicht verdient hatte. Gerade mal zwei Klappstühle passten darauf, dann war das Platzangebot auch schon ausgeschöpft. Theoretisch zwei, denn dort stand nur ein Stuhl, auf den Arno sich nun fallen ließ und das Bier öffnete.

Er mochte es, dass sein Ausblick aus der Krone einer mächtigen Kastanie bestand; beinahe kam er sich vor wie in einem versteckten Baumhaus, in dem ihn niemand finden konnte. Es war der ideale Ort, um nach Feierabend über die Ereignisse des Tages nachzudenken. Oder in Ruhe zu grübeln, wenn er mal in einem Fall nicht weiterkam.

Arno trank einen großen Schluck aus der Flasche. Das war also sein erster Arbeitstag gewesen, nach dem er sich so gesehnt hatte. Immerhin hatte er sogar den Arzt beinahe auf Knien angefleht, ihn für diensttauglich zu erklären, als der damit gezögert hatte. Nur noch einen Schritt davon entfernt, vor Langeweile durchzudrehen, hatte Arno einfach nicht mehr gewusst, wie er die Zeit zu Hause totschlagen sollte. Mit Fernsehen? Anfangs hatte es einigermaßen Spaß gemacht, sich aber auf Dauer als ziemlich öde entpuppt. Ein paar gute Bücher lesen, vielleicht? Nee, irgendwie auch nicht.

Seinen ersten Arbeitstag hatte er sich allerdings anders vorgestellt: bei seiner Ankunft umringt von Kollegen, die ihm erfreut auf die Schulter klopften und seine Rückkehr priesen, da er dringend bei einem kniffligen Fall gebraucht wurde.

Natürlich war nichts dergleichen geschehen. Die Kolleginnen und Kollegen hatten ihm zur Begrüßung kurz zugenickt und waren dann an ihre Schreibtische beziehungsweise zu diversen Außeneinsätzen oder Besprechungen aktueller Fälle verschwunden. Toll. An seinem Arbeitsplatz hatte er diesen Aktenstapel vorgefunden, in den er sich einlesen sollte, um dann, im nächsten Schritt, morgen oder übermorgen einer laufenden Sonderkommission zugeteilt zu werden.

Arno hasste es, zur Passivität verdammt zu sein. Er hasste es, sich bei diesem verhängnisvollen Einsatz den komplizierten Beinbruch zugezogen zu haben, der ihn wochenlang lahmgelegt hatte. Er hasste es, keine Frau an seiner Seite zu haben, die ihn davon abbrachte, Dinge zu hassen, die er ohnehin nicht ändern konnte.

Der einzige Lichtblick des Tages war der Cheeseburger gewesen. Was das Gespräch mit Ben und Stella anging, war er hin und her gerissen.

Ganz insgeheim musste er zugeben, dass tatsächlich ein Fall existieren *könnte* – wie er den beiden schon gesagt hatte: Ein üppiges Erbe konnte das Schlechteste im Menschen wecken. Menschen waren schon für viel weniger als ein milliardenschweres Unternehmen gekillt worden.

Deutlich weniger.

Arno Tillikowski wollte übrigens gar nicht wissen, woher oder von wem Ben Glaeser seine doch sehr vertraulichen Informationen über die finanziellen Verhältnisse der Geschwister hatte. Arno war klar, dass Ben als Journalist zum Beispiel auf dem Kiez gewisse Kontakte pflegte. Manchmal reichte es ja schon, mitten in der Nacht am Tresen der richtigen Kneipe neben der richtigen Unterweltgröße zu hocken, um interessante Dinge zu erfahren. Wie auch immer: Je weniger er als Kommissar der Kripo darüber wusste, desto besser.

Ob Fridolin von Breidenbach mittlerweile von geliehenem Geld lebte, weil die schwerreiche Erbtante ihm den Hahn irgendwann zugedreht hatte?

Oder Serena von Breidenbach, die angeblich dem Glücksspiel verfallen war … Leute wie sie bekamen in Kasinos beinahe unbegrenzten Kredit, aber irgendwann war damit auch mal Schluss. Vielleicht hatte sie ja sogar schon das eine oder andere Hausverbot kassiert und frönte ihrer Spielsucht längst in illegalen Kasinos in den Hinterzimmern schmuddeliger Kneipen.

Wenn – falls – diese beiden tatsächlich derart dringend Geld benötigten und zwischen ihnen und dem unerschöpflichen Topf voller Gold nur die lästige Erbtante stand, die für ihr Alter irritierend gesund war – zu was wären sie in ihrer Verzweiflung bereit? Ganz bestimmt nicht dazu, geduldig zu warten. Wie alt war Cäcilie von Breidenbach bei ihrem Tod gewesen? Mitte achtzig? Heutzutage konnte jemand von robuster Gesundheit und mit bester ärztlicher Versorgung gut und gerne Mitte neunzig und älter werden …

Arno stand gerade in seiner Küche und löffelte ein Fruchtjoghurt, als ihm ein Gedanke kam: Was, wenn Serena oder Fridolin – oder beide – den falschen Leuten Geld schuldeten? Zum Beispiel Leuten, denen vollkommen schnurzpiepegal war, wie einflussreich oder respektiert die von Breidenbachs in der normalen Welt waren – schlicht und einfach, weil so etwas in der Unterwelt keinerlei Bedeutung hatte? Dort war eine Serena von Breidenbach nur irgendeine reiche Tussi, die beim illegalen Roulette einen dicken Klunker vom Finger zog und auf eine Zahl setzte, weil sie kein Geld mehr hatte – und die man ausnehmen konnte wie eine Weihnachtsgans. Kein Anwalt des Universums, auch Otmar Hansen nicht, war dazu imstande, Fridolin oder sie aus Schwierigkeiten mit diesen Leuten herauszupauken.

Je länger Arno über die ganze Sache nachdachte, desto unbehaglicher wurde ihm. Bei seiner Recherche über den Clan hatte er nicht allzu viel herausgefunden, zumindest hatte keiner von ihnen irgendwelche Vorstrafen. Obwohl – eine Sache gab es doch: In den Siebzigern war die Kinderfrau der Geschwister auf tragische Weise zu Tode gekommen; man hatte sie mit gebrochenem Genick am Fuß einer Treppe gefunden. Genauer gesagt: Die junge Undine von Breidenbach hatte sie entdeckt. Möglich, dass sie sich von diesem Trauma nie erholt hatte und deshalb glaubte, Totenschädel am Nachthimmel zu sehen. Die polizeiliche Untersuchung hatte ergeben, dass es sich um einen Unfall handelte. Vielleicht sollte er Ben darum bitten, im Archiv seiner Zeitung nach Informationen über den Vorfall zu suchen.

Sowohl Serena als auch Fridolin neigten dazu, viel zu schnell zu fahren und zu parken, wo immer sie wollten. Beide waren diverse Male mit deutlich überhöhter Geschwindigkeit in der Innenstadt geblitzt und von den Kollegen des Ordnungsamtes wegen Falschparkens – gerne übrigens im absoluten Halteverbot, wenn schon, denn schon – aufgeschrieben worden. Aber das war auch schon alles an krimineller Laufbahn, wenn man es überhaupt so nennen konnte.

Ben und Stella schienen jedenfalls wild entschlossen, die Mörder der alten Dame zu überführen. Nein, das stimmte nicht ganz: Immerhin zogen sie die Option in Betracht, dass Cäcilie tatsächlich eines natürlichen Todes gestorben war.

Arno hatte den Zusammenhang mit dem Astroquatsch noch immer nicht kapiert, und er plante nicht, es auch nur zu versuchen. Noch tanzten die einzelnen Puzzleteilchen der Geschichte lustig im Raum herum: das Horoskop für die alte Dame, die falsche Identität Serenas, der Totenkopf auf Undines Gemälde, die immens hohen Schulden der Geschwister ... Vielleicht würden sie sich nie zu einem Bild zusammenfügen.

Aber Ben und Stella waren bereits auf der Suche nach den fehlenden Teilen, um die Lücken zu füllen. Arno hoffte inständig, dass sie verstanden hatten, wie heikel die Beschaffung von eventuellen Beweisen war.

Ein kleiner Fehler, und der Fall – sollte er existieren – würde ihnen um die Ohren fliegen.

Kapitel 14

Als Stella sich aus dem Bett quälte, fühlte sie sich wie gerädert. Sie hatte eine unruhige Nacht hinter sich, immer wieder war sie aus wirren Träumen hochgeschreckt. Jetzt graute bereits der Morgen, und sie hatte die Hoffnung aufgegeben, noch erholsamen Schlaf zu finden. Also konnte sie genauso gut aufstehen.

Sie duschte kurz und setzte sich dann im Bademantel mit einer Tasse Tee auf den Balkon. Von hier aus blickte sie in die Kronen der Parkbäume, in denen zahlreiche Vögel lebten. Der erste begann zu zwitschern, noch vor Sonnenaufgang, und einer nach dem anderen stimmte ein. Besonders liebte Stella den melodischen Gesang der Amselmännchen. Sie lehnte sich im bequemen Stuhl zurück, schloss die Augen und lauschte dem vielstimmigen Konzert.

Währenddessen versuchte sie, die Ereignisse und vielen neuen Informationen der letzten beiden Tage gedanklich zu ordnen. Ihr erster Verdacht und die wachsende Gewissheit, Cäcilie von Breidenbach könnte ermordet worden sein, hatten alles andere dominiert. Ben hatte Insider-Informationen geliefert, die sie noch bestärkt hatten. Dann der Besuch bei Undine von Breidenbach …

Eine Zeit lang dachte Stella über Undine und den Totenkopf auf dem Gemälde nach. Bisher war Undine für Stella die Person im Ensemble, die ihr am meisten Rätsel aufgab. Ihrer Erfahrung nach hatten gerade die Menschen, die ihr Innerstes ungefiltert nach außen zu tragen schienen, am meisten zu verbergen. Das konnte eine ausgeklügelte Taktik sein, denn während die ganze Aufmerksamkeit dem exzentrischen Gebaren dieser Person galt, vergaß man leicht, dass es noch tiefere Ebenen gab. Den Totenkopf – dessen war Stella sich sicher – gab es nicht zufällig auf dem Gemälde. Natürlich nicht, korrigierte sie sich in Gedanken selbst, kein Künstler malt, schreibt oder kreiert irgendetwas grundlos. Oder weil ihm gerade nichts Besseres einfällt.

Aber wie konnte sie beweisen, dass der Schädel für die Mars-Pluto-Konjunktion stand? Würde die Position am Himmel – mit dem Mond als Auge – einer astronomischen Überprüfung standhalten? Stella gab sich selbst die Antwort, indem sie den Kopf schüttelte. Das war überflüssig, denn hier hatte Undine sicherlich ihrer künstlerischen Freiheit die Zügel schießen lassen, um den Effekt zu verstärken.

Wie Serena und Fridolin wohl auf das Gemälde reagieren würden? Kaum vorstellbar, dass sie Undine zum Plausch bei Kaffee und Kuchen auf dem Hof besuchten – und noch weniger wahrscheinlich, dass dieses Bild jemals in der von Breidenbach'schen Villa die Wand des Esszimmers zieren würde. Bei der Vorstellung musste Stella kichern. Ernsthaft: Wer hängte sich schon die tote Tante über den Esstisch?

Aber wieso kam sie überhaupt auf die Idee, dass die Geschwister sich privat aus dem Weg gingen? Dass Undine selten mit den beiden anderen in der Öffentlichkeit auftauchte, musste ja nicht heißen, dass sie hinter den Kulissen nichts miteinander zu tun hatten. Allerdings konnte Stella sich nicht vorstellen, dass zwischen Undine und den beiden anderen irgendwelche Gemeinsamkeiten existierten. Sie bewegten sich in vollkommen unterschiedlichen Welten, bei denen es keinerlei Überschneidungen gab. Obwohl ... vielleicht ja doch? Immerhin hatten beide Schwestern einen Hang zur Esoterik und Astrologie. Bezeichnenderweise hatte die Managerin Serena sich den zu ihr passenden Ratgeber ausgesucht: Holger van Aalen. Und Undine? Die ging zu *Madame Pythia*. Das sagte doch schon alles.

Stella machte sich eine geistige Notiz, mit ihrer Großmutter noch einmal eingehend über Undine zu sprechen.

Allmählich bekam Stella Appetit aufs Frühstück. Sie ging hinein und bereitete Espresso vor, dann füllte sie eine Schale mit Müsli. Immer noch im Bademantel huschte sie die zwei Etagen hinunter zur Haustür, um die Tageszeitungen hereinzuholen. Eigentlich Quatsch, dass sie sich drei Exemplare des *Ruhrgebiets-Anzeigers* liefern ließen, aber der Versuch, nur eine Ausgabe zu beziehen und diese dann im Haus herumgehen zu lassen, war bereits nach wenigen Tagen für gescheitert erklärt worden.

Felicitas las die Neuigkeiten gern zum ersten Frühstück, bevor sie in die Schule fuhr. Da sie manchmal nicht alles schaffte, wollte sie die Möglichkeit haben, den Anzeiger ins Büro mitzunehmen. Maria war passionierte Frühaufsteherin, wollte sich aber bei der morgendlichen Lektüre nicht hetzen lassen, um das Blatt rechtzeitig an Felicitas weitergeben zu können. Stella war es prinzipiell egal, wann sie die Zeitung las, aber sie wollte es frei entscheiden können. Also kam der *Ruhrgebiets-Anzeiger* dreimal ins Haus, und alle waren zufrieden.

Auf dem Weg zurück in ihre Wohnung legte sie jeweils ein Exemplar vor den Wohnungstüren ihrer Großmutter und ihrer Mutter ab. Sie raspelte noch einen Apfel in ihr Müsli, ließ den Espresso durchlaufen und setzte sich dann an den Tisch. Müßig blätterte sie durch die Zeitung, ohne die Artikel wirklich intensiv zu lesen, bis sie im Lokalteil auf die Polizeimeldungen stieß: Es hatte am Vorabend zwei Unfälle mit Fahrerflucht gegeben, einen fehlgeschlagenen Überfall auf einen Kiosk, und außerdem waren im Stadtgebiet offenbar Betrüger unterwegs, die sich als Polizisten ausgaben, um in Wohnungen zu gelangen, aus denen sie dann Bargeld und Schmuck stahlen.

Plötzlich wurde Stella bewusst, dass sie diese Rubrik noch nie zuvor eines Blickes gewürdigt hatte. Woher also ihr plötzliches Interesse? Vielleicht durch die Tatsache, dass sie momentan mit einem eventuellen Verbrechen zu tun hatte? Oder hatte sie insgeheim gehofft, etwas über Tillikowski zu lesen?

Immer wieder spukte der Kommissar durch ihre Gedanken, stellte sie fest. Hatte sie nicht sogar von ihm geträumt? Ihr war so, wenngleich sie sich nicht an Details erinnern konnte. Kein Wunder, dass ihr Unterbewusstsein nachts in den Dingen herumrührte, die sie tagsüber beschäftigten …

Tillikowski hatte sie desillusioniert, wie sie sich eingestehen musste. Zwar schien er bereit, sich mit ihren Theorien zu beschäftigen, aber die Warnungen, die er ausgesprochen hatte, machten ihr unbarmherzig klar, wie knifflig es sein konnte, Beweise dafür aufzutreiben. Auf was alles man zu achten hatte – unglaublich.

Aus der Traum von ihr als gewiefter Amateur-Ermittlerin, die mal eben einen Mordfall aufklärt, selbstverständlich mit unkonventionellen Methoden und mithilfe der Astrologie. Manchmal ärgerte es sie, dass ihr Beruf einen derart schlechten Ruf hatte. Wie vielen Menschen hatte sie schon geholfen, persönliche Krisen zu bewältigen, und zwar mithilfe ihres Einfühlungsvermögens und der uralten Gesetzmäßigkeiten der Astrologie. Nicht umsonst hatte sie Psychologie studiert, sodass ihre Beratungen wesentlich tiefer gingen, als die meisten ihrer Klienten erwartet hätten. Als Astrologin einen Mord aufzuklären – oder auch nur die Polizei dabei zu unterstützen –, wäre eine echte Bestätigung ihrer Fähigkeiten ...

Aber wie sollte sie es schaffen, eventuelle Beweise – wie hatte Tillikowski es formuliert? – genau: nicht zu *kontaminieren* und damit unbrauchbar zu machen? Was sollte sie tun, wenn sie etwas fand? Heimlich mitgeschnittene Tonaufnahmen oder Filme waren mit Sicherheit nicht verwertbar. Und selbst wenn Serena oder Fridolin oder wer auch immer ihr gegenüber zugeben würde, Cäcilie von Breidenbach ermordet zu haben – was dann? Aussage gegen Aussage, das war alles.

Ihr war nach Bewegung und frischer Luft, und wie üblich ging sie in den Bochumer Stadtpark. Mittlerweile war früher Vormittag, und sie begegnete etlichen Spaziergängern, die wie sie das sonnige Wetter ausnutzten. Und nicht nur die taten das, wie sie bemerkte, als sie sich den imposanten Skulpturen aus rostigem Stahl näherte, die eine der Wiesen zierten.

Die Kunstwerke wurden häufig als Ruhrpott-typische Kulisse für Fotoaufnahmen genutzt; besonders gerne ließen sich Brautpaare davor ablichten. Auch jetzt war dort ein Scheinwerfer aufgebaut, und ein Fotograf samt zweier Assistenten scharten sich um den Mann, der lässig an einer der massiven Stahlplatten lehnte.

Erst als sie nur noch wenige Schritte entfernt war, erkannte sie ihn: Es war Holger van Aalen. Spontan setzte Stella sich auf eine nahe gelegene Parkbank, von der aus sie einen exzellenten Blick auf das Geschehen hatte.

Es erstaunte sie, dass van Aalen sich diese Kulisse ausgesucht hatte, um Pressefotos zu machen. Denn um nichts anderes ging es hier; es war kaum vorstellbar, dass die entstehenden Porträts für seinen Privatgebrauch vorgesehen waren. Nein, die Bilder waren für Autogrammkarten, die Presse, seine Homepage und die Rückseiten von Buchumschlägen gedacht. Interessant: rostiger Stahl in sattgrüner Parklandschaft, darüber blitzblauer Himmel – und mitteldrin der smarte Astrologe in seinem maßgeschneiderten Anzug aus schimmerndem Stoff. Dass er nicht zum ersten Mal für einen Fotografen Modell stand, sah man sofort: Ständig nahm er neue Posen ein, und jede davon beherrschte er perfekt. Fehlte nur noch, dass Heidi Klum um die Ecke kam und ihm ein Foto überreichte, das ihn in die nächste Runde brachte.

Bei dieser Vorstellung kicherte Stella leise vor sich hin, während das Grüppchen an der Skulptur mit dem Shooting offenbar fertig war, denn die Assistenten packten das Equipment zusammen. Gerade wollte Stella sich diskret zurückziehen, als van Aalen rief: »Frau Albrecht! So eine Überraschung!«

Er wusste natürlich, wer sie war. Nicht nur, dass sie sich mehrmals bei Branchentreffen begegnet waren – sie war sich zudem sicher, dass er ganz genau beobachtete, wer in seiner unmittelbaren Umgebung in denselben Gewässern fischte wie er selbst.

Für Flucht war es zu spät, also setzte sie ein strahlendes Lächeln auf, als er quer über die Wiese zu ihr kam und ihr die Hand schüttelte. Sein Griff war eisenhart.

»Herr van Aalen, wie nett, Sie hier zu treffen«, sagte Stella und massierte sich hinter dem Rücken heimlich die schmerzende Hand.

»Ich hoffe, Sie konnten ein bisschen was lernen?« Er machte eine unbestimmte Handbewegung in Richtung des Fotografen.

»Tatsächlich bin ich beeindruckt«, erwiderte Stella, »das sah sehr professionell aus. Und damit meine ich nicht den Fotokünstler.«

Van Aalen lachte geschmeichelt und wischte ein nicht vorhandenes Stäubchen vom Ärmel. »Ja, von Vorbildern kann man sich immer etwas abschauen. Das würde mich freuen. Junge Talente zu fördern, ist mir ein Anliegen, Frau Albrecht. Und ich halte Sie für *sehr* talentiert.« Scherzhaft drohte er ihr mit dem Finger. »Nicht, dass Sie mir eines Tages noch Konkurrenz machen, junge Dame.«

Stella merkte, dass ihr die Gesichtszüge zu entgleisen drohten. Was bildete dieser Fatzke sich ein? Sie war seit zehn Jahren in der Branche etabliert und genoss einen exzellenten Ruf. Aber jemand wie van Aalen, dem es so wichtig war, im grellen Rampenlicht zu stehen und bewundert zu werden, konnte sich vermutlich nicht vorstellen, dass man darauf keinen Wert legte.

Stella lächelte strahlend und erwiderte: »Ihnen Konkurrenz machen? Wer sollte Sie jemals einholen können? Ich kenne meine Grenzen, dessen können Sie sicher sein.«

Der Astrologe musterte sie mit sichtlichem Wohlwollen. »Na, na, stellen Sie Ihr Licht mal nicht unter den Scheffel. Ich höre von Ihnen nur Gutes.«

Alles andere sollte mich auch sehr wundern, du Honk, dachte Stella. Sie konnte nur hoffen, dass sie ihre Mimik wenigstens einigermaßen unter Kontrolle hatte.

»Vielen Dank, ich gebe mein Bestes, Herr van Aalen. Übrigens entdeckte ich Sie unlängst in der Zeitung.«

Wie erwartet, reagierte er geschmeichelt. »Tatsächlich? Nun, ich bin ja häufiger in den Medien. Aber in welchem Zusammenhang haben Sie mich gesehen?«

Klar, dachte Stella, du willst dir die Zeitung kaufen, falls du einen Ausschnitt übersehen hast, der noch auf deine Website gehört.

»Als Gast bei der exklusiven Trauerfeier für Cäcilie von Breidenbach«, sagte sie. »Dazu war nun wirklich nicht jeder eingeladen.« Sie wollte unbedingt angemessen bewundernd klingen, denn nur so konnte sie ihn dazu provozieren, mit seinen Verbindungen zum Clan zu protzen.

»Tja«, erwiderte van Aalen, »es sein denn, man ist ein guter Freund der Familie.«

»Freund oder Astrologe?«, fragte Stella sofort nach.

Von Aalen grinste. »Mein astrologischer Rat ist in den höchsten Kreisen gefragt.«

»Wie zum Beispiel bei Cäcilie von Breidenbach? Bestimmt waren Sie deshalb bei der Trauerfeier.«

Das brachte ihn zum Lachen. »Cäcilie von Breidenbach? Dieser alte Drache? Gott bewahre. Verstehen Sie mich nicht falsch – sie möge in Frieden ruhen. Aber es gibt ja noch andere Familienmitglieder ...«

»Hm«, sagte Stella, »so viel Geld macht wohl doch nicht wunschlos glücklich. Also brauchen auch diejenigen manchmal Rat, die alles haben? Das hätte ich nicht gedacht.«

Himmel, dachte sie, hoffentlich kauft er mir dieses dümmliche Gefasel ab ...

Aber ihre Sorge war unbegründet, denn er antwortete: »Woher sollten Sie das auch wissen? Nichts für ungut, aber zu Ihnen würde eine Serena von Breidenbach niemals gehen, um sich beraten zu lassen.«

Denkste, dachte Stella, die Dame war sehr wohl schon bei mir.

Holger van Aalen fuhr fort: »Ganz unter uns: Solvente Stammkunden sind ein weiches Polster, Kollegin. Kann ich Ihnen nur empfehlen. Irgendwann glauben diese Leute, keine Entscheidung mehr ohne Sie treffen zu können. Spätestens dann haben Sie ausgesorgt.« Gönnerhaft tätschelte er ihren Arm. »Sie machen noch zwanzig Jahre weiter, bleiben immer schon fleißig und bescheiden – dann kommen Sie vielleicht auch mal dahin, wo ich bereits bin. In Ihnen schlummert eine Menge Potenzial, das spüre ich. Wissen Sie was? Kommen Sie doch mal in einen meiner Vorträge, morgen Abend zum Beispiel. Die beste Methode, um etwas zu lernen. Ich setze Sie auf die Gästeliste. Und bringen Sie Ihre charmante Großmutter mit, ja?«

Er nickte ihr zum Abschied zu, dann drehte er sich um und ging mit kleinen, zackigen Schritten weg.

Nahezu sprachlos blieb Stella auf der Bank sitzen und starrte ihm nach. Nie hätte sie gedacht, dass er ihr gegenüber die Maske fallen lassen würde. In seiner Eitelkeit hatte er sich zu einer Indiskretion hinreißen lassen, die für sie selbst absolut unvorstellbar war.

Niemals würde sie den Namen eines Klienten nennen, das verbot sich von selbst. Menschen, die sich ihr anvertrauten, mussten sich auf ihre Verschwiegenheit verlassen können. Hatte der Mann denn keinerlei Ehre im Leib? Im Prinzip hatte er sich damit gebrüstet, seine Klienten von sich abhängig zu machen und finanziell zu schröpfen.

Stella war zutiefst angewidert.

Aber immerhin hatte er ihr bestätigt, dass er eng mit Serena von Breidenbach bekannt war.

Kapitel 15

»Stella! Endlich! Wo warst du denn?« Maria stand vor ihrer Enkelin und schwenkte einen Briefumschlag. »Du wirst es nicht glauben, was mir vorhin von einem Boten überreicht wurde. Komm rein, das musst du dir in Ruhe ansehen.«

Sie zog Stella hinter sich her in ihren Bereich der Orangerie, die beide benutzten, um ihre Klienten zu empfangen.

Während Stellas Räumlichkeiten schlicht und hell eingerichtet waren, begab man sich bei Maria beziehungsweise *Madame Pythia* in eine Umgebung, die genussvoll und ganz bewusst Klischees bediente. Plüschiges Ambiente, schwellende Samtpolster, schummriges Licht, golddurchwirkte Tücher an den Fenstern und natürlich eine große Glaskugel – das war die Grundausstattung. Dazu kam ein wenig orientalischer Trödel, und mittendrin hielt *Madame Pythia* auf einem thronartigen Sessel Hof, gewandet in einen kostbaren Kaftan samt Turban.

Manchmal verirrten sich Kunden von Stella zu Maria, was zu Irritationen führte, von den meisten aber mit Humor aufgenommen wurde.

Aber diese schillernden Äußerlichkeiten waren nur die Fassade, die Maria errichtet hatte. Die langen Jahre in ihrem Beruf hatten ihr Menschenkenntnis, viel Empathie und noch mehr Intuition verliehen. Menschen, die bei ihr Rat und Hilfe suchten, gingen getröstet und gestärkt nach Hause. Stellas Großmutter war eine mitfühlende Seele mit einem großen

Herzen, die ihre Fähigkeiten benutzte, um anderen zu helfen. Auf ihre ganz eigene Weise.

Maria hielt Stella den Brief hin. »Lies und staune.«

Stella setzte sich auf den samtenen Diwan und zog ein offiziell wirkendes Schreiben aus dem Kuvert. Sie faltete es auseinander und las mit wachsendem Staunen. Dem pompösen Briefkopf war zu entnehmen, dass der Absender die Kanzlei von Otmar Hansen war. Wie Maria prophezeit hatte – und dazu hatte sie ihre Kugel nicht benötigt –, konnte Stella es kaum glauben: Es handelte sich um eine Einladung zur Eröffnung und Verlesung von Cäcilie von Breidenbachs Testament.

Stella ließ den Brief sinken. »Wie es scheint, hat sie dir etwas vererbt.«

»Meinst du?« Maria runzelte die Stirn. »Warum sollte sie?«

»Keine Ahnung. Du wirst es erfahren. Aber ein anderer Grund fällt mir nicht ein, warum du zu diesem Termin gebeten werden solltest. Du stehst in Cäcilies Testament, ganz sicher.«

»Das ist verrückt.«

Nicht nur das, dachte Stella, vor allen Dingen ist es ein Fuß in der Tür zu Informationen, an die wir sonst nie und nimmer rankämen.

»Ist das nicht irre?«, sagte Stella. »Zur Trauerfeier wirst du nicht eingeladen, stehst aber im Testament. Diese Kröte müssen sie erst mal schlucken. Aber du gehst nicht als *Madame Pythia* hin, das musst du mir versprechen.«

»Schade. Hast du nicht Lust, mich zu begleiten? Ich hab ein bisschen Bammel. Serena ist eine Hyäne.«

»Sie wird sich wohl mit deiner Anwesenheit abfinden

müssen, wenn auch nur zähneknirschend. Außerdem solltest du dort Undine treffen, und bei ihr kannst du sicher sein, dass sie dir freundlich gesinnt ist. Ich glaub sowieso nicht, dass die jemanden reinlassen, der nicht eingeladen ist. Apropos Einladung: Wir beide stehen auf der Gästeliste von Holger van Aalens nächstem Vortrag.«

Sie berichtete ihrer Großmutter von der Begegnung im Park und ihrem Gespräch mit dem bekannten Astrologen.

Maria lauschte mit wachsender Empörung, dann sagte sie: »So ein unverschämter Popanz! Wie kann er es wagen, dich zu seinem Vortrag einzuladen, damit du etwas lernst!«

Stella winkte ab. »Ach, das hat mich gar nicht gestört. Mir ist lieber, er unterschätzt mich, als dass er gegen mich arbeitet, weil er denkt, ich sei für ihn eine ernst zu nehmende Konkurrenz. Was mich so abgestoßen hat, war die Art, wie er über seinen Klienten gesprochen hat. Für ihn sind sie nichts weiter als Goldesel, die er von sich abhängig macht.«

»Sag bloß, das hat dich überrascht.«

»Mich hat überrascht, wie offen er es ausgesprochen hat. Als wäre es eine Selbstverständlichkeit. Und das Beste ist: Er denkt wahrscheinlich, er hätte mir damit einen guten Tipp gegeben! Als wäre ich moralisch so verkommen wie er selbst. Ich bin beinahe ein bisschen beleidigt, dass er so über mich denkt.«

Maria lachte herzlich, dann sagte sie: »Wir beschließen jetzt Folgendes: Uns beiden ist es in Zukunft wurscht, was Serena oder Holger van Aalen über uns denken. Die können uns mal. Kreuzweise.«

Da Maria in Kürze Kundschaft erwartete und dafür noch einiges vorzubereiten hatte, ging Stella hinüber in ihren Bereich. Sie wählte Bens Nummer und erreichte ihn in der Redaktion; zumindest ließ die Geräuschkulisse im Hintergrund das vermuten.

»Was würdest du sagen, wenn wir bei Cäcilie von Breidenbachs Testamentseröffnung dabei sein könnten? Zwar nur indirekt, aber immerhin.«

»Du spinnst! Wie denn das?«

Stella berichtete ihm die Neuigkeiten. »Zu blöd, dass wir darauf warten müssen, was Oma uns hinterher erzählt.«

»Müssen wir nicht.«

»Nicht? Willst du dich unters Fenster stellen und lauschen? Falls das überhaupt möglich ist?«

»Viel besser. Meinst du, sie würde sich verkabeln lassen?« Er hatte die Stimme gesenkt; bestimmt war er von Kollegen umgeben, die nicht mithören sollten.

»Oh. Ein Lauschangriff?«

Jetzt flüsterte er fast. »Noch viel besser. Ich könnte eine Kamera besorgen, und wir gucken ganz gemütlich zu. Was denkst du?«

Stella wusste einen Moment lang nicht, was sie sagen sollte. Dann erwiderte sie: »Das ist illegal. Arno Tillikowski würde uns den Kopf abreißen, wenn er das wüsste.«

»Von mir erfährt er nichts, ich bin ja nicht blöd. Zumal wir ihn als Mitwisser zum Komplizen machen würden. Er wäre gezwungen, uns daran zu hindern. Aber was er nicht weiß, macht ihn nicht heiß. Lass mich ein paar Telefonate machen und das Equipment besorgen. Du fragst Maria, ob sie einverstanden ist. Niemand wird das Gerät bemerken, es ist perfekt getarnt, sag ihr das. Ich komme später vorbei und erkläre ihr alles. Bis dann!«

Ehe Stella reagieren konnte, hatte Ben schon aufgelegt.

»Und? Macht sie mit?«, hakte Ben zwei Stunden später telefonisch nach.

»Ich kann nicht behaupten, dass sie spontan begeistert war. Sie hat Angst, aufzufliegen.«

Ben lachte. »Wird sie nicht. Selbst ich war überrascht, als ich die Kamera gesehen habe. Du hast ja keine Vorstellung, wozu die Technik heutzutage imstande ist.«

»Woher hast du …«

»Na, na«, fiel Ben ihr ins Wort. »Wenn du zu viel weißt, muss ich dich leider töten, liebste Freundin, und das will ich auf keinen Fall. Sagen wir so: Ich kenne Leute, die beruflich damit zu tun haben und mir noch einen kleinen Gefallen schulden. Nichts Illegales, keine Sorge. Also, bis später. Wo finde ich euch?«

»Ich bin in der Orangerie. In meinem Büro. Bis dann.«

Als sie aufgelegt hatte, ging Stella ins Internet und rief Holger van Aalens Website auf, um das Thema seines Vortrags herauszufinden.

Dein Liebesglück steht in den Sternen – greif zu! las sie und grinste unwillkürlich. Wieder ein ähnlich reißerisches Thema wie beim Mord-und-Totschlag-Vortrag. Von der dringenden Notwendigkeit eines Begegnungshoroskops war dann in der Ankündigung die Rede. Natürlich …

Wie praktisch, dass man dafür nicht die Geburtsdaten des potenziellen oder erhofften Partners benötigte, sondern nur den Zeitpunkt der ersten Begegnung. Und welch ein Zufall, dass diese Horoskope gerade im Angebot waren – für nur 400 Euro! Dieser Preis galt allerdings lediglich für die ausgedruckte Form; eine persönliche Beratung kostete selbstverständlich extra. Stella fiel beinahe vom Stuhl, als sie die Summe las.

Holger van Aalen würde sich vor Aufträgen nicht retten können. Seine Mitarbeiter mussten nur die Daten in ein Computerprogramm eingeben, das dazu eine vielleicht zwanzigseitige, schriftliche Interpretation ausspuckte, die von Phrasen und Allgemeinplätzen nur so wimmelte. Fakt war: So ein Programm war außerstande, die verschiedenen Aspekte dieser Begegnung zueinander in Beziehung zu setzen und zu interpretieren.

Aber unter den Blinden war der Einäugige König, so war es nun einmal. Van Aalens Bewunderer glaubten bereitwillig alles, was er sagte oder – vermeintlich – höchstselbst verfasst hatte. Wer sollte ihn auch entlarven? Das konnten allenfalls Kollegen. Aber jedem, der es versuchte, wurde umgehend unterstellt, neidisch zu sein und Rufmord zu betreiben. Auch gab es in der Branche genug Opportunisten und Speichellecker, die sich ihm kritiklos unterwarfen und ihn anhimmelten. Auf Verbandstreffen umschwärmten seine Bewunderer ihn wie die Motten das Licht; Stella hatte sogar schon mit eigenen Augen gesehen, wie sie sich darum stritten, seine Tasche tragen zu dürfen. Unter psychologischen Gesichtspunkten fand Stella diese Form der Gruppendynamik höchst interessant, aber menschlich gesehen ertappte sie sich dabei, sich für den einen oder anderen Kollegen fremdzuschämen.

»Wie bitte? *Das* soll eine Kamera sein?«

Maria sah Ben ungläubig an, der so stolz nickte, als hätte er das technische Wunderwerk mit eigenen Händen gebaut. Auf dem Tisch lag eine schlichte Brosche aus kupferfarbenem Metall. Sie stellte eine Eule dar und war einigermaßen geschmackvoll, wie Stella fand, zumindest gab es keine Glitzersteine oder dergleichen. Im Gegenteil: Das Gefieder war durch dezente Gravur lediglich angedeutet, nur die großen schwarzen Augen umgab jeweils ein schimmernder goldener Ring.

»Das linke Auge ist die Kamera«, sagte Ben, »das andere ist ein Mikrofon. Allerneuste Mikrotechnik. Das bemerkt kein Schwein.«

Maria nickte zögernd. »Und wie funktioniert das Ganze? Wo geht … das hin, was aufgezeichnet wird?«

»Hierhin.« Ben zeigte auf seinen Laptop, der aufgeklappt auf Stellas Esstisch stand. »Ich habe ein Programm geladen, durch das ich mit der Kamera verbunden bin. Auf meiner Festplatte wird alles gespeichert, sodass wir es uns hinterher in Ruhe als Film ansehen können, genau wie eine ganz normale DVD. Wir können ihn anhalten, vor- und zurückspulen, in Zeitlupe ablaufen lassen – ganz wie wir wollen. Pass auf, ich werde es dir zeigen.«

Er tippte auf der Tastatur herum und drehte danach den Laptop so, dass Maria den Monitor sehen konnte. Dann nahm Ben die Eule in die Hand und richtete sie auf Stella, die mit dem Rücken zu ihnen an der Arbeitsplatte stand und Tee aufgoss. Ein Klick mit der Maus, und das Bild erschien auf dem Monitor: Stella mit dem Rücken zu ihnen an der Arbeitsplatte.

»Was es nicht alles gibt …« Maria schüttelte den Kopf. »Komm her, das musst du dir angucken, Stella. Hier kannst du dich selbst sehen!«

Ben lachte. »Wenn sie zu uns kommt, ist sie nicht mehr im Bild, Maria. Vielleicht tauscht ihr einfach die Plätze.«

Also setzte Stella sich zu Ben an den Tisch, während Maria zum Herd ging und Faxen machte. Das Bild auf dem Monitor war verblüffend scharf.

Maria nahm wieder Platz, und Ben legte die Eulenkamera behutsam in eine kleine Box.

»Ich stelle es mir so vor«, sagte er. »Du, Maria, steckst dir morgen dieses hübsche Schmuckstück ans Revers, und ich sitze ganz in der Nähe der Kanzlei im Auto und achte darauf, dass es keine Störungen gibt. Mein ... äh ... Bekannter sagt, die Verbindung zwischen Laptop und Kamera ist umso stabiler, je näher ich dran bin. Und du musst unbedingt daran denken, die Kamera nicht aus Versehen zu verdecken beziehungsweise dich nach Möglichkeit so zu setzen, dass die anderen gut im Bild sind. Ich hoffe, ihr sitzt um einen Konferenztisch herum, auf dem nicht gerade ein monströses Blumengesteck steht. Dann hätten wir ein Problem. Unter Umständen musst du dich dem jeweiligen Sprecher dezent zuwenden, damit wir ihn oder sie sehen können.«

»Ich tu euch den Gefallen ja wirklich gerne. Aber ich verstehe immer noch nicht, wieso euch so wichtig ist, die Testamentseröffnung auf Film aufzunehmen. Ich kann euch doch hinterher erzählen, wer was kriegt.« Maria sah Stella fragend an.

»Darum geht es mir nicht, Oma. Das meiste davon wird ohnehin in der Zeitung stehen, zumindest, wie sich die neue Machtverteilung im Unternehmen gestaltet. Und wer welche sonstigen Dinge abstaubt, ist mir sowieso egal. Mich interessiert, wie die Geschwister miteinander umgehen. Das ist eine sehr familiäre, emotionale und intime Situation, da werden sie sich anders verhalten als in der Öffentlichkeit. Ich will herausfinden, wer in diesem Trio die Hosen anhat, wer wen dominiert, wer die Entscheidungen trifft. Undine hat mir so viele Gesichter gezeigt, dass ich nicht mehr weiß, welches davon das echte ist. Und Serena hat sich mir gegenüber ja sogar als andere Person ausgegeben. Fridolin kenne ich überhaupt noch nicht, genauso wenig wie diesen Anwalt. Wie ist seine Verbindung zur Familie? Nur geschäftlich oder auch privat? Inwieweit ist er verstrickt?«

»In was verstrickt?«, fragte Maria.

»In alles. Profitiert er zum Beispiel auch von Cäcilies Tod? Materiell, meine ich.«

»Das könnte ich mir übrigens gut vorstellen«, warf Ben ein.

»Ich ziehe mich jetzt zurück, wenn ihr gestattet«, sagte Maria und erhob sich. »Ich möchte morgen ausgeschlafen sein, wenn ich in dieser Kanzlei sitze.«

Nachdem Maria gegangen war, setzten sie sich hinaus auf den Balkon.

»Und mit alldem sind wir noch weit davon entfernt, herauszufinden, *wie* Cäcilie umgebracht wurde, das ist dir doch klar, oder?«, fragte Ben leise.

»Ist das wichtig?«

»Unter Umständen ist es der einzige Beweis, solange niemand gesteht oder auf andere Weise überführt wird.«

»Wissen wir eigentlich, ob und wie Cäcilie beerdigt wird? Könnte ja auch sein, dass sie eingeäschert werden wollte.«

»Steht so etwas nicht im Testament? Bestimmt hat sie entsprechende Verfügungen hinterlassen, da bin ich sicher. Obwohl ...« Stella zögerte, dann sagte sie: »Ich hatte irgendwie den Eindruck, dass dieser pompöse Staatsakt mit Hunderten Kränzen ganz bestimmt nicht auf Cäcilies Mist gewachsen ist. Es hätte viel eher zu ihr gepasst, das viele Geld nicht für etwas so Oberflächliches und Vergängliches ausgeben zu lassen, sondern lieber an eine gemeinnützige Orga-

nisation zu spenden. Das liest man doch häufig in Trauer-
anzeigen. Cäcilie war sehr wohltätig, sagt Oma.«

»Du meinst, ihre Erben haben ihren letzten Willen bezüglich der Trauerfeier einfach ignoriert?«

Stella zuckte mit den Schultern. »Könnte ich mir sehr
gut vorstellen. Ich glaube, gewisse Konventionen einzuhalten, bedeutet ihnen viel – zumindest bei Serena bin ich mir
sicher. Wie es bei Fridolin aussieht, weiß ich nicht; ich bin
sehr gespannt darauf, ihn morgen per Filmaufnahme kennenzulernen.«

Kapitel 16

Dass sie auf ihre alten Tage noch mal derart aufgeregt sein würde, hätte Maria niemals gedacht. Ihr Herz schlug bis zum Hals, bestimmt pochte ihre Schlagader – hoffentlich sah niemand so genau hin.

Sie dachte an Ben ... dem Ärmsten dürfte ihr donnernder Herzschlag in den Ohren dröhnen, wurde er doch über ein Mikrofon an ihn übertragen ... für ihn musste es klingen wie in einem Glockenturm, wenn es gerade Mittag schlug.

Am Vormittag hatte sie mit Stella und Ben noch einmal alles durchgesprochen. Ein Testlauf – Maria mit der Eule in der Orangerie, Ben mit dem Laptop vor dem Haus auf der Straße – hatte zu ihrer aller Erleichterung ergeben, dass die Technik einwandfrei funktionierte.

Ein Taxi hatte sie zur Kanzlei von Otmar Hansen gebracht, einer gediegenen Villa in bester Lage. Nun saß Maria in einem Raum mit knarrendem Parkettboden, schweren Ledermöbeln und Blick auf den Stadtpark. Eine elegant gekleidete Vorzimmerdame – Maria kam sich in ihrem Kostüm dagegen beinahe schäbig vor – versorgte sie mit Mineralwasser und bat höflich um ein wenig Geduld. Leider seien die anderen Herrschaften noch nicht eingetroffen, und außerdem sei Herr Hansen noch mit einem internationalen *Conference Call* beschäftigt und lasse sich für den Augenblick entschuldigen.

Pff, dachte Maria, *Conference Call*, klar. Sag doch einfach, dass er am Telefon festhängt.

Sie nickte huldvoll. »Keine Sorge deswegen, ich habe eine Menge Zeit mitgebracht. Wir sind ja schließlich nicht auf der Flucht, nicht wahr?«

Die elegante Bürofachkraft verzog keine Miene, nur ihre linke Braue zuckte minimal, aber vielleicht hatte Maria sich auch getäuscht. Sie musste daran denken, Stella später danach zu fragen, die kannte sich mit so etwas schließlich aus. ›Mikromimik‹ nannte sie das und dass die Menschen damit unabsichtlich ihre wahren Gefühle verraten würden. Maria kicherte innerlich – sie benötigte keine Kenntnisse über Mikromimik, um zu wissen, dass diese Dame mit ihrer Bemerkung nichts anfangen konnte – geschweige denn, sie witzig fand.

»Ich lasse Sie jetzt allein, Frau Schmidt. Wenn Sie etwas benötigen, ich bin gleich nebenan.«

Knarrenden Schrittes verließ die Sekretärin – nein, bestimmt lautete ihr Titel *Persönliche Assistentin* oder dergleichen, ahnte Maria – den Raum, ließ die schwere gepolsterte Tür aber einen Spaltbreit geöffnet.

Die Minuten verrannen, und es herrschte Grabesstille, bis eine melodische Türglocke erklang. Natürlich konnten Krethi und Plethi nicht einfach in die Kanzlei latschen, wie Maria bei ihrer Ankunft festgestellt hatte: Die Tür war mit einer Gegensprechanlage gesichert. Die Vorzimmerdame fragte nach, dann eine krächzende Antwort, die Maria nicht verstehen konnte. Knarrende Schritte, als die Angestellte zur Eingangstür ging, um den Neuankömmling – oder waren es mehrere? – hereinzulassen.

Maria hörte eine Frauenstimme und setzte sich unwillkürlich gerade hin. Wenn es Serena war, wollte sie souverän wirken und sich nicht bequem im Sessel lümmeln.

»Bin ich etwa die Erste?«, fragte die Frau.

Sie erhielt eine gemurmelte Antwort, woraufhin die Tür zum Wartebereich aufflog und Undine von Breidenbach in einem flatternden Wirbel pastellfarbener Rüschen hereingestürzt kam.

»Maria! Ich hab schon gehört, dass du heute hier sein wirst! Wunderbar!«, rief Undine und breitete die Arme aus.

Maria erhob sich, wagte aber keine enge Umarmung, aus Angst, die Eule zu beschädigen. Also küsste sie Undine auf beide Wangen und setzte sich wieder. »Sind deine Geschwister ähnlich begeistert wie du?«

Undine nahm im Sessel neben ihr Platz und schüttelte mit einem fröhlichen Kichern den Kopf. »Serena hat …« Sie unterbrach sich und musterte die Vorzimmerdame, die in der offenen Tür stand. »Sie dürfen sich zurückziehen. Und die Tür hinter sich schließen.«

Sie wartete ab, bis das geschehen war, und wandte sich wieder Maria zu. »Muss ja nicht jeder alles mitkriegen. Also, Serena hat Gift und Galle gespuckt, um ehrlich zu sein. Besonders, als ihr bewusst wurde, wer du bist. Seit sie davon weiß, spekuliert sie darüber, was Tante Cäcilie dir wohl vermacht hat.«

Maria zuckte zusammen, dann ergriff sie Undines Hände. »Liebes, ich habe dir noch gar nicht kondoliert. Mein tiefes Beileid. Es war … es kam so unglaublich plötzlich. Sie war doch so vital, und sie freute sich unglaublich auf die Reise mit dir. Ich war vollkommen schockiert, als ich von ihrem Tod erfuhr. Kaum vorstellbar, wie furchtbar es erst für dich gewesen sein muss.«

Undine schüttelte den Kopf. »Danke, aber ich bin nicht traurig. Ich vermisse sie sehr, aber ich tröste mich damit, dass sie jetzt an einem besseren Ort ist. Tante Cäcilie ist jetzt erlöst, weißt du?«

Erlöst? Wovon? Maria verstand kein Wort. »War sie denn tatsächlich krank? Hatte sie Schmerzen? Ich frage nur, weil du von Erlösung sprichst.«

»Man kann auch von anderen Dingen erlöst werden«, erwiderte Undine, »das weißt du doch. Böse Menschen, böse Geister, böse Gedanken ... Das kann krank machen.« Sie tippte sich gegen die Stirn. »Hier. Das verwirrt deinen Geist. Du hast Angst und weißt nicht, warum oder wovor. Du brauchst Ruhe und Frieden. Das bedeutet für mich Erlösung.«

Oha, dachte Maria, was ist das denn? War Cäcilie denn nun krank oder nicht? Oder spielt Undine damit auf die Ungeduld ihrer Geschwister an, endlich ans Erbe zu kommen? Dass Cäcilie davon wusste und in Wirklichkeit darunter litt, obwohl sie sich mir gegenüber immer darüber lustig gemacht hat? Ich bin kein Stück schlauer – ganz im Gegenteil.

Sie wusste nicht, was sie sagen sollte, aber Undine redete bereits weiter.

»Also, Serena hat ständig bei mir angerufen, weil sie denkt, ich müsste wissen, warum du im Testament stehst. Sie glaubt mir nicht, dass Tante Cäcilie kein Sterbenswort verraten hat. Aber ich finde es schön, dass du hier bist, weißt du? Dann bin ich gleich wenigstens nicht mit Frido und Serena alleine. Und diesem blöden Otmar. Darauf habe ich nämlich überhaupt keine Lust.«

Undine war in einen infantilen Singsang verfallen, der Maria reichlich irritierte. Warum plapperte sie plötzlich wie ein Kind?

»Wieso hast du eigentlich keinen Turban auf?«, fragte Undine. »Das würde Serena wahnsinnig machen. Wirklich schade. Wir hätten so viel Spaß haben können, wir beide. Ich weiß was! Was hältst du davon, wenn wir die Weltreise zusammen machen? Es ist ja alles bezahlt, und wir würden uns bestimmt gut verstehen.«

Ehe Maria antworten konnte, ging die Tür auf. Otmar Hansen kam herein und sagte jovial: »Ich möchte mich entschuldigen, dass die Damen so lange warten mussten.« Er schüttelte Maria die Hand. »Hansen, Otmar Hansen. Ich freue mich, Sie kennenzulernen, Frau Schmidt ...«, gekonnt legte er sein Gesicht in bekümmerte Falten, »... auch wenn der Anlass ein so trauriger ist.«

Wegen der offenen Tür hörte Maria, dass eine Frau und ein Mann eintrafen; das mussten Serena und Fridolin sein.

Otmar Hansen, der gerade Undine begrüßte, zuckte sichtlich zusammen, als Serena im Nebenraum sagte: »Die Schrottkarre meiner Schwester steht vor der Tür, aber ist diese obskure Wahrsagerin auch schon da?«

Die Vorzimmerdame schien genickt zu haben, denn Serena fuhr fort: »Jemand vom Tingeltangel, der pünktlich ist? Erstaunlich. Aber umso besser. Ich habe nämlich keine Lust, hier mehr Zeit als nötig zu verplempern. Wo ist Ihr Chef? Ich möchte anfangen.«

Otmar Hansen, der wie erstarrt mitten im Raum stand, warf Maria einen bestürzten Blick zu.

»Kommen Sie bloß nicht auf die Idee, sich für sie zu entschuldigen«, flüsterte Maria ihm zu. »Alles ist gut. So schnell kann man mich nicht beleidigen.«

Hansen nickte; er war sichtlich erleichtert. »Da alle Beteiligten eingetroffen sind, können wir beginnen.«

Mit einer Handbewegung bat er Maria und Undine von Breidenbach, ihm zu folgen.

Das Konferenzzimmer war für das Treffen vorbereitet. Auf dem ovalen, blank polierten Tisch standen Gläser, Tassen und eine Auswahl an Getränken, außerdem zwei Platten mit exquisitem Fingerfood, das man offenbar von einem Feinkostladen hatte bringen lassen.

In der Hoffnung, von dort aus den besten Blickwinkel auf alle Anwesenden zu haben, okkupierte Maria sofort den Lehnstuhl an der Stirnseite, den Hansen vermutlich für sich vorgesehen hatte. Aber er ließ sich nichts anmerken und erhob keinen Einspruch. Darauf hatte sie – zumal nach der Äußerung Serenas – gebaut. Sie war in seiner Kanzlei übel beleidigt worden, hatte aber höchst souverän darauf reagiert, also würde er es kaum wagen, ihr einen anderen Stuhl zuzuweisen. Dank ihrer geschickten Platzwahl saßen auf ihrer linken Seite nun Undine und der Anwalt, auf der rechten zunächst Fridolin, dann Serena.

Fridolin von Breidenbach, dem sie nie zuvor persönlich begegnet war, blickte starr an ihr vorbei, sodass sie sein Profil studieren konnte: wenig ausgeprägte Kinnlinie, Adlernase, Hornbrille und exakt geschorener Vollbart, grau meliert. Tiefe Augenringe ließen ihn müde wirken, sein dunkler Anzug und das gestärkte hellblaue Oberhemd hätten eine Kleidergröße weniger gebraucht, um gut zu sitzen.

Maria fragte sich, ob Fridolin in jüngster Vergangenheit viel Gewicht verloren hatte – drückten ihn tatsächlich finanzielle Sorgen, die ihm den Appetit nahmen?

Sie richtete sich hoch auf, damit der Kamera möglichst nichts entging.

Nach einigen einleitenden Worten öffnete Hansen die vor ihm liegende Mappe und sagte: »Da nun alle anwesend sind, beginne ich mit der Verlesung des Testaments.«

Serena hob die Hand. »Einen Moment bitte. Es gefällt mir nicht, dass jemand Fremdes anwesend ist. Immerhin handelt es sich um sehr private Familienangelegenheiten. Können wir bitte den Teil, der diese Frau betrifft, vorziehen? Dann kann sie nach Hause gehen und muss nicht hier herumsitzen, während wir uns mit den Interna beschäftigen.«

»Es geht hier nicht um deinen Willen, sondern um den von Tante Cäcilie«, zwitscherte Undine. Kichernd zwinkerte sie Maria zu.

Serena schnappte nach Luft. »Halt dich zurück, Undine. Du scheinst das hier für ein großes Vergnügen zu halten, aber das ist es nicht. Wir sind nicht zum Spaß hier. Also, Otmar, ich verlange …«

»Ich werde dieses Testament in genau der Reihenfolge verlesen, wie es niedergelegt ist«, sagte Hansen ruhig. »Ich bin sicher, deiner Tante war sehr bewusst, dass Frau Schmidt zusammen mit uns an diesem Tisch sitzen wird. Im Testament gibt es keinen Vermerk oder Hinweis darauf, dass Frau Schmidt nur den sie betreffenden Passus hören darf.«

Serena von Breidenbach presste die Lippen zusammen, und der Anwalt begann, das Testament zu verlesen. Maria schaltete geistig ab. Dank der Eule an ihrem Revers bestand keine Notwenigkeit, zuzuhören, also tat sie es auch nicht. Auch um den anderen – allen voran Serena – zu signalisieren, dass sie am sie selbst nicht betreffenden Inhalt des Testaments nicht sonderlich interessiert war, blickte sie aus dem Fenster, wobei sie allerdings sorgfältig darauf achtete, ihren Oberkörper nicht abzuwenden. Sie wusste – beziehungsweise Ben hatte es ihr erklärt und gezeigt –, dass die Kamera eine Weitwinkelfunktion hatte und sämtliche Personen, mit denen sie am Tisch saß, problemlos erfassen konnte.

Erst als Otmar Hansen sie ansprach, wandte sie ihre Aufmerksamkeit dem Anwalt zu.

»Jetzt geht es um Sie«, sagte er und las vor: »*Meine Wohltätigkeitsarbeit ist mir sehr wichtig. Da ich möchte, dass sie in meinem Sinne fortgeführt wird, übertrage ich den Vorsitz der Stiftung meiner lieben langjährigen Freundin und Vertrauten Maria Schmidt. Gemeinsam mit meiner Nichte Undine von Breidenbach obliegt ihr von nun an, die jährlichen Feste der Stiftung zu leiten und deren Organisation zu überwachen. Zu allen diesbezüglichen Unterlagen ist ihr uneingeschränkt Zugang zu gewähren, außerdem verfüge ich, dass sie Zugriff auf das Stiftungskonto erhält.*«

Maria stockte der Atem; diese Neuigkeit traf sie völlig unvorbereitet. Sie sollte die Stiftung leiten? Warum hatte Cäcilie nie etwas gesagt? Manchmal hatte Maria der Freundin ein wenig bei der Organisation der Feste geholfen, und es war für sie ein großer Spaß gewesen, bei den Veranstaltungen in vollem Ornat als Wahrsagerin in einem bunten Zelt zu sitzen und Neugierigen die Karten zu legen – natürlich unentgeltlich.

Während Undine erfreut nickte und Fridolin die Stirn runzelte, schrie Serena: »Wie bitte? Ich höre wohl schlecht! Nur über meine Leiche! Wir kennen diese Frau nicht!«

»Aber deine Tante Cäcilie kannte sie«, sagte Otmar Hansen.

Serena beugte sich vor und fixierte Maria. »Das haben Sie ja geschickt eingefädelt. Ich weiß nicht, wie Sie es geschafft haben, sich das Vertrauen meiner Tante zu erschleichen und ihre Gutgläubigkeit auszunutzen. Vermutlich war Tante Cäcilie geistig nicht mehr auf der Höhe, als Sie sie dazu überredet haben. Ihnen ist hoffentlich klar, dass ich diese Verfügung anfechten werde.«

Maria war viel zu überrascht, um darauf zu reagieren, aber der Anwalt entgegnete: »Es ist ihr Wille, Serena. Ich kann dir versichern: Cäcilie war im Vollbesitz ihrer geistigen Kräfte, als sie mich bat, Frau Schmidt als Vorsitzende der Stiftung einzusetzen.«

»Das ist mir egal! Ich erhebe Einspruch dagegen. Wenn es sein muss, klage ich durch alle Instanzen«, schnappte Serena. »Eine Person zweifelhaften Charakters soll an eins unserer Konten rankommen, vollkommen unkontrolliert? Ich sage euch, was passieren wird: Die räumt das Konto, und dann wird sie über Nacht wie vom Erdboden verschluckt sein.« Grob stieß sie ihren Bruder in die Seite. »Sag doch auch mal was dazu, Fridolin. Bist du etwa damit einverstanden?«

Schlagartig erwachte der bisher so unbeteiligt wirkende Mann aus seiner Lethargie. Er fuhr zu Serena herum und zischte: »Herrgott, halt endlich die Klappe. Dein Gezeter ist ja nicht auszuhalten. Trink einen Schnaps oder was immer nötig ist, damit du dich nicht mehr aufführst wie ein Marktweib. Oder hast du deinen Flachmann heute nicht dabei? Otmar hat bestimmt etwas Hochprozentiges in seiner Hausbar. Du musst ihn nur nett darum bitten.«

Während Serena ihn entgeistert anstarrte, kreischte Undine: »Genau! Sie soll nicht solche Gemeinheiten über Maria sagen! Maria hat einen tausend Mal besseren Charakter als Serena!«

»Das wage ich zu bezweifeln.« Serena hatte sich wieder

gefasst und verzog den Mund. »Eine Person vom *fahrenden Volk,* die Menschen das Geld aus der Tasche …«

»Das reicht!«, donnerte Otmar Hansen. »Hüte deine Zunge, Serena. Das erfüllt den Tatbestand der üblen Nachrede. Frau Schmidt könnte dich anzeigen.«

»Na und? Wer hat vor Gericht wohl bessere Aussichten: Serena von Breidenbach oder eine wie die da?«

Sie deutete mit dem Daumen auf Maria, der es nun reichte. Es wurde Zeit, endlich den Mund aufzumachen.

»Ihre Tante, Serena, war eine wunderbare, warmherzige Frau. Dass sie mich für diese Aufgabe ausgewählt hat, ist eine große Ehre. Ich gehe nicht davon aus, dass diese Position bezahlt ist. Wenn ja, werde ich das Geld selbstverständlich spenden.« Da Serena etwas sagen wollte, hob Maria die Hand, um sie zu stoppen. Dann fuhr sie fort: »Ich hätte Ihnen mehr Kinderstube zugetraut, Serena. In Anwesenheit eines Menschen derart abwertend über denjenigen zu reden, ist niveaulos. Was Sie über mich denken, sei Ihnen unbenommen. Wie Sie hinter meinem Rücken über mich reden, ebenfalls. Ich werde keinerlei Versuch unternehmen, mich gegen das zu verteidigen, was Sie mir gerade unterstellt haben. Wissen Sie, warum? Weil Sie mir viel zu unwichtig sind, und Ihre Meinung über mich ist es erst recht. Für mich zählt allein, wie Ihre Tante über mich dachte. Aber haben Sie wenigstens so viel Anstand, mit Ihrem Schmutz über mich so lange zu warten, bis ich gegangen bin.«

»Bravo!«, rief Undine und klatschte Beifall.

Maria lächelte und sagte zu Otmar Hansen: »Gehe ich recht in der Annahme, dass ich hier nicht mehr benötigt werde? Dann würde ich mich gerne zurückziehen, wenn Sie erlauben. Vielleicht können wir einen zeitnahen Termin vereinbaren, um die notwendigen Formalitäten zu erledigen? Es gibt doch sicherlich Papiere zu unterzeichnen, Vollmachten auf meinen Namen auszustellen und dergleichen. Außerdem bitte ich um Kopien der Unterlagen über die vergangenen Feste, die Cäcilie von Breidenbach ausgerichtet hat. Sagen wir, die Akten der letzten fünf Jahre, damit ich mir schnellstmöglich einen Überblick verschaffen kann.«

»Ist nicht nötig.« Undine warf ihrer sichtlich um Beherrschung ringenden Schwester einen gehässigen Blick zu. »Die Akten stehen alle in Tante Cäcilies Büro in der Villa. Und Maria braucht doch jetzt auch ein Büro, da könnte sie doch einfach das von Tante Cäcilie übernehmen …«

Maria schüttelte den Kopf. »Das werden wir entscheiden, wenn ich alles sorgfältig studiert habe. Noch weiß ich nicht, wie hoch mein zeitlicher Aufwand für die Veranstaltungen sein wird. Schließlich habe ich noch einen Beruf mit einigen Verpflichtungen.«

»Ha!« Serena stieß ein schnaubendes Lachen aus.

Maria zog es vor, es keiner Reaktion zu würdigen, sondern sah den Anwalt abwartend an. Otmar Hansen erhob sich, kam zu Maria und reichte ihr galant eine Hand, um ihr vom Stuhl hochzuhelfen.

»Bis bald, meine liebe Undine«, sagte sie dann, »wir unterhalten uns bald ganz in Ruhe, in Ordnung? Ich freue mich sehr, dass deine Tante uns beiden die Möglichkeit gibt, zusammenzuarbeiten.«

Sie nickte Fridolin und Serena knapp zu, dann ließ sie sich von Hansen aus dem Raum führen.

»Eigentlich könnten wir gleich jetzt alles rechtskräftig machen«, sagte der Anwalt, nachdem er die Tür zum Konferenzraum hinter ihnen geschlossen hatte. »Die Papiere sind längst vorbereitet und auf Ihren Namen ausgestellt; Sie müssen nur noch unterschreiben. Schließlich kenne ich das Testament schon länger.«

Maria schüttelte den Kopf und lächelte. »Es ist Ihnen bei dem kleinen Scharmützel dort drinnen vielleicht nicht aufgefallen, aber ich habe das Erbe bisher nicht angenommen. Ich wollte es dort nicht thematisieren; Undine hat sich so gefreut. Ich könnte es doch ablehnen, oder?«

»Ziehen Sie das ernsthaft in Erwägung?«

Maria legte ihm die Hand auf den Arm. »Würde Sie das etwa wundern? Warum sollte ich Ihrer Meinung nach eine Aufgabe übernehmen, bei der ich unter schärfster Beobachtung einer Frau stehen werde, die mich offen verachtet und mir kriminelle Neigungen unterstellt? Habe ich es wirklich nötig, mich beleidigen zu lassen?«

»Nein, natürlich nicht, und es tut mir sehr leid, dass ich Sie davor nicht beschützen konnte«, sagte Hansen, der ehrlich zerknirscht wirkte. »Ich … Serenas Unterstellungen haben mich sehr überrascht. Mir war klar, dass sie nicht begeistert sein würde, aber das …«

Maria dirigierte ihn weiter in Richtung Eingangstür und senkte die Stimme. »Um ganz offen zu sprechen: Ich war überhaupt nicht überrascht. Sie alle vergessen eines: Cäcilie hat mir vertraut, und sie hat mir einiges *an*vertraut. Zwar nichts über ihre Pläne bezüglich der Stiftung, dafür aber über ihre Erben. Nicht unbedingt schmeichelhaft, das dürfen Sie mir glauben, aber ich werde alle Informationen vertraulich behandeln.« Sie schüttelte ihm die Hand und lächelte. »Ich beneide Sie gerade nicht unbedingt um Ihre Aufgabe, wissen Sie? Dennoch wünsche ich Ihnen trotz der elektrischen Atmosphäre dort drinnen noch einen schönen Tag, Herr Hansen.«

»Den wünsche ich Ihnen auch. Es hat mich sehr gefreut, Sie kennenzulernen. Denken Sie ganz in Ruhe über alles nach. Wenn Sie noch Fragen dazu haben, rufen Sie mich bitte jederzeit an.«

Das war nett von ihm, aber das würde nicht passieren. Ihr wichtigster Ratgeber würde ihr Bauchgefühl sein, nahm sie sich vor.

»Ich melde mich bei Ihnen, sobald ich eine Entscheidung getroffen habe. Keine Sorge, Sie werden nicht lange warten müssen. Sie hören morgen von mir, spätestens übermorgen. Wenn Sie nun bitte so freundlich wären, mir ein Taxi zu rufen? Ich warte draußen. Ich brauche ganz dringend frische Luft.«

Kapitel 17

Obwohl Stella vor Neugier platzte, wollte ihre Großmutter sich als Erstes frisch machen und in etwas Bequemes schlüpfen.

»Glaub mir, Schatz«, sagte sie, »ich brauche dringend eine Dusche. Später wirst du verstehen, warum. Machst du mir bitte einen Kaffee? Ich beeile mich, bis gleich.«

»Was war denn los?«, fragte Stella. »Und warum stand sie im Testament?«

»Lass uns auf deine Oma warten«, erwiderte Ben, der den Laptop auf Stellas Küchentisch aufbaute. »Du wirst deinen Augen nicht trauen. Das war das reinste Irrenhaus, Serena ist vollkommen ausgeflippt. Hut ab vor deiner Oma; ich an ihrer Stelle hätte dieser Furie eine gescheuert.«

Das heizte Stellas Neugier nur noch mehr an, zumal Ben sich beharrlich weigerte, irgendwelche Informationen preiszugeben, da er Maria ›den Spaß nicht verderben‹ wolle, wie er es formulierte.

Die Wartezeit erschien Stella endlos, obwohl nur eine Viertelstunde vergangen war, als ihre Großmutter endlich auftauchte – mit nassen Haaren, in einem pinkfarbenen Hausanzug aus Nickistoff und einer Flasche Cognac in der Hand. Sie marschierte an Stella vorbei, holte ein Wasserglas aus dem Küchenschrank und goss sich zwei Finger breit Cognac ein, den sie sich mit einem beherzten Schluck hinter die Binde kippte.

»Ah«, sagte sie. »Den habe ich gebraucht. Das war vielleicht ein Affenzirkus!« Sie schenkte sich nach und setzte sich an den Tisch. »Von mir aus können wir.«

Ben nickte grinsend. »Alle anschnallen – die wilde Fahrt beginnt.«

Er drückte eine Taste, und sie blickten auf die Eingangstür der Kanzlei, die von der eleganten Vorzimmerdame geöffnet wurde.

Während sie sich die Aufzeichnung ansahen, redete niemand. Die letzten Bilder zeigten den Anwalt, als Maria sich von ihm verabschiedete, dann wurde der Monitor schwarz.

»Wow«, sagte Stella, »kein Wunder, dass du duschen wolltest. Ich hätte ein Vollbad gebraucht, um mir Serenas Dreck abzuwaschen. Ich bin beeindruckt, wie souverän du reagiert hast.«

»Halb so wild – ich habe in meinem Leben schon Schlimmeres gehört.« Maria zuckte mit den Schultern. »Außerdem musste ich erst einmal damit fertigwerden, dass Cäcilie mir die Stiftung überträgt.«

Ben lachte. »Serena auch, wie man sieht. Und hört. Ich dachte, mir platzen die Trommelfelle.«

»Aber dass sie derart die Fassung verlieren würde … Wie kann sie es wagen, dir gegenüber diesen unverschämten Ton anzuschlagen und diese Ungeheuerlichkeiten zu unterstellen, Oma? Ich hätte vermutet, dass sie sich besser im Griff hat. Dieser Kontrollverlust ist erschreckend.«

»Ich lebe ja noch.« Maria tätschelte Stellas Hand. »So schnell bin ich nicht einzuschüchtern. Was mich allerdings wirklich angestrengt hat, war die unglaubliche Intensität der Emotionen, die dort im Raum waren. Leider nehme ich diese Schwingungen beinahe körperlich wahr. Ich kam mir vor wie im Zentrum eines Gewitters. Überall um mich herum diese Ladung ...« Sie schauderte und nahm einen großen Schluck vom Cognac.

Stella wusste genau, wovon ihre Oma sprach. Auch sie selbst verfügte über ein hohes Maß an Sensibilität anderen Menschen gegenüber, spürte Spannungen sofort – bei ihrer Arbeit als Astrologin war es eine wertvolle Gabe. Aber im Übermaß – wie Maria es bei der Testamentseröffnung erlebt hatte – konnte es ein Fluch sein. Nach derartigen Situationen war sie zutiefst erschöpft und vollkommen ausgelaugt. Genau wie ihre Großmutter gerade.

»Aber worüber wir noch gar nicht geredet haben«, sagte Stella zu Maria, »ist die unglaubliche Tatsache, dass du in Zukunft Cäcilies Stiftung leiten sollst. Wusstest du davon?«

Maria schüttelte den Kopf. »Nein. Cäcilie hat nie etwas erwähnt. Tatsächlich bin ich sehr überrascht, dass sie diese Aufgabe nicht an Undine übergeben hat.«

»Sie wird diese großen Projekte Undine nicht zugetraut haben«, warf Ben ein. »Was mich überhaupt nicht wundert, denn Undine hat sich wieder benommen wie ein kleines Kind. Allein ihre Ausdrucksweise. Nicht wirklich die einer erwachsenen Frau.«

»Das ist mir auch aufgefallen«, erwiderte Maria. »Schon als wir auf die anderen gewartet haben, hat sie sich plötzlich so kindlich aufgeführt. Erst recht später, als sie mich vor Serena verteidigt und sie angeschrien hat. So kenne ich sie gar nicht.«

Richtig, dachte Stella, das hast du auch gesagt, als ich dir vom Besuch auf Undines Bauernhof berichtet habe. »Aber wie kennst du sie?«, fragte sie also.

Maria runzelte die Stirn. »Auf jeden Fall anders. Natürlich versucht Undine nie, die hellste Kerze am Christbaum zu sein, aber ich habe sie nie als derart naiv erlebt. Ein schlichtes, liebenswertes Gemüt zu haben und nicht in Konkurrenz zu den ehrgeizigen Geschwistern zu gehen, bedeutet ja nicht automatisch, zurückgeblieben zu sein. Ich hatte beinahe das Gefühl, dass sie …«

»Eine Rolle spielt?«, fiel Stella ihr ins Wort. »Dass eine andere Persönlichkeit die Regie übernimmt?«

»Ja. Und nein«, entgegnete Maria zögernd. »Das ist schwer in Worte zu fassen. Am besten siehst du es dir noch einmal ganz in Ruhe an, Stella.«

Das hatte Stella ohnehin vor. Nicht nur das: Sie würde Minute für Minute genau studieren, jeden einzelnen Gesichtsausdruck, jede Interaktion zwischen den Geschwistern. Aber das verschob sie auf später; dazu brauchte sie absolute Ruhe.

»Wie wirst du dich übrigens entscheiden? Wirst du die Aufgabe annehmen?«, fragte Stella. »Gibt es schon eine Tendenz?«

Maria schüttelte den Kopf. »Nein. Bevor ich mich endgültig festlege, muss ich mit Felicitas sprechen.«

»Was hat die denn damit zu tun?«

»Wie es scheint, gibt es einige Dinge, die du nicht über deine Mutter weißt. Zum Beispiel ihre Mitwirkung an Cäcilies Veranstaltungen. Du bist zu dem Gespräch übrigens herzlich eingeladen. Wenn Felicitas heute Zeit für mich hat, kann ich Otmar Hansen vielleicht schon morgen anrufen.«

Mehr wollte Maria allerdings zu diesem Zeitpunkt nicht preisgeben.

Nachdem Ben die Datei mit dem Film auf Stellas Rechner überspielt hatte, verabschiedete er sich. Er hatte etliche Anrufe aus der Redaktion ignoriert und musste sich dringend dort blicken lassen.

Wie sich herausgestellt hatte, war Felicitas für ein Gespräch verfügbar und bat in ihre Wohnung, also fanden Stella und ihre Großmutter sich am späten Nachmittag dort ein. Falls Felicitas erleichtert war, dass Maria weder Kaftan noch Turban trug, so ließ sie sich nichts anmerken.

»Also, worum geht es?«, fragte Felicitas, als alle im Wohnzimmer Platz genommen hatten. Sie wirkte leicht angespannt, so als rechne sie mit irgendeiner Katastrophenmeldung.

»Ich war heute zur Testamentseröffnung meiner guten Freundin Cäcilie von Breidenstein eingeladen«, verkündete Maria.

Amüsiert sah Stella, wie ihrer Mutter buchstäblich die Kinnlade herunterfiel.

Felicitas starrte Maria offenen Mundes an. Ihr Blick ging zu Stella, die bestätigend nickte, und wieder zurück zu Maria. »Du warst was?«

Maria lächelte. »Du hast mich sehr gut verstanden, mein Kind. Ich stehe in Cäcilies Testament, und ich bin davon nicht weniger überrascht als du.«

»Aber was … Hat sie dir etwas vererbt?«, fragte Felicitas, die nach wie vor um Fassung rang.

»Ja und nein.« Maria wiegte den Kopf. »Sie hat mir eine Aufgabe übertragen. Cäcilie möchte, dass ich die Leitung der Stiftung übernehme und dafür sorge, dass die Veranstaltungen weiterhin in ihrem Sinne stattfinden. Deshalb brauche ich deinen Rat.«

»Meinen Rat?«

Maria rollte mit den Augen. »Ja natürlich. Du bist doch mit deinen wohltätigen Damen stark bei den Festen engagiert, nicht wahr?«

Daher wehte also der Wind. Selbstverständlich wusste Stella von dem Damenkränzchen – zumindest hatte sie es bei sich immer so genannt –, das sich regelmäßig traf. Dass es dabei um wohltätige Arbeit ging, war ihr allerdings neu. Bisher hatte sie gedacht, es sei nichts weiter als ein Kaffeeklatsch. Mehrmals schon hatte sie einige von ihnen gesehen: gut gekleidete, distinguierte Damen der Gesellschaft, die hervorragend zur stets gut gekleideten, distinguierten Felicitas passten.

»Du musst nämlich wissen, Stella«, fügte Maria hinzu, »der Damenclub stellt nicht nur jedes Mal eine respektable Summe für das Kindervergnügen auf den Veranstaltungen zur Verfügung, die Damen verkaufen auch selbst gebackenen Kuchen und spenden den Erlös an die Stiftung. Außerdem stiften sie viele Preise für die Tombola. Vorbildliches Engagement, wie ich finde. Denen etwas zu geben, die nicht so viel haben, bringt gutes Karma. Und ich bin stolz, dass meine Tochter ganz vorn mit dabei ist.«

Zu Stellas Überraschung errötete Felicitas und murmelte: »Mir war gar nicht klar …«

»Dass ich von deiner Arbeit für die Stiftung und deiner Teilnahme an den Festen weiß?«, fragte Maria und kicherte vergnügt. »Denkst du vielleicht, ich hätte nie mitgekriegt, wie du immer in Schallgeschwindigkeit und mit eingezogenem Kopf an meinem Wahrsagezelt vorbeirast, damit ich dich bloß nicht bemerke? Ich hätte dich ja ansprechen können, und was sollen dann deine Freundinnen von dir denken? Deine alte Mutter im Gauklerkostüm und mit Glaskugel – und es macht ihr auch noch Spaß! Ja, das tut es, Felicitas, großen Spaß sogar. Die glänzenden Augen der Kinder, wenn ich für sie ein bisschen Hokuspokus veranstalte ... Es wärmt mein sentimentales Herz, wenn ich ihnen einen bunten und fröhlichen Moment schenken kann, den sie vielleicht nie vergessen.«

»Ich ... so habe ich das nie gesehen«, stotterte Felicitas.

»Ach was.« Maria winkte ab. »Jeder tut auf seine Weise Gutes, nicht wahr? Wichtig ist, dass die Richtigen davon profitieren. Aber darum sitzen wir jetzt auch nicht zusammen. Mir geht es um Folgendes: Bevor ich bezüglich Cäcilies Verfügung eine Entscheidung treffe, möchte ich von dir wissen, ob und wie präsent Serena von Breidenbach bei der Organisation der Veranstaltungen ist.«

»Serena?« Felicitas schüttelte den Kopf. »Überhaupt nicht, soweit ich weiß. Sie hat nie an den regelmäßigen Besprechungen teilgenommen, bei denen der Stand der Dinge besprochen wird. Allerdings war Undine immer an der Seite ihrer Tante. Auch bei den Festen selbst ist Serena meines Wissens noch nie aufgetaucht, nicht einmal zu den Eröffnungen, bei denen Cäcilie immer eine kleine Willkommensrede gehalten hat. Das war Tradition, aber das weißt du ja.« Sie stockte und musterte ihre Mutter, als sähe sie diese zum ersten Mal – oder mit ganz anderen Augen. »Ich kann immer noch nicht glauben, dass du bei diesem Clan in Zukunft ein und aus gehen wirst.« Sie wandte sich zu Stella. »Wusstest du davon?«

Und wenn?, dachte Stella. Was wäre dann?

»Nein«, sagte sie. »Niemand wusste davon, nicht einmal Oma selbst. Und wir fragen uns, warum sie diese Aufgabe nicht an Undine übertragen hat. Wenn sie, wie du sagst, immer an Cäcilies Seite war, muss sie doch in die Materie eingearbeitet sein.«

»Wie man's nimmt«, erwiderte Felicitas. »Undine hat zwar stets mit am Tisch gesessen, aber nie aktiv etwas beigetragen. Weder hatte sie eigene Ideen, noch wurde ihr Verantwortung für einzelne Bereiche übertragen. Sie war immer eher Cäcilies Gesellschafterin; jedenfalls war das mein Eindruck. Sie schien sich nicht besonders für den administrativen Kram zu interessieren. Sie wirkte stets wie ein leicht gelangweiltes Kind. Es hätte mich nicht gewundert, wenn sie während der Diskussion in einem Malbuch herumgekritzelt hätte.«

»Na«, sagte Maria, »es ist jedenfalls schon mal beruhigend, dass Serena mit diesem Bereich nichts zu tun hat. Vielen Dank für deine Offenheit, Felicitas.«

»Sehr gerne, Mutter. Freut mich, wenn ich dir bei deiner Entscheidung helfen konnte. Wirst du die Aufgabe annehmen?«

Maria stand auf. »Ich werde noch eine Nacht darüber schlafen, vielleicht auch zwei. Cäcilie legt damit große Verantwortung in meine Hände. Und eine Menge Arbeit.«

Vor der Wohnungstür umarmte Stella ihre Großmutter. »Ruh dich aus, du hattest einen aufregenden Tag. Vielleicht solltest du tatsächlich noch einmal mit dem Anwalt sprechen. Du hast doch bestimmt noch einige Fragen, oder?«

Maria zuckte mit den Schultern. »Zum Beispiel welche? Mein Kopf ist leer.«

»Zum Beispiel die Frage, was passiert, wenn du die Aufgabe annimmst, aber vielleicht irgendwann aus gesundheit-

lichen Gründen die Arbeit nicht mehr leisten kannst. Hast
du dann die Möglichkeit, einen Nachfolger zu bestimmen?
Oder auch nur vorzuschlagen? Denk an Serenas Reaktion:
Ich wette, sie hält die Feste für reine Geldverschwendung
und hatte gehofft, sie jetzt, nach Cäcilies Tod, ersatzlos streichen zu können.«

»Das wagt sie nicht!«

»Serena hat jetzt sehr viel mehr im Unternehmen zu sagen, das ist Fakt. Warum sollte sie es nicht wagen? Weil Undine dann böse auf sie ist? Das dürfte sie kaum davon abhalten.
Deshalb solltest du herausfinden, ob Cäcilies gemeinnützige
Arbeit und damit deine zukünftige Aufgabe innerhalb des
Unternehmens irgendwie verankert und geschützt ist, verstehst du? Das alles wird Hansen dir sagen können. Ich hatte
den Eindruck, dass du ihm sympathisch bist, und er hat dir
seine Hilfe angeboten. Ich glaube, das war ehrlich gemeint.«

»Aber damit riskiert er einiges.« Maria kicherte und fuhr
fort: »Zum Beispiel, dass Serena ihn nicht mehr in ihr Bett
lässt. Du hast es doch auch bemerkt, oder?«

Natürlich hatte Stella es bemerkt.

Die Anzeichen dafür waren unübersehbar gewesen.

Mit dem Laptop auf dem Schoß und einem Glas Wein in
Reichweite machte Stella es sich auf dem Bett bequem und
startete die Aufzeichnung der Testamentseröffnung. Sie
spulte direkt vor ins Konferenzzimmer und stellte den Ton
leise, um sich ganz auf Mimik und Körpersprache zu konzentrieren.

Eins war sofort klar: Otmar Hansen war der Chef im
Ring. Da er sich auf seinem Territorium befand, fühlte er
sich offenbar sicher und drückte seine Souveränität durch

seine Körperhaltung aus: Er saß sehr aufrecht auf seinem Stuhl, und seine Hände bewegten sich – wenn überhaupt – sparsam und kontrolliert. Sein Gesicht sprach Bände, als Maria verbal von Serena angegriffen wurde, denn seine Mimik zeigte erst Anzeichen von Abscheu, dann von Zorn: zusammengepresste Lippen, geblähte Nasenflügel, verengte Lider – er war wütend auf Serena, und für Sekundenbruchteile zeigte er das auch. Allerdings hatte er sie vor den anderen erst für ihr Verhalten gemaßregelt, als sie Maria des geplanten Diebstahls bezichtigte. Als er sich später bei Maria dafür entschuldigte, dass er sie nicht davor geschützt habe, war er vollkommen aufrichtig.

Aber Hansen war nur ein Nebendarsteller – Stella wollte etwas über die Dynamik der Geschwister untereinander erfahren. Zu Beginn, als es um die Verteilung der Firmenanteile und dergleichen ging, gab es für Stella nicht viel zu sehen, denn offenbar überraschte die Geschwister nichts davon. Allerdings wanderte Serenas Blick zuweilen zu Maria – dann schien sie direkt in die Kamera zu sehen –, und Stella erkannte mühelos, wie unangenehm ihr die Anwesenheit Marias war. Stella stoppte den Film und klickte sich durch die nächsten Einzelbilder. Serenas starrer Blick und der bei geschlossenem Mund nur einseitig hochgezogene Mundwinkel drückten pure Verachtung aus.

Erst als Hansen den Passus verlas, der Maria betraf, kam Leben in die Sache. Während Undine sich wie ein außer Rand und Band geratenes Kind aufführte und ihre Emotionen offen zur Schau trug, saß Fridolin zusammengesunken und desinteressiert in seinem Lehnstuhl. Nur einmal agierte er aktiv: als er Serena anfuhr, die ihn aufgefordert hatte, sie gegen Maria zu unterstützen. In dem Moment war – vielleicht lange unterdrückte – Wut auf seine Schwester herausgebrochen. Wie ein Vulkan war er explodiert.

»Gefährlich ist's, den Leu zu wecken ...«, murmelte Stella amüsiert. Serenas Reaktion auf die Wehrhaftigkeit ihres Bruders war eindeutig: Sie hatte mit allem gerechnet, aber damit ganz sicher nicht. Verschoben sich gerade irgendwelche Machtverhältnisse, weil das Erbe nun zur Verfügung stand?

Immer wieder studierte Stella diese Passage, und plötzlich stutzte sie. Es war eine mikrokurze Reaktion von Serena auf Undine, die sie zuvor übersehen hatte. Auch diese Szene sah sie sich in Einzelbildern an, und da erkannte sie es: Serenas Gesicht zeigte Angst.

Zuerst hatte Stella es für Überraschung gehalten, als Reaktion auf Undines kindlich-begeistertes Kreischen, nachdem Fridolin Serena angebrüllt hatte. Aber sie hatte sich geirrt; es handelte sich eindeutig um Furcht.

Stella klappte den Laptop zu und lehnte sich zurück. Während sie durch das Oberlicht über ihrem Bett in den nächtlichen Himmel blickte, dachte sie darüber nach, warum Serena Angst vor ihrer Zwillingsschwester haben könnte.

Kapitel 18

Wie lange er schon nicht mehr auf dem Kiez unterwegs gewesen war, fiel Ben erst auf, als er die kopfsteingepflasterte, abschüssige Gußstahlstraße entlangschlenderte.

Rechts und links reihten sich diverse Lokalitäten aneinander: Spielhallen, Imbissbuden, Säuferhöhlen und Etablissements, durch die man in den eigentlich interessanten Bereich gelangte, wo die Bordelle waren. Vorne ganz normale Kneipen, in denen man zu moderaten Preisen ein gepflegtes Bier trinken konnte, führte eine diskrete Tür im hinteren Bereich direkt ins sexuelle Schlaraffenland. So mancher, der den Sperrbezirk nicht auf offener Straße betreten wollte, nutzte diese Möglichkeit.

Ein kurzer, aber heftiger Regenschauer kurz vor Mitternacht hatte dafür gesorgt, dass die bunten Leuchtreklamen und flackernden Lichter sich jetzt höchst malerisch auf dem nassen Pflaster spiegelten und so für zusätzliches Kiez-Flair sorgten. Ben ärgerte sich beinahe, dass er bei seinem spontanen Aufbruch vergessen hatte, eine Kamera mitzunehmen, denn die nächtliche Straße mit den farbigen Lichtreflexen bot jedem passionierten Fotografen einige lohnenswerte Motive. Er nahm sich vor, demnächst mal wieder einen nächtlichen Fotospaziergang durch die City zu unternehmen.

Aber jetzt war er aus anderen Gründen hier.

Den ganzen Abend hatte er über Fridolin und Serena von Breidenbach nachgedacht, über ihre massiven Geldprobleme und die Möglichkeiten, dass sie sich aus ebendiesem Grund vielleicht tatsächlich mit der Halbwelt eingelassen hatten. Fridolin ließ im Bordell die Puppen tanzen, und Serena trieb sich in Hinterzimmern von Kneipen herum, in denen um Geld – viel Geld – gespielt wurde. Und beide hatten sich vermutlich von Halbweltgestalten Geld gepumpt. Ben war wild entschlossen, mehr herauszufinden, also hatte er sich spontan auf den Weg gemacht. Nicht umsonst pflegte er seit Jahren gute Kontakte auf dem Kiez.

Er zog die schwere Eingangstür der *Rosa Rose* auf und sah sich um. Gedämpftes Licht, gedämpfte Musik, gedämpfte Gespräche – alles wie immer. Noch gab es etliche freie Plätze, aber das würde sich bald ändern. Einige Herren in Gesellschaft attraktiver Damen saßen am Tresen und an den Tischen, vor sich stets gefüllte Biergläser und eisgekühlte Piccolos. Dafür, dass die Gläser immer voll waren, sorgte Wirtin Rosa, die – Ben hatte es gehofft – auch jetzt hinter dem Tresen stand und alles im Blick hatte. Sobald irgendwo ein Getränk zur Neige ging, schickte sie eine der hübschen Kellnerinnen mit Nachschub los. Charmant und diskret tauschten sie die Gläser aus, ohne die sich am Tisch anbahnende Übereinkunft zu späteren sinnlichen Genüssen zu stören.

Ben schwang sich auf einen freien Hocker am Ende der Theke und wartete ab, bis Rosa ihn bemerkte. Sie war eine schöne Frau, hochgewachsen und geschmackvoll gekleidet. Niemand, der ihren Beruf nicht kannte, hätte vermutet, dass sie eine Kneipe auf dem Kiez betrieb. Das Geld für ihren eigenen Laden hatte sie seinerzeit als Domina verdient. Sie habe niemals für Geld mit einem Mann geschlafen, hatte sie Ben einmal erzählt, und genau aus diesem Grund hatte sie als Domina gearbeitet und jahrelang jeden Cent gespart, denn sie wollte unbedingt unabhängig bleiben. Manchmal bedauerte Ben, dass sie mindestens zehn Jahre älter war als er; ihr genaues Alter kannte er nicht. Nicht, dass sie ihm zu alt war, das hätte ihm nicht das Geringste ausgemacht. Nein – er war ihr zu jung. Sie wollte einen gestandenen, älteren Mann an ihrer Seite, und solange es diesen nicht gab, blieb sie solo.

Endlich entdeckte sie ihn und kam mit strahlendem Lächeln auf ihn zu. Sie beugte sich über die Theke und küsste ihn auf beide Wangen.

»Wie schön, dich mal wieder zu sehen, Ben. Ich habe dich schon vermisst. Was möchtest du trinken? Einen Wodka-Lemon?«

Ben schüttelte den Kopf. »Nur ein Mineralwasser, ich muss morgen früh raus.«

»Kommt sofort.«

Sie ging zum Getränkekühlschrank und holte ein Fläschchen Wasser heraus, ließ auf dem Weg dorthin ihren Scannerblick durch die Kneipe wandern, registrierte mehrere halb volle Biergläser, zapfte rasch einige Pils und stellte diese auf ein Tablett, winkte eine Kellnerin zu sich und gab ihr Anweisungen, dann öffnete sie die kleine Mineralwasserflasche und kam damit zurück zu Ben.

»Dir entgeht nichts, oder?«, fragte Ben, prostete ihr zu und trank.

»Ich verdiene damit mein Geld, dass ich alles sehe«, erwiderte sie. »Perfekter Service, perfekte Dienstleistung.«

»Hörst du auch alles?«

Sie musterte ihn aufmerksam. »Recherchierst du für eine große Story?«

»Nicht im klassischen Sinne. Aber ich muss unbedingt ein paar Dinge herausfinden. Warum, kann ich dir leider nicht sagen.«

Rosas Brauen verschwanden unter den lackschwarzen Ponyfransen. »Oho, interessant ... Was willst du wissen?«

Ben beugte sich zu ihr und senkte die Stimme. »Von Breidenbach. Sagt dir der Name irgendwas?«

»Von wem der beiden reden wir?«, fragte sie leise zurück. »Vom flotten Frido oder von Serena, der Giftspritze?«

Damit hatte Ben nicht gerechnet. »Du kennst beide?«

»Mein Lieber, ich kenne *jeden*, der sich auf dem Kiez herumtreibt. Und wenn nicht persönlich, dann kenne ich zumindest Geschichten über ihn oder sie. Vor allem, wenn es sich um zwei so schillernde Persönlichkeiten handelt wie die beiden. Du weißt, wie hier getratscht wird.«

»Nämlich was genau?«

»Moment.«

Wie zuvor blickte sie durchs Lokal und sorgte rasch für Getränkenachschub an den Tischen, bevor sie wieder zu ihm zurückkehrte.

»Also gut. Ohne großartig ins Detail zu gehen: Beide haben durch ihre diversen Aktivitäten hier immense Schulden, und zwar bei den falschen Leuten, die allmählich ungeduldig werden, wie es heißt. Es heißt außerdem, dass einige käufliche Damen mit antikem Schmuck herumlaufen, der seit Generationen im Tresor der Familie von Breidenbach lag. Einmal hat hier eine junge Dame mit einem schicken Ring angegeben. Sie hat behauptet, es sei der Verlobungsring der greisen Konzernchefin. Vermeintlich liege der Schmuck noch immer im Safe, wurde aber wohl nach und nach durch Imitationen ersetzt.«

Ben konnte es kaum fassen – diese Information war eine echte Bombe. »Fridolin bezahlt mit Klunkern?«

»Nicht nur er. Serena ist gern gesehener Gast an den Spieltischen obskurer Kaschemmen und versetzt dort eine Rolex nach der anderen. Aber manchmal reicht das nicht, und sie leiht sich zusätzlich Geld.«

»Aber wieso bekommen sie und ihr Bruder so viel Kredit? Selbst abgezockteste Kredithaie verlangen Sicherheiten.«

Rosa zuckte mit den Schultern. »Ein millionenschweres Erbe ist eine ziemlich eindrucksvolle Sicherheit, findest du nicht? Sogar für abgezockte Kredithaie.«

»Aber es ist nicht berechenbar, wann das Geld fließt.«

»Meines Wissens fließt es jetzt«, sagte Rosa. »Wie es der glückliche Zufall will, genau zum richtigen Zeitpunkt. Moment mal – jetzt kapiere ich auch, warum du nach den beiden gefragt hast. Du denkst, die haben ihre Erbtante gekillt, weil es eng für sie wurde.«

»Leise!«, flüsterte Ben erschrocken. »Rosa, dieses Gespräch muss absolut unter uns bleiben, hörst du? Unbedingt! Aber weil du es erwähnt hast: Wie eng war es denn?«

»Sagen wir es so: Dass die liebe Tante verblichen ist, gewährt ihnen einen kleinen Aufschub. Rettung in letzter Sekunde, wenn du so willst.«

»In letzter Sekunde …«, murmelte Ben.

Während sie miteinander gesprochen hatten, waren mehr und mehr Gäste in die Kneipe gekommen. Alle Tische und sämtliche Barhocker waren nun besetzt.

Rosa berührte Ben, der in Gedanken versunken dasaß, am Arm. »Meine Pause ist zu Ende, hier beginnt jetzt die Rushhour. Bleib noch, wenn du magst, dann komme ich später wieder zu dir.«

Ben schüttelte den Kopf. »Ich muss ins Bett. Und darüber nachdenken, was ich hier erfahren habe.« Er nahm ihre Hand und küsste sie. »Du bist die Beste. Ich muss es nicht extra sagen, aber ich tue es trotzdem: Du kannst dich auf meine Verschwiegenheit verlassen. Ich weiß deine Offenheit sehr zu schätzen.«

Sie warf ihm eine Kusshand zu, dann ging sie zum Zapfhahn und nahm Bestellungen der Gäste am Tresen entgegen.

Ben bahnte sich den Weg zur Tür und stieß sie auf. Sie öffnete sich nur einen Spaltbreit, da sie gegen ein Hindernis prallte.

»Aua! Verdammt! Können Sie nicht aufpassen?«, rief jemand auf der anderen Seite.

»Entschuldigung, war keine Absicht«, sagte Ben und erstarrte, als er sah, wer ihm gegenüberstand.

»Was machst du denn hier?«, fragte Arno verblüfft.

»Und du? Solltest du nicht längst im Bettchen liegen, damit du morgen für deinen anstrengenden Tag im Büro fit bist?«

»Ich konnte nicht schlafen. Und da dachte ich, ich höre mich mal ein bisschen um.«

»Sieh an, sieh an.« Ben beugte sich vor und sagte leise in Arnos Ohr: »Doch nicht zufällig in Sachen von Breidenbach?«

Arno nickte grinsend. »Könnte sein. Was hast du hier gemacht?«

»Ich habe eine alte Freundin besucht. Mich ein bisschen unterhalten. Über dies und das. Und eine Menge herausgefunden.«

»Jungs, wird dat heute noch wat? Nehmt euch gefällichs

ein Zimmer«, blaffte eine Stimme hinter ihnen, »und verzieht euch endlich aussem Eingang.«

Ein vierschrötiger Mann, im rechten Arm eine sichtlich angetrunkene Frau, starrte sie herausfordernd an.

»Bin schon weg«, sagte Ben und trat auf die Straße. Er hielt dem Pärchen die Tür auf, die hinter ihnen ins Schloss fiel.

»Und nun? Was machen wir jetzt mit dem angebrochenen Abend?«, fragte Arno.

»Eigentlich war ich ja schon auf dem Weg nach Hause. Aber ich wäre bereit, mit dir noch irgendwo gepflegt einzukehren und ein wenig zu plaudern.«

Arno nickte. »Irgendwelche Vorschläge? Ich kenne mich hier nicht aus. Ich war nie bei der Sitte.«

Kapitel 19

Ben musste nicht lange überlegen; es gab da eine ruhige Kneipe am Ende der Straße.

Sie gingen schweigend über das noch immer feuchte Kopfsteinpflaster, während um sie herum das pralle Leben tobte. In den zwei bis drei Stunden nach Mitternacht war hier am meisten los, aber in der Kneipe, die Ben ausgesucht hatte, herrschte eine andere Atmosphäre: Aus den Boxen schmalzte Dean Martin, und die anwesenden Gäste unterhielten sich leise miteinander.

Arno und Ben setzten sich in eine Nische in der hintersten Ecke. Hier waren sie ungestört und konnten sich unterhalten, ohne dass jemand mithörte. Ein Kellner mit weißem Hemd und Fliege kam an ihren Tisch und nahm ihre Bestellung entgegen. Sie sprachen nicht, bis ihre Getränke – Mineralwasser und Cola – vor ihnen standen und der Kellner wieder abgezogen war.

»So«, sagte Arno dann. »Du hast mit einer netten Dame also über dies und das geplaudert.«

Ben nickte. »Allerdings. Es war schon häufiger vorteilhaft für mich, hier einige Freundschaften zu pflegen. Meine Informanten wissen, dass ich sie nicht preisgebe. Also frag gar nicht erst, mit wem ich gesprochen habe.«

»Ist sie eine Mitwisserin? Dann könnte es heikel werden. Auch für mich. Wenn ich von dir Informationen über ein Verbrechen bekomme …«

»Nein, keine Mitwisserin. Sie hat mir von keiner strafbaren Handlung erzählt. Es sei denn, es ist strafbar, die eigene Sippschaft zu bescheißen, indem man den Familienschmuck durch Imitate ersetzt. Meines Wissens ist es auch nicht verboten, beim Roulette Rolex-Uhren zu setzen, solange man die nicht irgendwem geklaut hat.«

»Fridolin und Serena?«

»Exakt. Ich hörte, dass hier irgendwo eine Nutte mit Cäcilie von Breidenbachs Verlobungsring am Finger rumläuft. Und bestimmt mehr als eine mit einer schicken Damen-Rolex am Handgelenk.«

»Aber was kann so was denn wert sein? Ich dachte, die Geschwister verplempern hier richtig große Summen?«

Ben blickte sich kurz um und vergewisserte sich, dass sie nach wie vor keine ungebetenen Lauscher hatten. »Ich glaube, wir können getrost davon ausgehen, dass im Tresor der Familie kein Modeschmuck lag. Für solche Leute sind Klunker eine Wertanlage, und daran wird nicht gespart. Da kann ein Ring mit einem Mehrkaräter durchaus eine hohe fünfstellige Summe wert sein, von großflächigerem Geschmeide wie Colliers will ich gar nicht erst anfangen. Ich stelle mir vor, dass Fridolin den Schmuck auch als Sicherheit eingesetzt hat, wenn er große Summen brauchte, um weiter mit Aktien zu spekulieren. Je höher die Verluste, desto größer der Drang, in immer waghalsigere Hochrisiko-Geschäfte zu investieren. Stets in der Hoffnung, irgendwann den ganz großen Coup zu landen und mit einem Schlag schuldenfrei zu sein. Was natürlich illusorisch ist – genau wie der Plan, den Schmuck irgendwann wieder auszulösen und gegen die Imitate zurückzutauschen. Um es platt zu sagen: Die Kredithaie haben ihn am Arsch.«

»Und nichts daran ist wirklich kriminell«, sagte Arno.

»Den Schmuck dürfte er – zumindest teilweise – geerbt haben. Und wenn sich ein erwachsener Mann in Vollbesitz seiner geistigen Kräfte mit Leuten einlässt, die ihm die Hölle heiß machen, wenn er seine Schulden nicht rechtzeitig bezahlt, sehe ich auch kein echtes Verbrechen.«

»Solange es keinen körperlichen Angriff gibt«, ergänzte Ben.

»Korrekt. Aber was ist mit den Uhren? Serena soll ja riesige Summen verspielen, oder? Was kostet so eine Rolex? Auch nicht die Welt, oder?«

»Finden wir doch gleich mal heraus, was die Dinger kosten.« Ben holte sein Handy aus der Jackentasche, ging ins Internet und benutzte eine Suchmaschine. »Alter …«, keuchte er dann und hielt Arno das Display hin. »Wenn die Dame einen exklusiven Geschmack hat, bewegt sie sich im Bereich von dreißigtausend Euro. *Pro Uhr.* Auf dem Kiez ist der Luxuswecker dann vielleicht für die Hälfte gut, aber fünfzehntausend sind ein stattliches Budget für einen Abend am Spieltisch. Aus meiner Sicht jedenfalls.«

»Dreißigtausend für eine Uhr, das ist doch pervers. Das ist für viele Leute ein Brutto-Jahresgehalt. Und diese Frau legt das beim Roulette wahrscheinlich mal eben auf die Elf, weil sie auf den großen Gewinn hofft.«

Ben trank einen Schluck, runzelte die Stirn und murmelte wie zu sich selbst: »Mist, dass ich nicht darauf geachtet habe, ob sie bei der Testamentsverlesung eine Rolex getragen hat. Ich muss mir unbedingt morgen noch mal die Aufzeich… Verdammt.«

Er glotzte Arno erschrocken an. Ben wusste genau, wie er aus der Wäsche guckte: so kuhäugig wie jemand, der bei etwas ungeheuer Peinlichem ertappt worden war. Verzweifelt klammerte er sich an die winzige Hoffnung, dass Arno nicht aufmerksam zugehört …

Vergebens, denn Arno fragte: »Testamentsverlesung? Und davon gibt es eine Aufzeichnung? Würdest du mir bitte erklären …« Er schlug die Hände vors Gesicht. »Oh mein Gott, ihr habt irgendwas höchst Illegales gemacht, ihr verdammten Idioten. Was war es? Habt ihr die Kanzlei des Anwalts verwanzt? Nein, es ist schlimmer, denn sonst könntest du ja nicht *sehen*, ob Serena eine dieser bescheuerten Uhren trägt! Ihr habt eine Kamera installiert, richtig? Seid ihr etwa in die Kanzlei *eingebrochen*?« Er schlug mit der Faust auf den Tisch, dass die Gläser tanzten, und blaffte: »Du sagst mir sofort, was ihr gemacht habt!«

Arnos Stimme war mit jedem Wort lauter geworden, sodass sie mittlerweile neugierig beäugt wurden.

»Ich brauche Alkohol.« Arno stöhnte und stand auf. »Rühr dich nicht vom Fleck.«

Er marschierte zum Tresen. Kurze Zeit später kam er zurück und knallte zwei Wassergläser auf den Tisch, mit einer klaren Flüssigkeit gefüllt, in der Eiswürfel klirrten.

»Wodka. Vierfach. Den kloppen wir uns jetzt hinter die Binde, und dann erzählst du mir, was ihr angerichtet habt.«

Gehorsam griff Ben zu seinem Glas. Sie prosteten sich zu und tranken. Der Wodka hatte nicht gerade Premiumqualität, aber Ben genoss das Brennen, mit dem der Schnaps durch die Speiseröhre rann und dann brutal im Magen aufschlug. Das würde zumindest den Schock vertreiben, unter dem er dank seines dämlichen Patzers stand.

»Und du bist auch noch so dämlich und verplapperst dich«, sagte Arno, als hätte er Bens Gedanken gehört. »Herrje, am liebsten würde ich dir eine scheuern.«

»Ich mir auch«, murmelte Ben, »kannste mir glauben.«

»Dann sind wir ja schon zwei. Jetzt möchte ich wissen, wer von euch in die Kanzlei eingestiegen ist. Keine Lügen, keine Ausflüchte. Butter bei die Fische, aber zackig.«

Ben atmete tief durch. »Wir haben nichts Illegales gemacht. Also, nicht im klassischen Sinne. Wir sind nicht bei Hansen eingebrochen. Es stimmt allerdings, dass es eine Aufzeichnung von der Testamentseröffnung gibt. Aber nur für private Zwecke.«

»*Nur für private Zwecke?* Hörst du dir eigentlich selber zu? Was für 'n Mumpitz ist das denn? Glaubst du, das macht es besser? Es ist verboten, Leute heimlich abzuhören oder zu filmen, und zwar aus gutem Grund!« Er schüttelte den Kopf und grummelte: »*Nur für private Zwecke* ... na, dann ist ja alles in bester Ordnung.« Er griff nach seinem Glas, musste aber feststellen, dass es bereits leer war.

»Ich hole Nachschub«, sagte Ben und ging zum Tresen. Während er auf die nächste Runde Wodka wartete, überlegte er fieberhaft, wie er die Geschichte beschönigen oder wenigstens etwas harmloser klingen lassen könnte. Eine andere Möglichkeit war natürlich, Arno so betrunken zu machen, dass der sich morgens an nichts erinnerte. Einige Sekunden lang liebäugelte er ernsthaft mit dieser Idee, dann verwarf er sie wieder. Zu unsicher. Es gab keinen Ausweg. Er musste auspacken.

»Her damit«, sagte Arno, als Ben sich wieder setzte.

Sie tranken, dann lehnte Ben sich zurück und erzählte die ganze Geschichte, ohne irgendwelche Ausflüchte zu machen. Als er geendet hatte, fragte Arno ungläubig: »Stella braucht die Aufzeichnungen, um die Mimik der Leute zu studieren?«

Sehr erleichtert, dass Arno nicht erneut ausgeflippt war, nickte Ben. »Ich hab doch gesagt, es ist nur für private Zwecke! Glaubst du mir jetzt?«

»Sachma, das ändert doch nichts daran, dass ihr was Verbotenes gemacht habt!« Arnos Worte klangen verwaschen und undeutlich.

Kein Wunder, nach acht Wodka, dachte Ben.

Er kicherte albern. Als er antworten wollte, merkte er, dass seine Zunge plötzlich irgendwie schwer und unbeweglich im Mund lag, wie ein Fremdkörper.

»Musst du mich jetzt verhaften?«, fragte er und streckte hilfsbereit die Hände nach vorne, um Arno das Anlegen der Handschellen zu erleichtern.

In der nächsten Sekunde lagen sie sich haltlos lachend in den Armen, und es dauerte eine Weile, bis sie sich wieder beruhigt hatten.

»Weißt du, was blöd ist? Blöd ist, dass ich jetzt Mitwisser bin. Das ist nicht gut. Hat deine gute Freundin vom Kiez dir übrigens gesagt, wer genau den hochwohlgeborenen Breitensteins …«

»Breidenbach«, korrigierte Ben.

Arno stierte ihn verständnislos an.

»Breidenbach. Die heißen Breidenbach, Arno. Brei-den-bach. Nicht Stein. Und breit schon gar nicht.«

Sie brachen in wieherndes Gelächter aus.

Arno gewann als Erster die Fassung zurück. »Also, wer genau hat denen das Geld geliehen?«

Ben zuckte mit den Schultern. »Keine Ahnung, das habe ich sie nicht gefragt. Bei so etwas hört sie grundsätzlich weg. Also, wenn es halblegal wird. Damit will sie nichts zu tun haben. Sie hat keine Lust, Mitwisserin zu sein.«

»Offensichtlich ist die Lady ein ganzes Stück klüger als ich«, brummte Arno.

»Kannst du das nicht bei dir auf der Arbeit rauskriegen? Ihr habt doch bestimmt ein Dezernat für … für … böse Kredithaie und solche Gestalten.«

Wäre Arno etwas klarer im Kopf gewesen, hätte er Ben jetzt erklären können, dass er nicht einfach ins Büro von Kollegen marschieren und um derartige Informationen ersuchen konnte, ohne eine Lawine von neugierigen Fragen loszutreten. Alle würden ihn löchern, warum er das wissen wolle.

Da musste er besonders subtil vorgehen.

Aber Subtilität war gerade nicht so sein Ding. Lieber noch einen Schnaps trinken.

Es war bereits nach drei Uhr am Morgen, als sie Arm in Arm in Richtung Heimat torkelten.

Wie es der Zufall wollte, begegneten sie erneut dem Mann, dem Ben zwei Stunden zuvor den Weg in die *Rosa Rose* versperrt hatte – nur hatte der nun eine andere Frau im Arm, die allerdings nicht weniger betrunken war als die erste.

Der Mann blieb stehen, musterte Ben und Arno wohlwollend und sagte: »Habbich et mir doch gedacht, dat ihr zwei Täubchen euch einich werdet. Viel Spässken weiterhin – die Nacht is ja noch jung.«

Er zwinkerte ihnen zu und schwankte mit seiner neuen Eroberung von dannen, während Ben und Arno sich heulend vor Lachen aneinanderklammerten, um nicht umzufallen.

Kapitel 20

Als der Wecker klingelte, wäre Arno Tillikowski beinahe in Tränen ausgebrochen. Er konnte sich nicht erinnern, wann er sich zuletzt derart elend gefühlt hatte. Ächzend lag er wie angenagelt im Bett und focht einen erbitterten Kampf mit seinem inneren Schweinehund aus, der unbedingt liegen bleiben wollte. Arno gewann schließlich, aber nur äußerst knapp.

Allerdings beglückwünschte er sich dazu, in der Nacht zuvor nicht mit dem Auto zum Kiez gefahren zu sein, sodass sein Capri brav vor der Tür stand und nur darauf wartete, ihn sanft zur Arbeit zu schaukeln. Sonst hätte er noch früher aufstehen müssen.

Aber durfte er überhaupt Auto fahren? Arno war sich nicht sicher, wie viel Restalkohol er noch im Blut hatte. Wie viel Promille hatte man wohl nach acht Wodka, die man sich so schnell in den Hals gekippt hatte, als gälte es, einen neuen Rekord im Möglichst-schnell-Besoffen-Werden aufzustellen? Dann nur läppische vier Stunden Schlaf ... einen Alkoholtest würde er heute Morgen wirklich nur höchst ungern machen müssen.

Bibbernd duschte er eiskalt, um wenigstens seinen Kreislauf in Schwung zu bringen. Aufs Frühstück verzichtete er, denn beim bloßen Gedanken an feste Nahrung drehte sich ihm der Magen um. Irgendwann später konnte er sich in der Kantine ein halbes Brötchen mit einer Scheibe Käse holen, deren bereits vertrocknete Ecken sich flehend gen Himmel reckten. Nach einem starken Kaffee putzte er sich wie besessen die Zähne und gurgelte mehrmals mit einer abartig scharfen Mentholspülung, aus Angst, er könnte aus dem Hals stinken wie ein Spiegeltrinker. Gegen die Kopfschmerzen half allerdings nichts davon, und natürlich hatte er keine Tabletten im Haus. Im Schreibtisch musste noch eine Packung liegen, bis dahin würde er es aushalten müssen.

Als er aus dem Haus trat, traf ihn der grelle Sonnenschein wie ein Schlag mit dem Vorschlaghammer. Stöhnend taumelte er zurück in den schummrigen Hausflur und fummelte seine Sonnenbrille aus der Jackentasche.

Das würde ein ganz, ganz harter Tag werden.

Das Autofahren strengte ihn derart an, dass seine Stirn schweißnass war, als er den Parkplatz des Präsidiums erreicht und sein Auto abgestellt hatte. Er blieb noch einige Minuten hinter dem Steuer sitzen; erst dann fühlte er sich dazu bereit, auszusteigen und hineinzugehen.

Er behielt seine Sonnenbrille auf, was ihm einige spöttische Bemerkungen einbrachte. Die Fahrt mit dem Fahrstuhl in den dritten Stock entpuppte sich als große Herausforderung für seine fragile Konstitution, aber auch das überstand er.

Zunehmend panischer werdend durchwühlte er seine Schreibtischschubladen nach den Kopfschmerztabletten, bis er das Röhrchen endlich fand. Allein der Klang der Tabletten, die sich sprudelnd im Leitungswasser auflösten, verschaffte ihm schon ein wenig Linderung. Er setzte sich auf seinen Drehstuhl, stürzte die milchige Lösung herunter und wartete darauf, dass die Welt endlich mit dem Schwanken aufhörte.

Er musste eingenickt sein, denn er fuhr hoch wie das gute alte HB-Männchen, als sein Kollege Stefan ins Büro gestürmt kam. Hastig riss Arno sich die Brille herunter, aber es war zu spät.

»Arno, alte Scheune«, rief Stefan, berstend vor guter Laune, »von mir aus kannste die Pornobrille ruhig auflassen, ich weiß ja, wer du bist. Oder biste heute inkognito hier? Großer Gott, wie siehst du denn aus? Als hätte dich ein Mähdrescher überrollt. Kämm dir mal die Mähne. Und leg ein bisschen Make-up auf, du hast ja Augenringe bis zum Kinn.«

Stefan lachte dröhnend, und Arno zuckte zusammen.

»Geht das auch ein bisschen leiser? Ich habe grauenhafte Kopfschmerzen.«

Natürlich tat Stefan nichts dergleichen, im Gegenteil. Mit boshaft glitzernden Augen dröhnte er: »Grauenhafte Kopfschmerzen? Kommt mir bekannt vor. Genau wie meine Perle, wennse ihre Regel hat! Die ist dann auch immer so empfindlich und winselt mir den ganzen Tag die Ohren voll.«

»Was willst du eigentlich hier?«, murmelte Arno.

»Ach so, ja genau, ich habe kein Druckerpapier mehr, und ich hab keinen Bock, ins Magazin zu latschen. Haste ein paar Seiten für mich?«

Kraftlos deutete Arno zum Schränkchen, auf dem sein Drucker stand. »Bedien dich. Und dann hau ab.«

Stefan pfiff eine schrille Melodie, wofür Arno ihn bedenkenlos hätte töten können. Er zwang sich, ruhig zu bleiben und nicht zu seiner Dienstwaffe zu greifen, bis die Tür sich endlich wieder hinter seinem Kollegen geschlossen hatte.

Arno setzte sich die Brille wieder auf und lehnte sich zurück. Die erste Viertelstunde des Tages war geschafft.

Langsam ließen die Kopfschmerzen nach. Sie verschwanden nicht völlig, und Arno spürte, dass sie sich nur in eine Ecke seines Schädels zurückgezogen hatten und dort darauf lauerten, ihn erneut hinterrücks zu überfallen. Aber solange niemand in seiner unmittelbaren Nähe herumbrüllte, pfiff oder sonstigen Lärm veranstaltete, war es auszuhalten.

Spontan begann er, sich zum Gespräch der vergangenen Nacht Stichpunkte aufzuschreiben. Noch immer konnte er nicht fassen, dass Ben und Stella es gewagt hatten, das Treffen in der Kanzlei des Anwalts aufzunehmen. Wenn dieser Otmar Hansen das jemals spitzkriegte, brannte die Steppe, dessen war Arno sich gewiss.

Aber offenkundig war er der Einzige, der sich über mögliche Konsequenzen Gedanken machte. Wussten diese beiden Schwachköpfe nicht, mit wem sie sich anlegten? Otmar Hansen war nicht irgendein Loser von Winkeladvokat – er war ein hochbezahlter Staranwalt von allerbestem Ruf. Herrje, der Mann war die offizielle Firewall eines Weltunternehmens, der war mit allen Wassern gewaschen. Wenn der sich Stella und Ben ernsthaft vorknöpfte, würden die beiden nie wieder auf die Füße kommen.

Aber Moment – beinahe hätte er ja die Dritte im Bunde vergessen: Stellas Großmutter. Sie hatte sich für diese Posse immerhin zur Verfügung gestellt und war diejenige gewesen, die diese Aufzeichnung erst ermöglicht hatte. Überhaupt: Wieso hatte Stella ihm verschwiegen, dass die alte Lady derart eng mit der Familie von Breidenbach war? Hier war ein ernstes Wort fällig.

Er zog die Schublade mit den Visitenkarten auf; Stellas lag zuoberst. Er starrte eine Zeit lang auf ihre Telefonnummer, dann griff er zum Hörer und tippte die Zahlen ein.

Es läutete nur zweimal, dann hob sie ab. »Stella Albrecht, guten Tag.«

»Hier ist Arno. Äh … Arno Tillikowski.«

Sie lachte leise. »Ich kenne nur einen Arno. Hallo. Was verschafft mir das Vergnügen?«

Aha, sie wusste also noch nichts von seiner nächtlichen Begegnung mit Ben.

»Können wir uns treffen, um einige Dinge zu besprechen?«, fragte er. »Möglichst kurzfristig. Ginge heute Mittag? So um eins? Ich habe eine Stunde Mittagspause.«

»Oh, gibt es was Neues?« Sie klang aufgeregt.

Nein, Püppchen, dachte er, ich will dir die Hölle heißmachen, weil du mir die Sache mit deiner Oma verschwiegen hast.

»Ich möchte mich einfach nur in Ruhe über die Geschichte unterhalten. Bisher war es jedes Mal so wirr. Ich blicke kaum noch durch.«

»Gerne. Wohin soll ich kommen?«

Er schlug ein Bistro in der Innenstadt vor.

»Ach, da ist es nett«, sagte sie. »Bis später.«

Ob sie es dort immer noch so nett finden würde, wenn er mit ihr fertig war, blieb abzuwarten. So leid es ihm tat – an irgendwem musste er seine schlechte Laune heute auslassen.

Vorher wollte er aber noch klären, wer als Geldverleiher infrage kam. Aber in welchem Dezernat würde er eine Antwort bekommen? In Gedanken ging er die Zuständigkeiten der Kommissariate durch. KK 11, dem er selbst angehörte: Todesermittlung, Brand, Waffen. KK 12: Sexualdelikte, Förderung der Prostitution, Vermisste. KK 13: Raub, Einbruch, Diebstahl, Betrug. KK 14: Rauschgift. KK 15: Betrug, Falschgeld, Glücksspiel. Nicht bei ihnen im Gebäude war das KK 21, das für deliktübergreifende organisierte Kriminalität und Bandenkriminalität zuständig war.

Klang wie früher die livrierten Fahrstuhlführer in großen Kaufhäusern, die immer die Etagen ansagten: »Dritter Stock: Kurzwaren, Bettwäsche, Damenoberbekleidung, Miederwaren.«

Bei dem Gedanken gackerte er albern, aber dann überlegte er weiter. Er hatte zwei Möglichkeiten: Entweder KK 12 – also die sogenannte Sitte – oder die Jungs vom Glücksspiel. Die Sitte erschien ihm spontan logischer, die kannten sich doch auf dem Kiez aus, dann wussten sie bestimmt auch, wer dort die dicken Geldbündel verlieh.

Er ging hinüber in den anderen Flügel des Gebäudes, wo die Kollegen und Kolleginnen stationiert waren, klopfte an die erste Tür des Ganges und trat ins Büro.

Seine Kollegin Susanne und ihr Schreibtischnachbar, der von allen nur Krüger Zwo genannt wurde, weil es noch einen weiteren Krüger im Dezernat gab, sahen auf. Ohne Umschweife sagte Arno: »Ihr kennt euch doch auf dem Kiez gut aus.«

»Wär wohl besser«, erwiderte Susanne, »sonz hätten wir in diesem Dezernat nix verloren, meinze nich auch?«

»Wieso?«, fragte Krüger Zwo augenzwinkernd. »Sollen wir dir jemanden empfehlen?«

Beifallheischend sah er hinüber zu seiner Kollegin, die quiekend applaudierte.

Großer Gott, dachte Arno. Den speziellen Humor in dieser Abteilung hatte er verdrängt. Am liebsten hätte er die Flucht ergriffen, aber schließlich wollte er etwas herausfinden.

»Nein, es geht um etwas anderes. Wisst ihr zufällig, wer auf dem Kiez der größte Geldverleiher ist? Wohin man gehen muss, wenn man richtig viel Geld leihen muss? Oder Kredit braucht?«

Susanne und Krüger Zwo wechselten einen verdutzten Blick. »Wozu willze dat denn wissen?«, fragte Susanne dann.

»Ich recherchiere gerade was«, erwiderte Arno. Offenkundig tu ich das, dachte Arno, sonst stünde ich ja nicht hier und würde Fragen stellen.

»Für einen Fall?« Krüger Zwos Neugier war unübersehbar.

Verflucht, Arno hatte es befürchtet. Hektisch formulierte er an einer diplomatischen Antwort herum, als Susanne ihm – ohne es zu ahnen – aus der Patsche half.

»Kannze noch nich drüber sprechen, wie?«

Erleichtert nickte Arno. »Genau. Tut mir leid. Noch ist nicht klar, ob ein Fall daraus wird. Ihr kennt das ja.«

»Blöde Situation, das hasse ich.« Genau wie Susanne war auch Krüger Zwo voller Verständnis. »Aber mit deiner Frage solltest du rüber zu den Fuffzehnern gehen, die kennen sich damit besser aus. Nicht unser Thema, diese Geldsache.«

»Danke trotzdem, Kollegen. Schönen Tag noch.«

Er machte, dass er zurück in sein Büro kam. Dieses Gespräch hatte ihn extrem angestrengt. Das KK 15 aufzusuchen, verschob er auf den Nachmittag, dazu fühlte er sich nicht mehr in der Lage.

Jetzt musste er sich erst einmal mental auf das Treffen mit Stella vorbereiten. Und Ben anrufen.

Es klingelte diverse Male, bis sein Kumpel den Anruf annahm.

»Wie geht es dir?«, fragte Arno.

»Ich bin noch damit beschäftigt, herauszufinden, wie ich heiße. Was gibt es denn?«

»Gestern Nacht sind die Dinge so schnell eskaliert, dass ich eine Sache ganz vergessen habe: Bei den von Breidenbachs, also im Umfeld der Geschwister, gab es in den Siebzigern einen Todesfall.«

»Ach. Tatsächlich?« Plötzlich klang Ben wesentlich wacher als zuvor.

»Ein Kindermädchen wurde tot aufgefunden. Nach offizieller Lesart war es ein tragischer Unfall. Es heißt, sie sei wohl gestolpert und eine Treppe hinabgestürzt. Kannst du mal in eurem Archiv nachsehen, was damals über den Vorfall berichtet wurde?«

»Du denkst, es könnte mehr dahinterstecken?«

»Ich denke überhaupt nichts. Momentan sowieso nicht«, sagte Arno. »Aber vielleicht haben tragische Todesfälle bei der Dynastie ja eine längere Tradition, als wir bisher dachten.«

Als er das Bistro betrat, fühlte Arno sich einigermaßen stabil – immerhin. Er war noch meilenweit von seiner üblichen Alltagsform entfernt, wie ihm auch ein prüfender Blick in den Spiegel bestätigt hatte, bevor er das Büro verlassen hatte.

Stella wartete bereits auf ihn. Sie saß an einem sonnigen Fenstertisch und blätterte in einer Zeitschrift. Zuerst hatte er sie nicht erkannt, denn sie trug ihr Haar offen – er hatte sie bisher nur mit Pferdeschwanz gesehen. Zögernd setzte Arno seine Sonnenbrille ab, er hatte keine Lust, dass sie ihn deswegen wieder anpflaumte. Aber dort in der Sonne zu sitzen, würde hart werden.

Stella musste ihn aus dem Augenwinkel bemerkt haben, denn sie sah plötzlich hoch und lächelte.

Er ging zu ihr und schirmte seine Augen mit der Hand gegen das grelle Licht ab. »Tut mir leid, aber mein Kopf ... macht es Ihnen etwas aus, wenn wir uns einen anderen Platz suchen? Wo es nicht so hell ist?«

Sie schüttelte den Kopf, nahm ihr Glas und folgte ihm in den hinteren Teil des Bistros.

»Haben Sie Migräne?«, fragte sie.

»Nein. Ich habe heute Nacht viel zu wenig Schlaf bekommen. Ich bin nicht ganz auf der Höhe.«

Sie lächelte und sagte: »Ich will nicht unhöflich sein, aber das sieht man.«

Nun ja, das wusste er bereits. Als die Kellnerin kam, bestellte er einen Milchkaffee, dann platzte es auch schon aus ihm heraus. »Warum haben Sie mir nicht gesagt, dass Ihre Großmutter eng mit der Familie von Breidenbach verbunden ist?«

Er hoffte, nicht allzu barsch oder eingeschnappt zu klingen, aber sie war sichtlich überrumpelt.

»Wie bitte?«, fragte sie schmallippig. »Ich habe keine Ahnung, wovon Sie sprechen. Meine Oma hat keine enge Verbindung, außer dass sie ...« Sie brach ab.

»Außer dass sie zufällig im Testament der verblichenen Cäcilie von Breidenbach steht. Aber das kann natürlich jedem passieren, das hat überhaupt nichts zu bedeuten, nicht wahr?«

Ihr Gesicht wurde hart. »Was wird das hier – ein Tribunal? Haben Sie mich deshalb herbestellt? Ich habe Ihnen nicht vorenthalten, dass die beiden befreundet waren. Von einer engen Verbindung zur Familie, wie Sie es nennen, kann dennoch keine Rede sein. Warum sind Sie so zornig? Ich verstehe das nicht.«

Er antwortete nicht sofort, weil die Kellnerin sein Getränk brachte, aber dann sagte er: »Immerhin hat sie Ihnen ermöglicht, die Testamentseröffnung zu filmen, was gesetzwidrig ist, aber das dürfte Ihnen klar sein.«

Sie fuhr zurück. »Woher wissen Sie das?«

»Ben hat sich gestern Nacht verplappert, fürchte ich. Verdammt, wissen Sie nicht, welches Risiko ihr damit eingegangen seid? Hätte es denn nicht gereicht, wenn Ihre Großmutter euch hinterher erzählt hätte, was im Testament steht?«

»Nein, das hätte mir nicht gereicht. Zumal mir vollkommen schnuppe ist, was in diesem blöden Testament steht. Die Geschwister erben die Firma, Punkt. Das wusste ich vorher schon, genau wie jeder andere auch.« Sie seufzte und fuhr fort: »Mir ging es um die Interaktion zwischen den Geschwistern. Ich will wissen, wer die oder der Dominante in diesem Trio ist. Die treibende Kraft, der sich die anderen unterordnen. Dazu muss ich sie miteinander interagieren sehen. Und wie sonst hätte ich das bewerkstelligen sollen?«

»Sie wollen herausfinden, wer entschieden hat, die gesunde Erbtante über den Jordan zu schicken. Und wer Komplize ist – oder auch nicht.«

»So ist es. Um das zu erkennen, studiere ich die Mimik der Menschen. Die verrät viel mehr als das, was die Leute sagen. Wenn Sie jemand anlächelt, dieses Lächeln aber nicht die Augenpartie erreicht …, sehen Sie, ungefähr so …«, ihre Mundwinkel hoben sich, aber um ihre Augen bildeten sich keine Lachfältchen, »… dann ist das Lächeln nicht ernst gemeint. Dieser freundliche Gesichtsausdruck dient ja dazu, das Gegenüber zu beruhigen, ihm zu versichern, dass keine Gefahr droht, dass er sich entspannen kann. Aber der Mund kann lügen, die Augen hingegen nicht.«

»So wie Ihre im Moment. Sie sind sauer auf mich, richtig?«

Stella nickte. »Allerdings bin ich das.«

»Und was verrät Ihnen meine Mimik?«

»Im Moment? Ich sehe Scham und Bedauern. Sie schämen sich für Ihren anklagenden Ton mir gegenüber, wissen aber auch, dass Sie nichts zurücknehmen können. Gesagt ist gesagt. Aber Sie sind auch wütend auf mich, weil ich Ihre Warnungen ignoriert und mich über Ihre Anweisungen hinweggesetzt habe. Das mögen Sie gar nicht. Und nein, ich denke nicht, dass ich schlauer bin als Sie.« Sie lachte und fuhr fort: »Jetzt sehe ich in Ihrem Gesicht Bestürzung darüber, dass ich Sie so mühelos durchschaue.«

Arno Tillikowski wäre am liebsten im Boden versunken.

Kapitel 21

Irgendwie tat der Kommissar ihr sogar ein bisschen leid, nachdem sie ihm mal eben eine kurze Analyse vor den Latz geknallt hatte. Er saß da wie ein Häuflein Elend. Aber das konnte nicht nur an ihren Worten liegen, so treffsicher sie auch gewesen sein mochten. Es schien ihm tatsächlich nicht gut zu gehen.

»Schauen Sie mal«, sagte Stella, »ich kenne die Beteiligten – also die von Breidenbachs – nur aus der Ferne. Um hinter die Kulissen zu blicken, muss ich ihr Verhalten und ihre Mimik studieren können. Jedes menschliche Verhalten ist bedürfnisorientiert, jede Entscheidung ebenso. Ein Beispiel: Wenn Sie eine verspiegelte Sonnenbrille tragen, erfüllen Sie ein Bedürfnis. Mag sein, dass es Ihnen nicht bewusst ist. Mag ebenfalls sein, dass Sie diese Brillen einfach cool finden. Da Sie die Brille cool finden, finden Sie sich selbst auch cool, wenn Sie sie tragen. So weit, so vordergründig. Aber mit so einer Brille verhindern Sie, dass man Ihre Augen sehen kann, und dafür gibt es einen Grund. Sie nehmen mit dieser Brille automatisch eine überlegene Position ein: Sie sehen bei einem Gespräch die Augen Ihres Gegenübers, umgekehrt sieht der- oder diejenige nur sich selbst, was viele hochgradig unangenehm finden.«

»Wie Sie zum Beispiel«, brummte Arno.

»Ganz genau. Aber warum finde ich es unangenehm? Verunsichert es mich, weil ich Ihre Stimmung nicht einschätzen kann? Oder ärgert es mich, weil es mich daran hindert, die besondere Fähigkeit zu nutzen, derer ich mich rühme, nämlich mehr in Gesichtern zu lesen, als andere Menschen es können? Dritte Möglichkeit: Ich finde solche Brillen affig.«

Der Kommissar zuckte zusammen und verstaute seine Sonnenbrille, die er auf den Tisch gelegt hatte, hastig in der Jackentasche.

Stella kicherte vergnügt. »Jetzt ist Ihnen die Brille peinlich. Sie haben sich tatsächlich von mir manipulieren lassen. Kann Ihnen doch wurscht sein, ob ich die Brille mag oder nicht. Wenn Sie es zum Beispiel schön finden, einen kleinen roten Plastikeimer auf dem Kopf zu tragen, tun Sie es.«

»Schönen Dank, dass Sie meine Brille mit einem Plastikeimer vergleichen.« Der Kommissar starrte sie wütend an. »Wissen Sie eigentlich, wie anstrengend Sie sind?«

Stella war klar: Es war höchste Zeit, ihn vom Haken zu lassen, wenn sie ihn nicht vergraulen wollte. Sie durfte den Bogen nicht überspannen.

»Ich wollte Ihnen nur etwas demonstrieren, Arno«, sagte sie in versöhnlichem Ton, »Sie und ich sind uns in einem Punkt sehr ähnlich: Wir reagieren beide empfindlich, wenn man unsere Kompetenzen anzweifelt oder geringschätzt. Bei Ihnen ist es die Kompetenz als Kriminalkommissar, denn wir haben uns über Ihre Belehrungen hinweggesetzt. Bei mir ist es meine Fähigkeit, Menschen zu lesen. Ihnen fällt es schwer, mich ernst zu nehmen, was mich natürlich ärgert. Deshalb habe ich das einmal in Worte gefasst. Das ist übrigens auch eine Kunst: die täglichen, vermeintlich ganz banalen Entscheidungen eines Menschen richtig zu interpretieren, sein Verhalten vorherzusehen und ihn entsprechend zu manipulieren. Das nennt man Antizipation. Und jetzt höre ich auf, Sie als Versuchskaninchen zu benutzen, und kehre zurück zu den Geschwistern von Breidenbach.«

Sofort entspannte er sich – immerhin war er bereit, sie weiter anzuhören. Er lehnte sich zurück und nickte ihr zu. »Ich bin ganz Ohr.«

»Okay. Ich bin der festen Meinung, dass mindestens einer der drei die Kunst der Antizipation aus dem Effeff beherrscht – zumindest innerhalb dieser Personenkonstellation. Ob Otmar Hansen ebenfalls in diesen Kreis gehört, kann ich noch nicht einschätzen. Ich habe verzweifelt nach einer Möglichkeit gesucht, diese drei beziehungsweise vier Personen beobachten zu können, wenn sie miteinander interagieren. Das war – wie bereits gesagt – der springende Punkt. Sicher, ich war mit Ben bei Undine, und sie hat eine große Show aufgeführt, aber wie verhält sie sich in Anwesenheit ihrer Zwillingsschwester? Oder ihrem älteren Bruder gegenüber? Wer manipuliert wen? Wer ordnet sich wem unter? *Gruppendynamik*, Arno! Spannender als ein Actionfilm im Kino. Was würden Sie alles zu sehen bekommen, wenn Sie mehrere Tatverdächtige in einen Raum sperren und dort über Kameras beobachten dürften!«

»Ja, das wäre vermutlich sehr erhellend. Aber leider unterliege ich gewissen Vorschriften, die es aus gutem Grund gibt.«

»Ich aber nicht, denn ich bin ja kein vereidigter Ermittlungsbeamter. Ja, das heimliche Filmen ist auch für mich verboten, ich weiß. Aber trotzdem war es wie ein Geschenk des Universums, dass meine Oma im Testament stand und mir deshalb eine – wenn auch nicht ganz legale – Möglichkeit in den Schoß fiel, die Herrschaften zu studieren. Aus naheliegenden Gründen konnten wir Sie nicht informieren. Erstens hätten wir Sie damit zum Komplizen gemacht, und zweitens hätten Sie es uns verboten oder unser Vorhaben sogar aktiv verhindert.«

»Darauf können Sie Ihren Arsch verwetten«, sagte Arno. »Und wenn ich mich dafür vor die Kanzlei stellen und Ihrer Großmutter die Kamera hätte entreißen müssen – ich hätte es getan.« Er rieb sich die Augen und fuhr fort: »Das Blöde ist, dass ich zwar im rechtlichen Sinne kein Komplize, aber nun sehr wohl ein Mitwisser bin. Eigentlich müsste ich das Material beschlagnahmen, eine Ermittlung einleiten und die Geschädigten darüber informieren, was ihr getan habt. Also Sie, Ben und Ihre Großmutter.«

»Die *Geschädigten* – wie sich das anhört ...«, murmelte Stella. »Wir haben niemanden *geschädigt.*«

Er beugte sich vor und sah sie ernst an. »Oh doch, Stella, das habt ihr. Wie würden Sie sich fühlen, wenn jemand Sie heimlich filmen und studieren würde? Nicht umsonst ist das eine strafbare Handlung, und Sie hätten absolut recht damit, deswegen Zeter und Mordio zu schreien. Dass Sie die Geschwister einer noch schlimmeren Straftat verdächtigen und das Material dazu benutzen, denen auf die Schliche zu kommen, rechtfertigt Ihr Handeln nicht. Ich habe Ihnen doch erklärt, dass man für so etwas einen richterlichen Beschluss benötigt. Und einen begründeten Verdacht. Aber was haben Sie denn nun über die geschwisterliche Dynamik herausgefunden? Hat es sich wenigstens gelohnt?«

»Ich habe den Eindruck, dass sich innerhalb des Dreiecks gerade etwas verändert; vielleicht dadurch, dass das erhoffte Geld nun zur Verfügung steht. Am interessantesten fand ich allerdings die Entdeckung, dass Serena Angst vor Undine zu haben scheint.«

»Scheint? Sie sind nicht sicher?«

»Doch, schon. Aber ich kann noch nicht sagen, ob sie Angst vor Undine selbst hat oder vor ihrem unberechenbaren Verhalten.«

»Das bringt uns jetzt aber auch nicht wesentlich weiter, oder? Wie auch immer – selbst die Tatsache, dass Fridolin und Serena verschuldet sind und dringend Zugriff auf das Erbe brauchten, reicht nicht aus für einen *begründeten* Verdacht. Nicht einmal die Information, dass der Familienschmuck im Safe mittlerweile angeblich nur noch aus billigen Imitaten besteht, weil die echten Klunker versetzt oder als Bezahlung eingesetzt wurden.«

Stella blieb beinahe die Spucke weg. »Woher wissen Sie das?«

»Das hat Ben herausgefunden. Gestern Nacht. Und mir sofort brühwarm weitererzählt. Allerdings war er verdammt schweigsam, was seine Quelle angeht. Wir sind uns gestern Nacht zufällig über den Weg gelaufen.« Er blickte auf seine Armbanduhr. »Ich muss los. Lassen Sie sich am besten alles von Ben erzählen. Man sieht sich.«

»Man sieht sich«, echote Stella automatisch.

Sie musste dringend mit Ben sprechen, also rief sie ihn direkt an.

»Du bist mein rettender Engel«, sagte er und räusperte sich ausgiebig. »Ich muss hier dringend raus und suche schon seit einer Stunde nach einem Vorwand.«

»Bist du krank? Du klingst erkältet.«

»Nein, ich habe gestern … Ach, das erzähle ich dir in Ruhe. Bis gleich. In zehn Minuten bin ich da.«

Sie nutzte die Wartezeit, um mit ihrer Großmutter zu telefonieren und sich mit ihr zu Holger van Aalens Vortrag zu verabreden.

Ben, der eine dunkle Sonnenbrille trug, wirkte mindestens so übernächtigt wie Arno Tillikowski. Er ließ sich auf den Stuhl fallen und röchelte: »Du hast nicht zufällig eine Kopfschmerztablette dabei? Mir platzt gleich der Schädel.«

Stella schüttelte den Kopf. »Nö. Frag doch mal am Tresen nach. Gehört vielleicht zum Service.«

Ben schwankte los und kam nach kurzer Zeit deutlich aufgeräumter zurück. »Das war ein guter Tipp. Kleines Herrengedeck: Espresso und Kopfschmerztablette. Und ein großes Glas Wasser, um den jaulenden Kater zu vertreiben.«

»Was habt ihr gestern Nacht bloß angestellt? Arno sah aus wie ein Zombie, und du bist auch nicht viel hübscher. Soweit ich das beurteilen kann. Nimm bitte die blöde Brille ab, okay? Du bist kein Mafioso.«

Ben gehorchte und blickte sich verwundert um. »Ach, deshalb war es hier so düster. Ich hatte mich schon gewundert. Ich hab das Ding heute Morgen aufgesetzt und dann vergessen.«

Die Kellnerin erschien und brachte für Ben einen doppelten Espresso sowie zwei Gläser Wasser. »Sie sind ein Engel«, schmalzte er, dann pellte er die Sprudeltablette aus der Hülle und ließ sie in ein Glas plumpsen. »Hörst du dieses wundervolle Prickeln, Stella?« sagte er, beugte sich hinunter und hielt das Ohr knapp über den Glasrand.

»Ihr habt euch betrunken«, konstatierte Stella.

Ben nickte vorsichtig, dann fragte er: »Wieso weißt du überhaupt, dass Arno heute wie ein Zombie aussah? Warst du im Präsidium?«

»Gott bewahre. Nein, er wollte mit mir sprechen, und wir haben uns hier getroffen. Bis vor einer halben Stunde hat er auf deinem Stuhl gesessen. Und weißt du, was er von

mir wollte? Mich zusammenfalten, weil wir die Testamentseröffnung aufgezeichnet haben. Er war stinksauer. Vielen
Dank, Ben, dass du es ihm verraten hast.«

Ben rieb sich die Schläfen. »Toll. Er hat dir den Kopf gewaschen, und jetzt lässt du deinen Frust an mir aus. Aber ich
kann dich beruhigen: Ich habe mein Fett schon weg. Was
denkst du, was ich mir gestern Nacht alles anhören musste?
Er ist völlig ausgeflippt. Aber dann haben wir ein paar
Schnäpschen getrunken und uns wieder vertragen. Das ging
so bis drei oder halb vier. Deshalb geht es uns so beschissen.«

»Ist ja wohl kein Wunder, wenn ihr euch die Kante gegeben habt. Wieso überhaupt mitten in der Nacht? Wo wart
ihr?«

»Kiez.« Ben war damit beschäftigt, den heißen Espresso
zu nippen.

Stella fiel fast vom Stuhl. »Wie – *Kiez*? Macht man das so
unter Männern? Man geht zusammen in den Puff?«

Mit einem lauten Klirren stellte Ben die Tasse ab. »Wie
bitte? Spinnst du? Der Kiez besteht doch nicht nur aus Bor-
dellen! Warst du überhaupt schon mal dort?«

»Nein.«

»Siehste. Da sind ganz normale Kneipen und Imbissbuden. Richtig gute sogar.«

»Und da habt ihr euch verabredet?«

»Nein, herrje. Ich komme mir gerade vor wie in einem
Verhör. Wieso interessiert dich das so?«

Gute Frage, dachte Stella, warum interessiert mich das
so? Ganz einfach: Ich fühle mich ausgeschlossen.

»Weil ich gerne dabei wäre, wenn ihr zusammen Ermittlungen anstellt, deshalb.«

Ben seufzte, murmelte »Weiber …«, dann sagte er: »Also.

Wir haben uns *mitnichten* hinter deinem Rücken verabredet. *Ich* bin spontan losgezogen, weil ich etwas über Serenas und Fridolins Umtriebe auf dem Kiez herausfinden wollte. Was mir auch gelungen ist.«

Umgehend vergaß Stella, dass sie eigentlich beleidigt war. »Wer hat ausgepackt?«, fragte sie atemlos. »Und vor allem: Was?«

»Ich habe dort eine gute alte Bekannte«, sagte Ben so zögernd, dass Stella sofort klar war, dass er ihr nicht sagen wollte, um wen es sich handelte. Also würde sie ihn damit nicht weiter löchern.

»Sie betreibt dort ein Lokal, völlig seriös. Keinen Puff oder so.«

Ungeduldig wedelte Stella mit der Hand. »Ist sowieso egal. Weiter. Was wusste sie?«

Ben berichtete, was Rosa ihm erzählt hatte und wie er Arno getroffen hatte.

»Glaubst du das mit dem ausgetauschten Schmuck?«, fragte Stella.

»Wir haben keinen Grund, es *nicht* zu glauben. Wenn der flotte Frido so richtig in Fahrt war und seine Damen mit Familienschmuck entlohnt hat, weil er gerade mal knapp bei Kasse war, kann ihm durchaus rausgerutscht sein, wieso niemand Tantchens Verlobungsring vermisst, oder? Außerdem soll er vorgehabt haben, alles, was er als Sicherheit bei Krediten hinterlegt hat, irgendwann wieder auszulösen. Er hat also gehofft, dass der echte Schmuck wieder im Safe liegt, bevor er auffliegt. Ich meine – tragen die Frauen diese Klunker überhaupt noch? Kannst du dir Serena mit einem Diadem vorstellen, das Cäcilies Oma vielleicht im vorletzten Jahrhundert auf großen Bällen getragen hat?«

Bei dieser Vorstellung musste Stella lachen. »Serena nicht, aber Undine durchaus. Allerdings nur, wenn sie mit ihren Elfenfreundinnen einen Reigen um die Bäume in ihrem Garten tanzt. Aber du hast recht: Das sind mittlerweile bestimmt reine Wertanlagen. Aber Moment mal ... war bei der Testamentseröffnung auch von Schmuck die Rede? Wurde der unter den drei Erben verteilt?«

Ben dachte so angestrengt nach, dass er die Stirn runzelte. Schließlich sagte er: »Ich glaube, ja. Ehrlich gesagt hat es mich nicht sonderlich interessiert. Ich habe nur darauf geachtet, ob die Technik funktioniert.« Er lachte und fuhr fort: »Obwohl ich ja bei einem Zusammenbruch der Leitung nichts hätte machen können. Stell dir vor, ich wäre dort aufgekreuzt, um Maria neu zu verkabeln oder so. Eigentlich habe ich dort nur gesessen, damit sie sich nicht allein fühlt. Aber wieso weißt du das nicht? Wir haben uns den Film doch zusammen angeschaut, und du wolltest dich noch intensiver damit beschäftigen. Hast du das noch nicht getan?«

»Doch, aber ohne Ton, damit ich mich besser auf die Gesichter konzentrieren kann. Ich habe mir nur die Passage auch angehört, als Serena so ausfallend gegen Oma war. Und bei unserem gemeinsamen Kinovergnügen habe ich auch nicht darauf geachtet, weil ich den Inhalt des Testamentes für unwichtig hielt. Aber hätte ja sein können, dass du dich erinnerst. Macht nichts, ich werde es mir ohnehin noch mindestens einmal ansehen.«

»Konntest du denn schon erste Schlüsse aus dem Film ziehen?«

Stella beugte sich vor. »Wie findest du zum Beispiel die Information, dass Serena Angst vor Undine hat?«

»Das hätte ich nie gedacht. Ernsthaft?«

»Ich müsste mich schon sehr täuschen ... Allerdings frage ich mich, warum das so ist. Dass sie dieses Gefühl gerade bei der Testamentseröffnung empfindet, ist wirklich interessant. Serena rückt ja nun in der Firmenhierarchie mindestens eine Stufe höher, und sie ist eine Person, der Außenwirkung und Image sehr wichtig sind. Undine ist ihr peinlich, davon können wir ausgehen. Fridolin scheint es wurscht zu sein, der ist in dieser Frage viel entspannter. Oder besser gesagt: desinteressierter. So verrückt es klingt: Dadurch hat Undine in der Geschwisterkonstellation die stärkste Position; gerade durch ihre Unberechenbarkeit. Ich glaube, Undine ist in Serenas Augen eine abgerissene Handgranate, die jederzeit explodieren könnte. Undine entzieht sich ihrer Kontrolle, und das macht Serena Angst.«

Ben nickte langsam. »Klingt plausibel. Aber sag mal, dir ist nicht zufällig aufgefallen, ob Serena eine teure Uhr trägt?«

»Eine Rolex? Nein. Auch nicht an dem Tag, als sie bei mir war und sich als Daniela Behrens ausgegeben hat.«

Sie dachte zurück an dieses Treffen. Das starke Gefühl, getäuscht und belogen zu werden, hatte sie damals so vereinnahmt, dass sie kaum auf Äußerlichkeiten geachtet hatte. Allerdings war ihr das selbstbewusste und unterschwellig herablassende Auftreten Serenas noch sehr gut in Erinnerung.

»Wusstest du, dass Damenmodelle von Rolex durchaus dreißigtausend Euro kosten können?«, fragte Ben.

»Du machst Witze.«

»Nee, ich habe das recherchiert. Natürlich gibt es auch welche für läppische dreitausend, aber ich könnte mir vorstellen, dass Serena die billigen Dinger höchstens zur Gartenarbeit tragen würde. Oder wenn sie den Müll rausbringt.

Außerdem gelten die Uhren auch als exzellente Wertanlage. Serena soll eine größere Sammlung gehabt haben, deren Exemplare nach und nach auf dem Roulettetisch gelandet sind. Na ja, indirekt jedenfalls. Sie hat die Uhren gegen Geld getauscht – natürlich viel weniger als sie wert waren –, und dann hat sie die Knete blitzartig verjubelt.«

Stella schüttelte den Kopf. »Eines kapiere ich nicht: Haben die beiden denn nie gewonnen? Weder Fridolin mit seinen Aktien noch Serena am Spieltisch?«

»Doch, klar. Aber kein Kasino könnte existieren, wenn alle Spieler als Sieger rausgehen würden. Ich rede hier noch nicht einmal von Manipulation, sondern von statistischer Wahrscheinlichkeit. An illegalen Spieltischen allerdings ... da werden Goldene Gänse wie Serena systematisch ausgenommen. Ab und zu darf sie mal einen ordentlichen Batzen gewinnen. Das ist ein ganz perfider psychologischer Trick: Erst gewinnt sie ein- oder zweimal, damit sie glaubt, dass sie eine Glückssträhne hat. Dann setzt das große Verlieren ein, und zwar auch, weil sie beschissen wird. Gezinkte Karten, manipuliertes Rouletterad, was weiß ich. Sie muss weitermachen, weil sie die immer größeren Verluste ausgleichen will. Kurz bevor sie die Schnauze voll hat, lassen sie die Gute wieder gewinnen, und das Spielchen beginnt von vorne. Das kann ewig so weitergehen. So lange, bis aus ihr nichts mehr rauszuholen ist. Bei Fridolin ist es ähnlich. Wir lassen seine Puff-Sausen mal außer Acht; das sind nur Peanuts im Vergleich zu seinen Aktiengeschäften. Sein Kasino ist die Börse. Mit hochriskanten Investitionen, die hohe Renditen versprechen, kann man sehr hart auf die Schnauze fallen. Je mehr Geld er in den Sand gesetzt hat, desto höhere Risiken wird er eingegangen sein. Und auch er wird zwischendurch mal Glück gehabt haben. Siehe da: Schon ist die Hoffnung zurück, sich selbst aus dem Sumpf ziehen zu können. Auch das ist eine Sucht, genau wie Serenas Spielsucht. Diese Süchtigen manipulieren sich selbst, ohne es zu merken. Das ist wirklich tragisch.«

Schon wieder das Thema Manipulation, dachte Stella, interessant.

Und in wenigen Stunden würde sie einem weiteren Manipulator bei der Arbeit zusehen: Holger van Aalen.

Kapitel 22

Am Eingang drängten sich die erwartungsvollen Besucherinnen des Vortrags. Das Publikum war überwiegend weiblich; auf zehn Frauen kamen allenfalls zwei Männer. Davon noch einmal die Hälfte war sichtlich gegen ihren Willen hergeschleppt worden, denn sie standen mit genervtem Gesicht neben ihren aufgeregten Partnerinnen und wünschten sich vermutlich in die nächstbeste Kneipe oder nach Hause vor den Fernseher.

Es ging nur langsam vorwärts. Amüsiert belauschten Stella und Maria die Gespräche der Umstehenden, in denen es ausschließlich um den verehrten Guru Holger van Aalen ging. Erlebnisse wurden ausgetauscht, wann man ihn wo gesehen und was er dort gesagt oder worüber er referiert hatte. Stella sah sich nach Serena von Breidenbach um, kam aber rasch zu dem Schluss, dass die Dame – sollte sie den heutigen Vortrag besuchen – bestimmt nicht beim niederen Volk in der Schlange stehen musste, um ins Gebäude zu gelangen.

»Ach, was ich dir noch gar nicht erzählt habe«, sagte Maria und senkte dann die Stimme. »Undine kommt morgen in meine Beratung.«

»Hat sie gesagt, was sie will?«

Maria nickte. »Sie will Kontakt zu ihrer Tante.«

Stella brauchte einen Moment, um zu begreifen. »Du meinst, sie will eine Séance?«

»Na ja, an einer Séance nehmen eigentlich mehrere Personen teil, aber das Prinzip ist dasselbe. Kontakt mit dem Jenseits und so.«

»So etwas machst du?« Stella war völlig perplex.

»Quatsch. Aber ich könnte so tun, als ob. Was denkst du darüber?«

»Ein faszinierender Gedanke. Du weißt ja, ich traue ihr nicht. Vielleicht ist das eine Möglichkeit, etwas über Cäcilies Todesumstände herauszufinden.«

»Genau«, sagte Maria grimmig. »Und ich habe auch schon etwas dafür vorbereitet. Aber das ist noch ein Geheimnis – vielleicht klappt es nicht.«

Mittlerweile hatten sie die Eingangstür erreicht. Als Stella zwei Eintrittskarten kaufen wollte, schüttelte die Dame, die an einem kleinen Tisch saß und den Einlass regelte, den Kopf. »Tut mir leid, dass Sie sich umsonst herbemüht haben. Wir sind restlos ausverkauft.«

Stella hatte van Aalens Angebot eigentlich nicht in Anspruch nehmen wollen, aber unter diesen Umständen …

»Gibt es eine Gästeliste? Auf der müssten wir stehen. Stella Albrecht und Maria Schmidt. Oder Stella Albrecht plus eins.«

»Aber warum wollten Sie denn dann Karten kaufen?«, fragte die Dame. Sie fuhr mit dem Finger eine Namensliste entlang und sagte dann: »Stella Albrecht und Maria Schmidt. Alles klar. Herzlich willkommen. Für Sie sind zwei Plätze in der zweiten Reihe reserviert; linke Seite. Auf den Stühlen liegen Karten mit Ihren Namen. Ich wünsche Ihnen einen schönen und informativen Abend.«

Stella und ihre Großmutter folgten den anderen in den großen Saal, der durch beeindruckende Kristalllüster unter der hohen Decke und dazu passende Wandlampen erhellt wurde.

»Nur die zweite Reihe?«, sagte Maria kichernd. »Ich glaube, ich bin ein bisschen beleidigt. Die erste Reihe wäre ja wohl das Mindeste gewesen.«

»Warum nicht gleich auf der Bühne? Interessanter als die Auswahl unserer Plätze finde ich allerdings, dass van Aalen sich unseres Erscheinens offenbar sehr sicher war. Der riskiert doch nicht zwei unbesetzte Plätze. Am liebsten würde ich wieder gehen, damit er den ganzen Abend auf diese beiden leeren Stühle gucken muss. Nur, um ihn zu ärgern.«

»Unsinn. Dafür willst du dir zwei Stunden erstklassiges Entertainment entgehen lassen? Wir bleiben hier.«

»Ob es hier und heute erstklassig sein wird, wage ich zu bezweifeln.«

Maria grinste. »Ich rede von der *Vorstellung*, die er abliefert. Nicht vom Inhalt seines Vortrags, mein Schatz.«

Sie fanden ihre Plätze rasch und setzten sich. Der Blick war einwandfrei, zumal die Bühne als hohes Podium konstruiert war, auf dem ein Stehpult stand. So hatten auch die Zuhörer in den hinteren Reihen freie Sicht auf den Star des Abends, anstatt auf die Hinterköpfe der vor ihnen Sitzenden gucken zu müssen. Zwischen dem Podium und den Stuhlreihen lagen mehrere Meter Abstand, der wohl bei den Privilegierten ganz vorne eine Nackenstarre verhindern sollte.

Langsam füllte sich der Saal; das erwartungsvolle Murmeln und Flüstern aus dem Publikum bildete ein beinahe einschläferndes Hintergrundgeräusch; ähnlich wie das leise Rauschen fahrender Autos auf einer Autobahn, die in einiger Entfernung lag.

»Ist dein Handy abgestellt?«, flüsterte Stella Maria zu.

»Hab keins dabei«, erwiderte diese. »Hast du gesehen? Gerade ist Serena zu ihrem Platz in der ersten Reihe gerauscht.«

Stella reckte den Hals, aber in diesem Moment erloschen die großen Kronleuchter, und die Helligkeit der Wandlampen wurde gedimmt.

»Achtung«, wisperte Maria ihr ins Ohr, »der Messias tritt auf. Aber nicht lachen, hörst du?«

Stella wollte ihren Ohren nicht trauen, als die bombastischen Klänge von *Also sprach Zarathustra* erklangen. Ein Verfolgerspot erfasste die Gestalt Holger van Aalens, der bisher unbemerkt an der Seite des Podiums gestanden hatte. Unter dem Beifallklatschen und Jubel der Anwesenden ging er – nein, dachte Stella, er schreitet – zum Stehpult in der Bühnenmitte, wo er die Arme ausbreitete und dann in dieser Pose verharrte. Kein Lächeln, nichts. Ernst blickte er ins Publikum, dann hob er beide Hände, und es wurde still. Kein Mucks war zu hören.

Von Aalen hob sein Mikrofon und sagte: »Ich begrüße Sie, meine lieben Freundinnen und Freunde, zu meinem Vortrag. Nun, worum geht es heute? Es geht um die Liebe. Die innige Liebe zwischen zwei Menschen.« Er ließ den Blick durch die Stuhlreihen wandern. »Einige unter Ihnen – und ich hoffe, es sind viele – werden ihr Liebesglück bereits gefunden haben. Aber andere sehnen sich verzweifelt danach, sehnen sich nach Zweisamkeit und Geborgenheit. Noch nie gab es so viele Singles wie heute, meine lieben Freundinnen und Freunde. Die Menschen sitzen einsam in ihren Wohnungen und fragen sich, warum das Glück nicht auch an ihre Tür klopft.« Pause. Dann, mit erhobener Stimme: »Diese Menschen fragen sich, was sie falsch machen.« Pause. Noch lauter: »Diese Menschen fragen sich, warum sie nicht liebenswert sind!«

Das Publikum raunte zustimmend, und Maria flüsterte

Stella zu: »Der hat's drauf, was? Gut reden kann er, das musst du zugeben.«

Stella nickte und wedelte mit der Hand, denn van Aalen fuhr leise fort: »Lassen Sie sich von mir versichern, dass jeder Mensch Qualitäten hat und auf seine individuelle Art liebenswert ist. Vielleicht hat man die richtige Person einfach noch nicht getroffen, denken Sie jetzt. Seinen Seelenfreund, seinen Herzensmenschen ... Aber vielleicht kennen Sie ihn längst und haben es nur noch nicht erkannt? Oder sind sich unsicher? Was ist zum Beispiel mit dem netten Mann, mit dem Sie bereits einige unverbindliche Verabredungen hatten, ins Kino und in gemütliche Lokale gegangen sind – woher sollen Sie wissen, ob er der Richtige für Sie ist? Oder der reizende Junggeselle von der Partnerschaftsplattform, der sich um Sie bemüht?« Leises Lachen im Publikum. Van Aalen zwinkerte schelmisch und sagte: »Wir alle wissen doch, dass heutzutage eine Menge Verbindungen auf diesem Weg entstehen, das ist mittlerweile ganz normal.« Wieder machte er eine Pause und blickte in sein Publikum. »Aber wer traut sich schon, diesen noch fremden Menschen nach Daten wie der Stunde seiner Geburt zu fragen, um sein Horoskop anfertigen zu lassen, durch das Sie sich Aufschluss über seinen Charakter erhoffen? Nur ganz nebenbei: Auch ich kenne keine Zauberformel für die Liebe. Wenn es so wäre, würde ich sofort umsatteln, die erfolgreichste Partnervermittlung des Universums eröffnen und steinreich werden.« Er wartete geduldig ab, bis das amüsierte Publikum sich wieder beruhigt hatte, und fügte hinzu: »Aber ich weiß eine andere Möglichkeit!«

Ein weiteres Mal ließ er den Blick durch die Stuhlreihen wandern, und dabei nahm er sich viel Zeit.

»Jetzt ist der perfekte Zeitpunkt, das Begegnungshoroskop aus dem Hut zu zaubern«, murmelte Stella.

Maria kicherte leise. »Genial, oder?«

Van Aalen hob einen Finger und verkündete: »Denn für derartige Situationen gibt es das Begegnungshoroskop, meine lieben Freundinnen und Freunde. Aber was ist das eigentlich – ein Begegnungshoroskop? Nun, das ist schnell erklärt: Es ist das Horoskop einer Begegnung, wie der Name schon sagt. Im Optimalfall der Zeitpunkt der ersten Begegnung oder des ersten Kontaktes. Natürlich kann man es auch für geschäftliche Beziehungen, den Beginn eines wichtigen Projektes wie den Bau Ihres Hauses oder dergleichen benutzen, aber heute wollen wir nur über die Liebe reden, nicht wahr?«

Stella spürte einen leichten Anstupser von Maria, die ihr leise ins Ohr sagte: »Und damit hat unser Cleverle mal eben fallen lassen, dass man dieses Horoskop für alle möglichen Bereiche einsetzen kann – nur für den Fall, dass sich glücklich Verliebte eventuell nicht angesprochen fühlen. Nur keinen Kunden entgehen lassen.«

Während van Aalen nun weitschweifig erläuterte, was es mit dieser Art von Horoskop auf sich hatte, schaltete Stella ab.

Tatsächlich musste auch sie der Geschäftstüchtigkeit van Aalens einen gewissen Respekt zollen, wenn auch widerwillig. Er warf nicht mit Fachbegriffen um sich, um Leute, die sich mit Astrologie nicht gut auskannten, nicht zu vergraulen. Alles wurde allerdings von seiner pompösen Selbstinszenierung überstrahlt, die – vermutlich bewusst – eine Menge Klischees bediente und seine Zuhörer beeindrucken sollte. Darin war er Maria verblüffend ähnlich, die sich aus genau denselben Gründen als *Madame Pythia* präsentierte. Nur, dass van Aalen einen figurbetonten, leicht schimmernden Anzug mit Stehkragen trug, der mit Sicherheit maßgeschneidert war. Der anthrazitfarbene Stoff, auf dem die Knöpfe des Gehrocks glitzerten, unterstützte seine schmale Silhouette. Noch ein wehendes Cape, und er wäre Dracula. Aber gerade bei den Damen schien dieses Image, dieses Spiel mit einem Image, das gleichzeitig ein wenig furchteinflößend und sexy war, hervorragend anzukommen. Er wirkte wie der Prototyp des Widersachers von James Bond, jenes Bösewichts, der die Welt zu erobern gedachte. Aber war es nicht so, dass gerade die männlichen Bösewichte stets attraktiver und spannender waren als die langweiligen Guten? Damit spielte er, und zwar virtuos. Kein Wunder, dass die Frauen ihn anbeteten.

Ob das wohl auch für Serena galt? War Otmar Hansen, der als peitschenknallender Zerberus des Clans fungierte und bestimmt höchst beeindruckend die Zähne fletschen konnte, eine Art Ersatzmann für den Astroguru? Tatsächlich hatte er Serena bei der Testamentseröffnung ja ordentlich Kontra gegeben …

Sie erwachte aus ihren Gedanken, als Maria neben ihr sagte: »He, aufwachen, Dornröschen. Du bist ja völlig weggetreten. Der Messias hat seine Gläubigen soeben in die Pause entlassen und alle zu einem Sekt eingeladen.«

Sie schlossen sich der Menge an, die bester Laune und plaudernd aus dem Saal ins Foyer strömte.

»Pause«, fragte Stella. »Was kommt denn noch? Kein Mensch kann zwei Stunden lang Allgemeinplätze über ein Begegnungshoroskop absondern. Will er uns in Trance quatschen?«

Maria lachte und hakte sich bei Stella ein. »Lass uns einfach abwarten. Und einen perlenden Sekt auf Kosten des Hauses trinken.«

»Das sollte bei den Eintrittspreisen ja wohl auch drin sein. Wie viele Leute sind heute hier? Zweihundert, schätze ich mal. Die Karten kosten durchschnittlich zwanzig Euro ... das sind viertausend Euro, Maria. An *einem* Abend, für *einen* Vortrag. Schau an, da hinten gibt es einen Büchertisch, und die Leute stehen Schlange. Auf seiner Website habe ich gesehen, dass er sogar die Ausdrucke seiner Vorträge für viel Geld verkauft, ganz zu schweigen von signierten Autogrammfotos. Für persönliche Widmungen ist übrigens noch ein Aufschlag zu zahlen.«

Mittlerweile standen sie an der provisorischen Bar, um sich ihr Gratisgetränk zu holen.

»Ihn bewundere ich nicht, wohl aber seinen Geschäftssinn, mit dem er jedes seiner Worte in bare Münze verwandelt«, sagte Maria. »Dennoch wäre das das nichts für mich. Diese allumfassende Vermarktung muss doch anstrengend sein. Da sitze ich lieber gemütlich vor meiner kleinen Glaskugel und führe mein kleines, beschauliches Leben.«

Stella und Maria erhielten ihre Gläser, prosteten sich zu und tranken. Dann schlenderten sie durchs Foyer und beobachteten die anderen Besucher. Der Büchertisch erfreute sich größter Beliebtheit, und immer wieder kamen Frauen an ihnen vorbei, die ihre frisch erworbenen Schätze mit seligem Lächeln an die Brust drückten.

»Okay«, sagte Stella, »sagen wir, dass jede hier – niedrig geschätzt, noch einmal fünfzehn Euro für irgendein Druckwerk ausgibt. Peng – noch mal dreitausend Euro in der Kasse. Unglaublich.«

»Ich könnte mal ein bisschen frische Luft gebrauchen«, sagte Maria und deutete auf eine geöffnete Terrassentür. »Sollen wir?«

Stella stimmte zu. Sie musste diesem Zirkus wenigstens für ein paar Minuten den Rücken kehren.

Kapitel 23

Sie traten hinaus auf eine große Terrasse, die von Kerzen in verschnörkelten Windlichtern nur mäßig erhellt war. Diverse Sitzgelegenheiten waren locker gruppiert und verlockten dazu, sich auf ihnen zu entspannen. Aber Stella und Maria waren sich unausgesprochen einig: Sie hatten die ganze Zeit gesessen, das reichte für den Moment.

Auf den ersten Blick schien außer ihnen niemand dort zu sein, aber als sie in Richtung Balustrade schlenderten, erhob sich eine Frau von einem Lehnstuhl aus Rattan und kam auf sie zu, da sie offenbar zurück ins Foyer wollte.

Es war Serena von Breidenbach – aber es war unmöglich, einander jetzt noch auszuweichen oder vorzugeben, man habe sich nicht bemerkt. Sie blieben voreinander stehen.

»Guten Abend, Frau Schmidt«, sagte Serena steif. »Sie hätte ich hier nicht erwartet.«

»Guten Abend, Frau von Breidenbach! Ach, ich bin auf Herrn van Aalens Einladung hier«, gab Maria fröhlich zurück. »Und ich hatte heute Abend nichts Besseres vor. Darf ich Ihnen meine Enkelin Stella Albrecht vorstellen?«

Serena, die sich bisher ganz auf Maria konzentriert hatte, blickte nun Stella an. Ihre Augen weiteten sich kurz, aber sie hatte sich sofort wieder im Griff. »Angenehm. Serena von Breidenbach.«

»Meine Großmutter hat mir von Ihnen erzählt«, sagte Stella mit diebischem Vergnügen, »mir ist beinahe so, als wäre ich Ihnen früher schon einmal persönlich begegnet.«

Serenas Miene blieb unbewegt – bis auf ein minimales Zucken der Augenlider, das Stella nicht entging. Sie weiß, dass ich sie erkannt habe, dachte sie, sie weiß, dass ihre Tarnung als Daniela Behrens aufgeflogen ist.

»Vielleicht seid ihr euch ja tatsächlich schon einmal über den Weg gelaufen«, warf Maria ein.

»Nicht, dass ich wüsste«, erwiderte Serena von Breidenbach. »Daran würde ich mich erinnern. Ich vergesse selten ein Gesicht.«

»Meine Enkelin ist übrigens ebenfalls Astrologin, genau wie Herr van Aalen. Natürlich längst nicht so berühmt wie er, aber sie genießt in der Branche einen hervorragenden Ruf.« Maria kostete die Situation sichtlich aus. »Allerdings eher bei Insidern. Und bei Kunden, die Wert auf wirklich individuelle Beratung legen. Bei Herrn van Aalen sind es bekanntlich eher seine Angestellten, die sich um die normalen Horoskope kümmern. Ich meine, wer kann sich schon seine persönlichen Beratungen leisten? Ich jedenfalls nicht. Aber Sie schon, nicht wahr?«

Unter Serenas beherrschter Oberfläche lauerte ein fluchtbereites Pferd, das nur noch davongaloppieren wollte. Aber sie schien nicht bereit, klein beizugeben.

»Und, Frau Schmidt, haben Sie sich bezüglich der Verfügung meiner Tante schon entschieden?«, fragte Serena gedämpft.

Interessant, sie ignoriert komplett die Frage meiner Oma, ob sie van Aalen konsultiert, dachte Stella, aber ich weiß es ja längst von ihm. Soll ich ins Wespennest stechen und seine Indiskretion auffliegen lassen?

»Ich mache mir die Entscheidung nicht leicht, Frau von Breidenbach«, sagte Maria. »Ich war auf diese Aufgabe nicht vorbereitet, wissen Sie? Dass ich im Testament stehe, traf mich unvorbereitet, auch wenn Sie der Überzeugung sind, ich hätte mir dieses Privileg erschlichen.« Sie stieß Stella an und gluckste. »Wenn es denn überhaupt eins sein sollte, nicht wahr, Stella? Dessen bin ich mir längst nicht sicher, um die Wahrheit zu sagen. Nicht jeder träumt davon, hinter die Kulissen Ihrer Dynastie zu blicken, liebe Serena. Ich darf doch Serena sagen? Wussten Sie übrigens, dass ich recht gut mit Ihrer Schwester bekannt bin?«

»Mit Undine?«, fragte Serena ungläubig.

Maria lachte herzlich. »Gibt es denn noch mehr Schwestern, von denen niemand etwas weiß? Das wäre tatsächlich eine spektakuläre Neuigkeit.«

»Was haben Sie mit meiner Schwester zu tun?« Serena schien es noch immer nicht fassen zu können.

Stella beobachtete sie genau: Da war es wieder, dieses Aufflackern von Angst. Hatte es mit Cäcilies Tod zu tun? Konnte es sein, dass Undine etwas darüber wusste, womit sie Serena unter Druck setzte – und diese befürchtete, Undine könnte es Maria anvertrauen?

»Serena, Sie kennen meine Profession«, sagte Maria. »Wie nannten Sie mich doch gleich? Richtig: *eine Person vom fahrenden Volk.* Ich arbeite mit Tarotkarten, Pendel und Glaskugel, und Ihre Schwester ist eine hochgeschätzte Klientin, die mich regelmäßig aufsucht. So wie Sie Herrn van Aalen, dessen bin ich sicher. Aus meiner Sicht tut Undine nichts anderes als Sie, aber sie ist sehr aufgeschlossen, was alternative Möglichkeiten angeht, das eigene Leben zu beleuchten. Oder Dingen auf den Grund zu gehen, die sie beschäftigen.«

»Großer Gott«, murmelte Serena, die sichtlich um Beherrschung rang, »ist Undine denn wirklich gar nichts peinlich?«

Das ging Stella zu weit. Es wurde Zeit, sich einzuschalten. »Sie beleidigen meine Großmutter, Frau von Breidenbach. Wieder einmal. Sie haben kein Recht, sich über sie zu erheben. Abgesehen davon: Ich kenne Menschen, für die zwischen Herrn van Aalen und meiner Großmutter kein Unterschied besteht, für die beide einer unseriösen Profession nachgehen und nichts weiter im Sinn haben, als gutgläubigen Idioten das Geld aus der Tasche zu ziehen. Die auch mich dazuzählen würden. Sollte ich noch einmal von einer Respektlosigkeit oder Beleidigung Ihrerseits meiner Großmutter gegenüber erfahren, werde ich Ihnen auf die Pelle rücken.«

Serena von Breidenbach fuhr zurück. »Drohen Sie mir etwa, Frau Albrecht?«

Stella zuckte mit den Schultern. »Haben Sie meine Worte so verstanden? Nun ja, ich habe sie wohl auch so gemeint. Aber es gibt eine simple Lösung: Sie werden sich meiner Großmutter gegenüber ab sofort vorbildlich höflich und respektvoll verhalten, wie es sich unter Damen gehört, und wir werden nicht aneinandergeraten.«

Serena von Breidenbach schnappte nach Luft. Dann warf sie den Kopf zurück und stolzierte ohne ein weiteres Wort an Stella und Maria vorbei und verschwand im Haus.

Maria legte den Arm um Stellas Taille und zog sie an sich. »Ich bin sehr gerührt, Schatz. Du hast für mich gekämpft wie eine Löwin. Wurde auch Zeit, dass ihr mal jemand ordentlich den Marsch bläst.«

»Wie ich auf der Aufzeichnung gesehen habe, sind Fridolin und Otmar Hansen auch nicht gerade sanft mit ihr umgegangen.«

»Vielleicht steht sie ja drauf«, sagte Maria lachend. »*Fifty Shades of Breidenbach* …«

Stella schüttelte sich. »Uah. Pflanz mir bitte keine Bilder in den Kopf, okay?«

Aus dem Haus ertönte ein Gong.

»Klingt so, als ginge es weiter mit der großen Show. Bereit für die nächste Runde?«, fragte Maria.

»Aber nur dir zuliebe.«

Erst als sie ihre Plätze wieder eingenommen hatten und die ersten Besucher über eine Treppe, die vor der Pause noch nicht dort gestanden hatte, die Bühne erklommen, begriffen sie, woraus der zweite Teil der Veranstaltung bestand: Holger van Aalen signierte seine Bücher. Der Astrologe saß an einem Tisch, und seine Fans bildeten eine lange Schlange, die langsam an ihm vorbeizog. Sie legten mit geradezu devoter Geste die frisch erworbenen Bücher und Schriften ihres Idols auf den Tisch, woraufhin van Aalen mit lässiger Geste seine Signatur aufs Papier warf. Mit jeder Person wechselte er ein paar Worte.

Die Frau auf dem Platz neben Stella beugte sich zu ihr. »Holen Sie sich auch eine Unterschrift? Ich bin so aufgeregt! Ich habe noch nie mit ihm gesprochen!«

»Ich … äh … nein«, erwiderte Stella überrumpelt. »Ich habe gar nichts, was ich mir unterschreiben lassen könnte.«

»Dann kaufen Sie doch ein Autogrammfoto und lassen es sich signieren! Die gibt es draußen für zehn Euro, aber seine Signatur im Buch kostet nur fünf.«

Stella fiel fast vom Stuhl. »Habe ich das richtig verstanden? Sie haben das Buch gekauft und bezahlen zusätzlich noch dafür, dass er es signiert?«

Die Frau nickte eifrig. »Natürlich. Sie bekommen draußen einen Klebepunkt ins Buch, damit er weiß, dass Sie zu Recht dort oben am Autogrammtisch stehen. Ich muss mal los, die Schlange wird kürzer. Einen schönen Abend noch.«

Als die Frau gegangen war, sagte Stella: »Hast du das eben gehört, Oma? Fünf Euro für eine Signatur im Buch!«

Maria tätschelte Stellas Arm und seufzte. »Du rechnest mir jetzt aber bitte nicht vor, wie viel Geld dadurch noch zusätzlich in seiner Kasse klingelt, ja? Wir freuen uns einfach darüber, dass er an uns heute nichts verdient hat. Übrigens: Serena scheint nach unserem kleinen Zusammenstoß abgerauscht zu sein. Ich habe sie hier im Saal nicht mehr gesehen.«

»Sie wird auch kaum anstehen müssen, um seine Unterschrift zu kriegen, wenn sie die will. Komm, lass uns nach Hause fahren. Mir reicht es für heute.«

»Das war ein aufschlussreicher Abend, nicht wahr?«, fragte Maria.

Sie waren bei sich zu Hause angekommen, und Stella hatte gerade die Haustür aufgeschlossen. Während der Fahrt hatten sie nicht gesprochen. Jede für sich hatte ihren Gedanken nachgehangen.

»Ich muss das alles erst mal verarbeiten, ich bin todmüde«, erwiderte Stella. »Wann kommt Undine morgen zu dir?«

»Um zwölf. Wollen wir zusammen frühstücken und einen Plan aushecken?«

Stella nickte. »Ich bin um neun bei dir. Schlaf gut.«

Sie umarmten sich, dann ging Maria in ihre Wohnung, und Stella stieg leise die Treppen hinauf. Hinter der Tür ihrer Mutter war alles still; Felicitas ging selten nach zehn Uhr schlafen.

Nachdem sie sich für die Nacht fertig gemacht hatte, legte Stella sich ins Bett und blickte durch das Fenster in der Schräge über dem Kopfende hinauf in den nächtlichen Himmel. Es war eine wolkenlose Nacht, und in der samtschwarzen Dunkelheit des Himmels sah sie winzige Sterne blinken.

Sie seufzte und kuschelte sich tiefer in die Kissen. So gern sie auch alleine war, konnte sie nicht leugnen, dass sie sich manchmal jemanden an ihrer Seite wünschte. Einen Vertrauten, einen Seelenfreund, einen Partner. Jetzt war so ein Moment, in dem sie sich gern an jemanden gekuschelt hätte, jemanden wie Arno zum Beispiel. Unter anderen Umständen vielleicht … Aber nein, das war vollkommen ausgeschlossen. Niemals hätte sie mit jemandem zusammen sein können, der ihren Beruf nicht zumindest respektierte. Er musste ihn nicht verstehen oder gar mögen, aber ohne Respekt ging es nicht. Am besten wäre gewesen, wenn sie sich nach ihrer ersten Begegnung nie wieder über den Weg gelaufen wären. Musste er auch ausgerechnet ein Kumpel von Ben sein? Umso wichtiger war es, zu ihm stets eine gewisse Distanz einzuhalten, was sich durchs Siezen gut bewerkstelligen ließ.

»Jetzt hör auf, an Arno zu denken«, sagte sie halblaut. »Es gibt immer noch einige Rätsel, die sich nicht von allein lösen werden.«

Ihr kam der Totenkopf auf Undines Gemälde in den Sinn, der an einem ähnlich schwarzen Himmel prangte. Sie konnte einfach nicht glauben, dass Undine ihn wirklich gesehen hatte – oder es sich auch nur einbildete. Diese Frau spielte allen etwas vor, dessen war sie sich mittlerweile sicher.

Aber warum tat sie das?

War es wirklich der von ihr gewählte Ausweg, um sich von ihren ehrgeizigen und machtbewussten Geschwistern abzugrenzen? Hatte sie sich irgendwann entschieden, die harmlose, verpeilte Elfenfrau zu spielen, damit sie in Ruhe gelassen wurde? Tatsächlich fand Stella diese Taktik sehr clever, und sie konnte absolut nachvollziehen, dass jemand keine Lust haben konnte, in die Leitung eines internationalen Unternehmens einzusteigen, sondern lieber Bilder malte und mit Feen tanzte.

Fridolin und Serena kreisten derart um ihr eigenes Ego, dass sie der lästigen, scheinbar wirrköpfigen Undine kaum Beachtung schenkten und froh waren, sie so selten wie möglich um sich zu haben. Sicherlich war ihnen die verrückte Schwester ohnehin peinlich.

Blieb immer noch die Frage, was Serena von ihrer Schwester befürchtete. Als Maria heute auf ihre enge Bekanntschaft mit Undine hingewiesen hatte, war Serenas Reaktion alles andere als souverän gewesen. Im Gegenteil: Es hatte sie erschreckt, und zwar nicht zu knapp. Weil sie Angst hatte, dass Familiengeheimnisse oder mehr ausgeplaudert werden könnten?

Ich bin sicher, dachte Stella, Undine weiß etwas über Cäcilies Tod. Vielleicht ahnt sie etwas, vielleicht kennt sie sogar die ganze Wahrheit. Uns muss irgendetwas einfallen, um sie morgen aus der Reserve zu locken. *Madame Pythia* muss eine ganz große Show abziehen.

Mit diesem Gedanken schlief sie ein.

Kapitel 24

Um Punkt neun Uhr klopfte Stella an Marias Wohnungstür, in der Hand eine Tüte mit Croissants, die sie frisch vom Bäcker geholt hatte – ein kulinarisches Vergnügen, das sie sich zuweilen gönnte. Nur zu besonderen Gelegenheiten.

»Komm rein, Schatz!«, kam es gedämpft aus der Wohnung. »Die Tür ist offen! Wir sind auf der Terrasse!«

Wir? Stella runzelte die Stirn, als sie zögernd eintrat. War Undine etwa schon da? Drei Stunden früher als vereinbart? Falls ja – sollte sie sich ihr dann überhaupt zeigen?

Aber die Person, die ihr fröhlich entgegengrinste, war nicht Undine, sondern Otto. Wie es das lieb gewonnene Ritual verlangte, tippte er gegen seine von Wind und Wetter gegerbte Wange. Also beugte Stella sich hinunter und küsste ihn – rechts und links.

»Was machst du denn hier?«, fragte Stella und schwenkte die Brötchentüte. »Als hätte ich es geahnt: genug Croissants für alle.«

»Otto hat mir – *uns* – einen kleinen Gefallen getan«, sagte Maria, die mit einer Kanne Kaffee aus dem Haus kam. »Er hat etwas gebaut, das uns später helfen wird.«

»Ach, das ominöse Geheimnis?« Stella setzte sich und rückte den Korbstuhl näher an den Tisch. »Worum handelt es sich denn nun?«

»Um einen Paravent. Du willst doch sicher bei der Séance dabei sein, aber nicht gesehen werden, richtig?« Stella nickte, und Maria fuhr fort: »Außerdem gehe ich davon aus, dass du am liebsten nicht nur hören, sondern auch sehen willst, was passiert. Otto, wenn du Stella bitte erklären würdest, was das Besondere an dem Paravent ist?« Sie schenkte allen Kaffee ein und nahm dann ebenfalls Platz.

»Aber liebend gern, mein Herz«, schmalzte Otto und wechselte einen feurigen Blick mit Maria. Dann wandte er sich Stella zu und posaunte: »Ich hab einen Zauberspiegel eingebaut. Na, was sagste jetz?«

Er sah sie erwartungsvoll an, aber Stella wusste mit dieser recht salbungsvoll verkündeten Information nichts anzufangen.

Also fragte sie: »Und der erzählt mir dann, wer die Schönste im ganzen Land ist?«

Otto kriegte seine Tasse gerade noch abgestellt, bevor ein Lachanfall ihn derart schüttelte, dass er hinterher schnaufend in seinem Korbsessel hing. »Du bis ja vielleicht 'ne Marke!«, japste er dann. »Erkläre du es ihr, Maria – ich kann gerade nich.«

»*Unser* Zauberspiegel ist von einer Seite durchsichtig«, sagte Maria, »also wie ein Fenster, von der anderen Seite aber wie ein normaler Spiegel.«

»Wo findet man denn so was?«, fragte Stella verblüfft. »Und vor allem so kurzfristig?«

»Zum Beispiel in meiner kleinen Lagerhalle, in der ich so dies und dat aus meiner Zeit auf dem Jahrmarkt aufbewahre«, erwiderte Otto sichtlich stolz. »Du kannz schließlich nie wissen, wozu du den Trödel noch mal brauchs. Und ich bin überglücklich, meinen beiden Lieblingsdamen diesen kleinen Gefallen tun zu können. Also hab ich eine spontane Nachtschicht eingelegt, ein Loch in dat mittlere Element eines Paravents gesägt und den Zauberspiegel eingesetzt. Er steht schon in der Orangerie und wurde bereits auf Tauglichkeit geprüft.«

Maria nickte strahlend. »Sieht super aus und funktioniert einwandfrei. Du kannst bequem dahinter sitzen und zuschauen. Du solltest nur möglichst keinen Hustenanfall oder dergleichen bekommen.«

Das hatte Stella bisher noch nicht bedacht. »Oje. Ich darf ja praktisch überhaupt kein Geräusch machen, nicht einmal hörbar atmen. Gar nicht so einfach, oder?«

»Darüber habe ich mir bereits Gedanken gemacht, Schatz«, sagte Maria. »Ich werde Musik laufen lassen, irgendein seichtes Meditationsgedudel, das nicht weiter stört. So kannst du unbesorgt auch mal deine Sitzposition verändern, ohne dass wir auffliegen. Aber laute Geräusche wie Niesen oder Husten«, sie wiegte den Kopf, »das wäre schwierig.«

»Und was hast du dir sonst so überlegt? Hast du überhaupt Erfahrungen mit Séancen?«

Maria schüttelte den Kopf. »Nicht wirklich. Natürlich haben wir früher ab und zu so kleine getürkte Shows abgezogen ...« Sie und Otto zwinkerten sich zu.

Das machte Stella neugierig. »Und wie darf ich mir das vorstellen?«

»Ganz einfach«, sagte Otto und grinste. »*Madame Pythia* sitzt auf ihrem Thron auf der Bühne, greift sich dann anne Schläfen und murmelte so wat wie: *Oooooh, ich empfange etwas ... Ist jemand im Publikum, der kürzlich einen geliebten Menschen verloren hat?* Du kannz sicher sein, dat irgendwer zu heulen anfängt. *Ja, mein Vater ist vor ein paar Wochen gestorben ...* Dann is Madame wieder anne Reihe: *Er ist bei mir ... Ich soll dir sagen, dass es ihm gut geht ... Er liebt dich und passt auf dich auf!* Und immer so weiter.«

»Ganz schön gemein, die Leute so zu veräppeln«, sagte Stella streng. »Ich wusste ja gar nicht, dass du solche Sachen gemacht hast. Schäm dich, Oma.«

»Schämen?« Maria hob die Brauen. »Nie im Leben. Diese Menschen waren überglücklich; ich habe ihnen in ihrer Trauer geholfen. Aber es geht natürlich noch deutlich ausgeklügelter, indem man Komplizen ins Publikum setzt, die bestimmte Informationen von den Leuten bekommen. Die Komplizen halten dann einen Gegenstand dieser Person hoch und fragen: *Was bewegt den Besitzer dieser Uhr?* Oder: *Was möchte der Besitzer dieser Uhr gerne wissen?* Und jetzt kommt der Clou: Die Art der Formulierung verrät es mir, denn jede hat eine bestimmte, vorher festgelegte Bedeutung. Nur als Beispiel: Wenn ich gefragt werde, was die Person *bewegt*, geht es um Liebeskummer. Wenn die Frage lautet, was derjenige *wissen* will, sind es Geldprobleme. Es gibt also eine ganze Liste von Formulierungen, die Medium und Komplizen bekannt sind, aber das Publikum denkt, du kannst Gedanken lesen. Oder du nimmst den Gegenstand in die Hand und spürst angeblich *Schwingungen*.«

»Und deine liebe Großmutter war die Beste darin, Schwingungen zu spüren …« Otto nutzte die Gelegenheit, Maria einen Handkuss zu verpassen.

Stella sah von Maria und Otto und wieder zurück; beide grinsten vergnügt. »Ganz ehrlich, ich bin gerade fassungslos. Davon hast du mir nie erzählt, Oma.«

»Du hast mich nie danach gefragt«, gab Maria zurück. »Diese Erfahrungen werden mir bei Undine nützlich sein, auch wenn ich noch nie eine *echte* Séance gemacht habe. Mein großer Vorteil ist, dass ich eng genug mit Cäcilie befreundet war, um vorzugeben, wirklich Kontakt mit ihr zu haben.«

»Hast du dir schon einige Dinge zurechtgelegt?«, fragte Stella.

»Nein, ich werde improvisieren.«

»Versuche bitte, herauszufinden, ob Undines naives Getue echt oder nur gespielt ist. Du musst sie unbedingt bitten, Cäcilies Verlobungsring zu tragen, ja? Sag ihr, Cäcilie will es so. Warum, erkläre ich dir später.« Sie hielt inne, weil ihr etwas einfiel, und fuhr fort: »Wieso existiert dieser Verlobungsring überhaupt? Ich dachte, Cäcilie hätte nie geheiratet?«

»Es gab einen jungen Mann in ihrem Leben; sie waren sehr verliebt ineinander«, sagte Maria. »Das Hochzeitsdatum stand schon fest, aber er starb bei einem Autounfall. Der Ring bedeutete ihr mehr als alles andere.«

Stella konnte es kaum fassen – ganz bestimmt war das innerhalb der Familie bekannt. Und ausgerechnet diesen Ring hatte Fridolin an eine seiner Gespielinnen verschenkt? Das fand sie besonders widerwärtig.

Sie gab sich alle Mühe, sich ihre Bestürzung nicht anmerken zu lassen. »Noch etwas: Cäcilie könnte beklagen, dass sie so plötzlich sterben musste – mich interessiert sehr, wie Undine darauf regiert.«

Otto seufzte. »Am liebsten würd ich Mäusken spielen und live miterleben, wie ihr eine Mörderin überführt ...«

Stella hob die Hand. »Es steht immer noch nicht fest, ob wir es tatsächlich mit Mord zu tun haben. Motive bedeuten nicht automatisch, dass wirklich gemordet wurde. Bei Fridolin und Serena ist es klar – aber was hat Undine von Cäcilies Tod? Und welche Rolle spielt Otmar Hansen?«

»Der Anwalt?«, fragte Maria erstaunt. »Wie kommst du denn auf den?«

»Weil er eng mit den Geschwistern verbunden ist«, erwiderte Stella. »Deshalb finde ich, wir sollten ihn nicht gänzlich außer Acht lassen. Wenn er nicht über die finanziellen Probleme der Geschwister Bescheid weiß – wer dann? Vielleicht ist er nicht der Täter oder auch nur Mittäter, aber er könnte Komplize oder Mitwisser sein. Vielleicht ist er ja froh, dass mit Cäcilies Tod der finanzielle Stress endlich vom Tisch ist! Vielleicht weiß er ja, dass statt des Familienschmucks nur noch Imitate im Safe …«

»Wie bitte?«, rief Maria dazwischen. »Imitate?« Sie wurde blass und fuhr leise fort: »Ich muss dir etwas erzählen. Ich dachte bisher, dass es nicht wichtig sei, aber das hat sich gerade geändert. Cäcilie hatte doch diese Kreuzfahrt geplant. Wisst ihr, das war ein richtiger Luxusdampfer, den sie für sich und Undine gebucht hatte. Reiche Leute, tolle Klamotten, kostbarer Schmuck – alle zeigen, was sie haben, man ist ja unter sich. Und Cäcilie freute sich schon sehr darauf, ein bisschen was vom Familienschmuck einzupacken, um beim *Captain's Dinner* damit anzugeben …« Ihre Augen waren erschrocken geweitet. »Soll ich deshalb die Sache mit dem Ring sagen? Wer ist für die Imitate verantwortlich, Stella? Wer hat den Schmuck heimlich ausgetauscht?«

»Angeblich Fridolin.«

»Fridolin …«, wisperte Maria beinahe unhörbar. »Das ist ja grauenhaft …« Sie lehnte sich an Otto, der sie fürsorglich in den Arm genommen hatte.

Stella hätte sich ohrfeigen können, dass sie mit dieser Information nicht sorgsamer umgegangen war.

»Es ist zu früh, das Schlimmste zu befürchten, allerdings bekommt diese Schmuck-Sache gerade eine enorme Brisanz, das muss ich zugeben«, sagte Stella nachdenklich.

»Dass Cäcilie vorhatte, einen Teil des Schmucks mit auf ihre Reise zu nehmen … wow. Ich habe die Geschichte mit den Imitaten über Ben erfahren, der hat sie wiederum vom Kiez. Woher genau, weiß ich auch nicht, aber er hat dort vertrauenswürdige Informanten.«

»Aber warum sollte Fridolin das getan haben?«, fragte Maria.

»Um Kredit zu bekommen, Oma. Er hat den echten Schmuck den Kredithaien als Sicherheit überlassen und dafür billige Kopien in den Safe gelegt. Er hatte wohl die Hoffnung, die Juwelen irgendwann auslösen und wieder austauschen zu können, bevor jemand etwas merkt.«

Stella beschloss, ihre erschütterte Großmutter mit den Geschichten zu verschonen, dass der flotte Frido angeblich auch Schmuck gegen Liebesdienste käuflicher Damen getauscht hatte. Vor allem das mit dem verschenkten Verlobungsring musste sie für sich behalten, das würde Maria nur noch mehr aufregen.

»Umso wichtiger ist es, herauszufinden, was wirklich mit der armen Cäcilie passiert ist«, fuhr Stella fort.

Stella ließ ihre Großmutter in Ottos Obhut und ging in ihren Teil der Orangerie. Sie musste die Neuigkeiten unbedingt loswerden, wusste nur noch nicht, an wen.

Der blinkende Anrufbeantworter nahm ihr die Entscheidung ab, denn Arno Tillikowski hatte eine Nachricht hinterlassen: »*Hier ist Arno. Arno Tillikowski. Mir ist gerade etwas durch den Kopf gegangen, und ich kann Ben nicht erreichen, also rufe ich Sie an. Wir sollten mal herausfinden, wer die Kopien der Juwelen angefertigt hat. Das ist doch bestimmt auch so ein Kiez-Ding, oder? Einen Juwelier zu kennen, der keine*

Fragen stellt, meine ich. Also, vielleicht können Sie mich ja zu-
rückrufen, wenn Sie das hier hören. Bis dann. Das war Arno
Tillikowski ... ach so, haben Sie überhaupt meine Durchwahl?
Hier ist sie ...«

Stella hatte natürlich immer einen Notizblock am Telefon liegen und notierte rasch die Ziffernfolge, die der Kommissar diktierte. So ein Zufall, dass er gerade über die Juwelen nachgedacht hatte. Sie wählte seine Nummer.

»Tillikowski.«

»Hier ist Stella. Ich habe gerade Ihre Nachricht abgehört. Und ich habe zu den Juwelen eine ziemlich heiße Information.«

Sie berichtete ihm, was sie gerade von ihrer Großmutter erfahren hatte.

Arno schwieg einen Moment lang, dann sagte er: »Das ist in der Tat interessant. Noch immer kein begründeter Verdacht, aber wenn das kein Motiv ist, dann weiß ich auch nicht. Vielleicht kam es zu einer direkten Konfrontation zwischen Fridolin und seiner Tante ...«

»Oder er hörte von ihrem Plan, den Schmuck mit auf die Kreuzfahrt zu nehmen«, fiel Stella ihm ins Wort. »Das reichte eventuell schon aus, um ihn in Panik zu versetzen, weil er damit bestimmt nicht gerechnet hat. Seit Jahren liegt das Zeug im Safe, und urplötzlich will Cäcilie die Klunker tragen? Das musste er irgendwie verhindern.«

»Könnte sein. Haben Sie eine Ahnung, ob es schwierig ist, Imitate zu erkennen? Ich verstehe nichts davon, dafür ist bei uns eine andere Abteilung zuständig. Ich kann mir vorstellen, dass sie auf einen flüchtigen Blick nicht voneinander zu unterscheiden sind, es aber eng wird, wenn jemand genauer hinsieht.«

»Ich kenne weder die Originale noch die Kopien«, sagte Stella nachdenklich. »Aber vielleicht geht es darum auch gar nicht. Niemand kann wissen, ob Cäcilie es herausgefunden hätte. Was, wenn Fridolin in seiner Panik genau das nicht abwarten konnte oder wollte?«

»Oder sie *hat* es entdeckt«, erwiderte Arno, »und hat Zeter und Mordio geschrien. Der Kreis derjenigen, die einen Zugang zum Safe haben, dürfte nicht allzu groß gewesen sein, oder? Ich gehe mal davon aus, dass nur die Geschwister dafür infrage kommen. Gibt es überhaupt einen Safe im Haus? Oder lagerten die Juwelen in einem Bankschließfach?« Der Kommissar stöhnte. »Je mehr herauskommt, desto mehr Fragen tauchen auf. Ich *hasse* das.«

»Das kann ich vielleicht herausfinden.«

»Was? Wie denn? Was haben Sie schon wieder vor?« Er klang alarmiert. »Sagen Sie mir, was Sie vorhaben, Stella. Nein, sagen Sie es mir lieber nicht.« Er stöhnte erneut. »Auf was habe ich mich da bloß eingelassen?«

Stella lachte. »Auf gar nichts, Arno. Ich will meine Großmutter danach fragen, das ist alles. Vielleicht hat sich Cäcilie zufällig mal mit ihr darüber unterhalten. Ich melde mich, wenn ich etwas weiß.«

Stella beendete das Gespräch. Wenn der Kommissar wüsste, was in nicht einmal einer Stunde bei ihrer Großmutter geplant war … Sie wollte sich nicht einmal ausmalen, wie er reagieren würde.

Kapitel 25

Der dreiteilige hölzerne Paravent war wunderschön und passte perfekt in Marias orientalisch anmutenden Arbeitsbereich. Er war dunkelrot lackiert und mit goldenen Schnörkeln bemalt. Der blank polierte, an den Rändern facettierte und antik anmutende Spiegel in der Mitte wirkte, als hätte es ihn schon immer gegeben; dank Ottos handwerklichem Geschick fügte er sich perfekt ins Gesamtkunstwerk ein.

»Fantastisch«, sagte Stella, »Otto ist ein Künstler.« Sie ging um den Paravent herum und blickte von hinten wie durch ein Fenster auf den niedrigen Tisch mit der Kristallkugel, an dem Maria in ihrem prachtvollsten Kaftan saß. »Unglaublich. Siehst du mich?«

Maria guckte sie direkt an, schüttelte aber den Kopf. »Ich kann nur mich selbst sehen. Versuch es selbst.«

Sie tauschten die Positionen, und Stella konnte sich selbst davon überzeugen. »Ich kenne die Dinger nur aus Krimiserien, wenn Verdächtige verhört und dabei beobachtet werden. Oder von Gegenüberstellungen, wenn die Zeugen nicht erkannt werden sollen.«

»Denkste. Die Spiegel sind überall, mein Schatz. Zum Beispiel in einigen Supermärkten. Hast du noch nie bemerkt, dass diese Büro-Kabuffs von außen verspiegelt sind? Rate mal ... drinnen sitzen die Filialleiter und haben unauffällig sowohl Angestellte als auch Kunden im Blick.«

»Otto hat das toll gemacht. Schade, dass ich ihm das nicht sagen konnte. Richte ihm bitte aus, dass ich begeistert bin.«

Maria lachte. »Er ist noch da, Schatz. Er sitzt auf meiner Terrasse und behält die Zufahrt im Auge. Otto wird uns warnen, wenn Undine kommt.«

»Gute Idee. Ich würde vorschlagen, wir kümmern uns mal allmählich um meinen Stuhl.«

Sie probierten diverse Sitzgelegenheiten aus. Ein Stuhl knarrte, der nächste stieß bei jeder Bewegung, die Stella machte, ein schrilles Quietschen oder Ächzen aus. Irgendwann hatten sie alle durchprobiert, und keiner kam infrage, aber dann fiel Stella noch ein billiger Holzklappstuhl ein, der in ihrem Büro in einer Ecke an der Wand lehnte – für Notfälle. Sie ging ihn holen, und zu ihrer beider Erleichterung blieb der Stuhl absolut stumm. Sie schlug die Beine übereinander, lehnte sich nach hinten, aber kein Geräusch erklang.

»Gott sei Dank«, sagte Stella, »ich dachte schon, ich muss die ganze Zeit stehen.«

Marias Telefon klingelte. Sie nahm das Gespräch an, lauschte und sagte dann: »Alles klar. Danke.« Sie sah Stella an. »Sie ist im Anmarsch. Showtime.«

Sie umarmten sich, dann ging Stella hinter den Paravent. Maria drückte den Startknopf des CD-Spielers, und Sphärenmusik erfüllte den Raum. Sie löschte alle Lichtquellen bis auf eine Stehlampe am Tisch, die den Raum in weiches Licht tauchte. Dann stellte sie sich vor den Spiegel, lächelte und setzte einen schlichten Samtturban auf. Sie zwinkerte der für sie unsichtbaren Stella zu, drehte sich um und stand still in der Mitte des Raums, bis ihr Türgong ertönte.

»Es geht los«, sagte sie und verließ den Raum. Stella hörte, wie sie Undine begrüßte, dann kamen die beiden herein, und Stella hielt unwillkürlich für kurze Zeit den Atem an, entspannte sich aber rasch wieder.

»Oh, der ist neu, oder?«, fragte Undine und kam zu Stellas Entsetzen direkt auf den Paravent zu.

Es war in höchstem Maße irritierend für Stella, denn Undine schien sie aus nächster Nähe direkt anzusehen.

»Nein«, erwiderte Maria, »er ist nicht neu, aber er stand bisher in meiner Privatwohnung.«

»Er ist wunderschön. Du würdest ihn mir nicht zufällig verkaufen, oder?«

»Freut mich, dass er dir gefällt«, sagte Maria ruhig, »aber nein, ich möchte ihn nicht verkaufen. Er bedeutet mir sehr viel. Setz dich doch, Undine.«

Sie wies auf einen Sessel, der dem Paravent zugewandt war, damit Stella Undines Gesicht sehen konnte.

Undine nahm darauf Platz und lächelte nervös. »Ich bin so aufgeregt. Mein Mund ist ganz trocken.«

»Trink einen Schluck, meine Liebe. Das Glas Wasser ist für dich.«

Hastig griff Undine nach dem Glas, trank ein paar Schlucke und stellte es zurück auf den Tisch. »Danke. Schon viel besser.«

Maria nickte. »Wollen wir beginnen? Bist du bereit?«

Stella konnte nur bewundern, wie souverän ihre Großmutter mit der ganzen Situation umging. Maria strahlte große Ruhe aus und schien sich vollkommen im Griff zu haben, dabei wusste Stella genau, wie sehr es in ihr brodelte, seit sie von den kopierten Juwelen erfahren hatte.

»Ich bin bereit«, sagte Undine.

»Also dann. Hast du mir mitgebracht, worum ich dich gebeten hatte?«

Undine nickte und kramte in der Tasche, die sie neben sich auf den Sessel gestellt hatte. Sie zog ein Halstuch hervor, das sie Maria reichte. »Hier, das gehörte Tante Cäcilie. Sie hat es mal bei mir liegen lassen. Ich wollte es ihr zurückgeben, habe es aber immer vergessen. Es war ihr Lieblingstuch.« Undine begann zu weinen.

»Schon gut, schon gut«, murmelte Maria beruhigend und nahm das Tuch entgegen. »Es wird mir helfen, Kontakt zu Cäcilie aufzunehmen. Hab Geduld, vielleicht dauert es einen Moment. Sei ganz still.«

Stella sah ihre Großmutter im Profil. Maria hielt das Tuch in den Händen, legte den Kopf ein wenig zurück und schloss die Augen. Minutenlang war nur die sanft plätschernde, entspannende Musik zu hören. Undine beobachtete Maria gespannt.

»Cäcilie, bist du da?«, sagte Maria plötzlich. »Kannst du mich hören?«

Undines Hände krampften sich zusammen. Sie setzte sich sehr aufrecht hin, machte aber keinen Mucks.

»Cäcilie, deine geliebte Nichte Undine ist hier bei mir. Sie möchte mit dir sprechen.«

Maria öffnete die Augen und nickte Undine zu. »Sie wird jetzt übernehmen. Sprich mit ihr.«

Undine riss die Augen auf, dann fragte sie mit zitternder Stimme: »Tante Cäcilie, bist du das? Hier ist Undine.«

Als Maria antwortete, klang sie vollkommen anders als sonst. »Undine, mein liebes Kind … ich höre dich.«

Stella lief ein kalter Schauer über den Rücken. Dass es derart gruselig werden würde, hatte sie nicht erwartet. Ob Cäcilie zu Lebzeiten so geklungen hatte wie Maria bei ihren letzten Worten? Falls ja, zog die gerade wirklich alle Register …

Die Antwort auf Stellas Frage gab Undines Reaktion. Sie strahlte über das ganze Gesicht. »Tante Cäcilie, ich bin so froh, deine liebe Stimme zu hören. Wie geht ... geht es dir gut?«

»Mach dir um mich keine Sorgen, mein Kind«, erwiderte Maria mit dieser hohen und brüchigen, für Stella ganz und gar fremden Stimme. »Es ... ich bin nur verwirrt ... Ehe ich zurückkehren muss, habe ich einen großen Wunsch an dich, Undine ... Ich möchte, dass du meinen Ring trägst ... den Verlobungsring ... du sollst ihn tragen ...«

»Ja, ja, das mache ich gern! Er ist wunderschön! Aber wohin musst du zurückkehren? Wo bist du?«

Mit der Antwort ließ Maria sich viel Zeit, dann sagte sie: »Ich weiß nicht, wo ich bin ... ich bin so verwirrt ... ich habe zuerst nicht verstanden, dass ich tot bin.«

Undine presste die Hände auf die Brust. »Ist es schön, wo du jetzt bist?«

»Es ist ... friedlich. Aber ... ich hatte mich so auf unsere Reise gefreut, Undine.«

»Oh ... aber ich dachte, du fühlst dich jetzt erlöst. Der Gedanke hat mich getröstet.« Undine war sichtlich bestürzt. Sie rang um Fassung, bevor sie fragte: »Fühlt man sich nicht erlöst, wenn man tot ist?«

Maria schwieg eine Zeit lang, dann jammerte sie: »Warum musste ich sterben, Undine? Ich war noch nicht bereit dazu. Ich legte mich schlafen ... ich sah durchs Fenster diesen grauenhaften Totenschädel ... und dann war ich plötzlich tot, Undine.«

Das hat gesessen, dachte Stella, als sie sah, wie Undine entsetzt zurückfuhr und buchstäblich keuchte: »Was willst du damit sagen, Tante Cäcilie? Woher weißt du von dem Totenschädel?«

»Aber warum fragst du, mein Kind? Du hast ihn doch auch gesehen, oder nicht?«

»Woher weißt du das?« Undine kreischte es fast.

Vielleicht, weil du gerade *sie* gefragt hast, woher sie von dem Schädel weiß?, dachte Stella – dann erinnerte sie sich, dass sie hier gerade einer großen Inszenierung beiwohnte. Beinahe hätte sie gelacht, als ihr bewusst wurde, wie sehr auch sie sich in den Bann der vermeintlichen Séance hatte ziehen lassen.

»Ich kenne das Gemälde, mein Kind ... ich war bei dir, als du es gemalt hast. Du hast mich im Tode gemalt, Undine ... du hast meinem Tod ein Gesicht gegeben ...« Maria schwieg und fuhr dann mit immer leiser werdender Stimme fort: »Ich muss jetzt gehen, mein Kind ... ich kann nicht länger bleiben ... leb wohl ...«

Maria sackte plötzlich vornüber, richtete sich dann langsam auf und rieb sich die Schläfen. Sie redete wieder normal, als sie fragte: »Hast du mit ihr sprechen können, Undine? War sie hier?«

»Ja, sie hat mit mir geredet.« Undine nickte langsam und musterte Maria forschend. »Du hast nichts davon mitbekommen?«

»Nein.« Maria zuckte mit den Schultern. »Ich bin nur das Medium, das Gefäß, das sie benutzt hat. Ich bin dann in einer Art Trance, verstehst du? Währenddessen war meine Wahrnehmung komplett abgeschaltet. Was hat sie gesagt? Geht es ihr gut?«

Stella konnte kaum glauben, wie überzeugend ihre Großmutter klang. Und sie war sehr gespannt, wie Undine nun reagieren würde.

Urplötzlich, wie angeknipst, lächelte Undine strahlend.

»Maria, ich bin so froh! Sie hat gesagt, es geht ihr gut und dass sie jetzt sehr glücklich ist. Ich bin so erleichtert!«

»Wirklich? Das ist schön.« Maria zuckte nicht mit der Wimper, als sie fortfuhr: »Und äußerst selten, weißt du? Die meisten Toten sind anfangs noch sehr verwirrt. Besonders dann, wenn sie sehr plötzlich verstorben sind. Sie wollen oft wissen, warum sie tot sind. Wie wunderbar, dass es bei Cäcilie anders ist. Das ist auch für mich als ihre Freundin eine große Freude. Fahr jetzt nach Hause und genieße dieses große Glück, dass Cäcilie so rasch ihren Frieden gefunden hat. Ich bin etwas erschöpft, ich muss mich ausruhen.«

Undine sprang sofort auf, hüpfte wie ein Kind zu Maria und umarmte sie ungestüm. »Danke, danke, tausend Dank! Bleib sitzen, ich kenne ja den Weg.«

Sie ergriff ihre Tasche und flatterte wie ein Schmetterling aus dem Raum.

Als sie die Eingangstür ins Schloss fallen hörte, erhob Maria sich und huschte hinaus.

»Du kannst rauskommen«, rief sie, »Undine ist gerade ins Auto gestiegen und losgefahren. Die Luft ist rein.«

Stella verließ ihr Versteck und sagte: »Ja, aber erst, wenn du mal ordentlich durchlüftest, um den Gestank der Hinterhältigkeit zu vertreiben. Sie hat dir ins Gesicht gelogen, ohne rot zu werden. Glaubst du mir jetzt, dass sie eine Meisterin der Verstellung ist?«

Ihre Großmutter kam wieder herein, stellte die noch immer plärrende CD aus und öffnete eine Tür, die in den Garten führte. »Ah, frische Luft. Tja, unsere liebe Undine ... wer hätte das gedacht. Ich bin gerade ein wenig perplex, muss ich gestehen. Lass uns rübergehen, ich brauche dringend eine andere Umgebung.«

Kapitel 26

Otto hatte sie bereits erwartet und eine Kanne Tee zubereitet. »Eine schöne heiße Tasse Tee ist jetzt genau das, was *Madame Pythia* braucht«, sagte Maria und ließ sich mit einem Stöhnen in den Korbsessel plumpsen. Sie zog den Turban vom Kopf und fuhr sich mit beiden Händen durchs Haar. Dann sprang sie wieder auf. »Ich muss raus aus dem Kaftan. Ich bin gleich wieder da.«

»Wie war es denn?«, fragte Otto und schenkte Tee ein. »Hat der Paravent funktioniert?«

»Großartig.« Stella nickte. »Vielen Dank, dass du uns so kurzfristig geholfen hast. Sagen wir so: Durch deinen Zauberspiegel habe ich gerade in Abgründe geblickt.«

Sie berichtete ihm in kurzen Worten, was sich auf der Séance abgespielt hatte.

»Maria war also erstklassig«, sagte er dann zufrieden. »Sie hat es immer noch drauf.«

»Wie du weißt, Otto, habe ich noch so einiges drauf«, kommentierte Maria, die in diesem Moment die Terrasse betrat. Sie hatte den Kaftan gegen Jeans und Pulli getauscht. »Aber über welches meiner zahlreichen Talente sprechen wir im Speziellen?«

»Über dein unbestreitbares Talent als Medium«, sagte Stella, »selbst ich habe mich zwischendurch davon einfangen lassen, obwohl ich genau wusste, dass du alles nur spielst.«

»Und dessen bist du ganz sicher?«, fragte Maria und nippte an ihrem Tee.

»Hör bloß auf. Das war ganz schön gruselig. Aber lange nicht so gruselig wie Undine selbst. Beziehungsweise ihre Reaktion, nachdem du ihr gesagt hast, du hättest von alldem nichts mitbekommen.«

»Guter Trick, hm?« Maria grinste spitzbübisch.

»*Sensationeller Trick*«, sagte Stella. »So hast du immerhin selbst sehen können, was ich bei Bens und meinem Besuch bei ihr erlebt habe. Sie wechselt die Persönlichkeiten im Minutentakt, wenn es sein muss.«

»Aber sie hat tatsächlich geglaubt, dat sie mit ihrer verstorbenen Tante spricht?«, fragte Otto.

Maria sah Stella fragend an. »Was sagt die Expertin?«

»Absolut«, erwiderte Stella. »In ihrem Gesicht war keinerlei Zweifel. Hat Cäcilie sie immer ›mein Kind‹ genannt?« Als Maria nickte, fuhr Stella fort: »Bestimmt war sie auch deshalb gleich überzeugt. Ihr Gesicht war zuerst voller Zuneigung, aber als Cäcilie dann sagte, sie sei verwirrt, und wissen wollte, warum sie sterben musste, war Undine ehrlich erschrocken. Und dann war da so etwas wie … ich weiß nicht … schlechtes Gewissen, vielleicht. Und was hat sie bloß immer mit diesem Erlösungskram? Davon hat sie bei dem Interview auch gesprochen. Nein, das stimmt nicht ganz. Sie erwähnte es, nachdem ich sie auf das Gemälde angesprochen hatte: Ihre Tante sei erlöst.«

»Jetzt fällt mir ein: Mir gegenüber hat sie darüber geredet, als wir beim Anwalt in diesem Wartezimmer gesessen haben. Das hatte ich ganz vergessen«, sagte Maria langsam. »Lasst mich nachdenken … ja, genau: Manchmal müsse man auch von bösen Menschen erlöst werden oder von bösen Gedanken. Weil das den Menschen Angst machen würde oder so ähnlich. Ich habe es nicht so recht verstanden.«

»Glaubt sie an so etwas wie ein Leben nach dem Tod?«, fragte Stella. »Oder an Wiedergeburt? Ich meine, sie muss ja glauben, dass ihre Tante *irgendwo* ist, sonst hätte sie dich nicht um die Séance gebeten. Deshalb wollte sie auch wissen, ob es dort schön ist. Was stellt sie sich vor? Engel, die auf Wolken sitzen und Harfe spielen? Oder ein Märchenwunderland mit Einhörnern?«

»Aber wünscht sich nicht jeder, dat der geliebte Verstorbene an einem schönen, friedlichen Ort ist?«, warf Otto ein. »Dat Wunderland mit den Einhörnern fänd ich übrigens töfte.«

Maria lachte herzlich. »Du landest mal auf dem himmlischen Tingeltangel, Otto! Mit einer Boxbude, wo die Leute mit weichen, daunengefüllten Handschuhen gegeneinander antreten. Und hübsche Engelchen mit schneeweißen Flügeln sind deine Girls, die nach jeder Runde die Nummerntafeln zeigen. Und gegenüber sitze ich in meinem Wahrsagezelt und bin fürchterlich eifersüchtig.«

»Du, meine Göttin, wirst bis in alle Ewigkeit keinen Grund haben, eifersüchtig zu sein. Kein noch so hübsches Engelchen kann dir das Wasser reichen.«

»Soll ich euch vielleicht allein lassen?«, fragte Stella.

»Unsinn.« Maria schüttelte lachend den Kopf, dass ihre weißen Löckchen tanzten. Dann wurde sie ernst. »Warum hat Undine mich nach der Séance belogen, was meinst du?«

»Weil du mit irgendetwas einem für sie unangenehmen Punkt nahe gekommen bist. Bei der Sache mit dem Gemälde war sie sehr erschrocken. Oder du hast an eine Lüge gerührt. Sie fühlte sich ertappt, da bin ich sicher. Oder war es ein Lügengebäude, das sie für sich selbst errichtet hat, und die Séance hat es zum Einsturz gebracht – was sie wiederum mit

Macht zu verdrängen versucht? Vielleicht hat sie nach der Séance ja gar nicht dich belogen, Maria, sondern sich selbst.«

»Himmel hilf.« Maria verdrehte sie Augen. »Wie kompliziert soll das denn noch werden?«

»Sag mal, weißt du zufällig, wo die ihren Familienschmuck aufbewahren? Liegt der in einem Bankschließfach?«

Maria schüttelte den Kopf. »Das weiß ich, denn Cäcilie hat mir mal den Tresor gezeigt. Er steht in dem alten Büro in der Villa. So ein riesiges, tonnenschweres Ding, wie man es nur noch in alten Western sieht. Cäcilie hat ihn aus sentimentalen Gründen für den Schmuck behalten. Andere wertvolle Dinge sind allerdings in Schließfächern bei ihrer Bank.«

»Also käme Undine relativ problemlos an den Ring. Ich wette, sie ist auf direktem Weg in die Villa gefahren, um ihn zu holen. Und man darf sehr gespannt sein, wie Fridolin darauf reagieren wird.«

Stella beglückwünschte sich innerlich. Die Stinkbombe war gelegt.

Was sie nicht bedacht hatte: Das Kasperletheater in der Villa fand ohne sie statt. Wie sollte sie herausfinden, was sich dort abspielte?

In der Villa der von Breidenbachs waren die Geschwister im alten Büro versammelt. Undine hatte sie telefonisch dorthin gebeten und keinen Zweifel daran gelassen, dass die Sache keinen Aufschub duldete.

Es ginge um einen Teil des Erbes, hatte sie gesagt, und das müsse umgehend geklärt werden.

Widerspruch hatte sie rigoros abgeblockt, sodass Serena und Fridolin schließlich klein beigegeben hatten. Je eher sie die Sache hinter sich brachten, desto schneller kehrte wieder

Ruhe ein, darüber waren sie sich einig. Also waren sie gemeinsam von der Firmenzentrale zur Familienvilla gefahren.

»Was willst du?«, blaffte Serena ohne weitere Vorrede, als sie im Büro aufeinandertrafen.

»Ich will etwas aus dem Tresor nehmen und wollte das nicht machen, ohne euch zu informieren«, sagte Undine. »Tante Cäcilie will es so.«

Serena wechselte einen Blick mit Fridolin. »Ich kann mich nicht erinnern, dass dergleichen im Testament gestanden hätte«, entgegnete Fridolin dann.

»Ich will Tante Cäcilies Verlobungsring. Aber er ist mir bestimmt zu klein. Ich muss ihn zu einem Juwelier bringen, der ihn größer macht.«

Fridolin schnappte nach Luft. »Ich bin strikt dagegen. Hier wird gar nichts aus dem Tresor genommen. Und wieso kommst du erst jetzt damit an? Wenn es Absprachen zwischen Tante Cäcilie und dir gibt, wäre doch wohl spätestens die Testamentsverlesung der passende Zeitpunkt gewesen, uns darüber zu informieren, oder?«

»Ganz einfach«, erwiderte Undine, »Tante Cäcilie hat es mir erst vorhin gesagt.«

Serena und Fridolin starrten sie entgeistert an.

Serena fasste sich als Erste. »Sag mal, spinnst du jetzt völlig? Was meinst du damit, sie hat es dir *vorhin* gesagt? Hattest du eine Halluzination oder was? Hörst du neuerdings Stimmen? Du solltest mal zum Arzt gehen und deinen Kopf untersuchen lassen.« Nach einem entnervten Schnauben fügte sie hinzu: »Und für diesen Schwachsinn sind wir Hals über Kopf angerannt gekommen? Im Gegensatz zu dir verbringen Fridolin und ich unsere Zeit nicht mit süßem Nichtstun – oder wie auch immer du deinen Tag zu verplempern beliebst. Du hast uns von der *Arbeit* geholt. Herrgott, ich könnte dich erwürgen!«

»Was meinst du damit, dass Tante Cäcilie es dir erst vorhin gesagt hat?«, fragte Fridolin ruhig.

Undine verschränkte die Arme vor der Brust. »Ich habe mit ihr gesprochen. Richtig *gesprochen.* Durch ein Medium. Und Tante Cäcilie hat gesagt, ich soll ihren Verlobungsring tragen. Sie möchte das so.«

»Durch ein *Medium*? Sag mal, stehst du unter Drogen? Hast du irgendeins von deinen Kräutern geraucht? Weißt du nicht, dass das allesamt Betrüger sind?«, kreischte Serena. Sie sah aus, als würde sie jeden Moment explodieren.

»Du gehst doch auch zu einem Astrologen! Wieso ist es bei dir in Ordnung und bei mir nicht?«

»Das wirst du doch wohl nicht vergleichen wollen!«, schrie Serena. »Ein renommierter, international anerkannter Astrologe und ein obskures Medium, das behauptet, Kontakt zu Toten herstellen zu können – das ist ein himmelweiter Unterschied!«

»Aber sie wusste Sachen, die sie nicht wissen *konnte*«, erwiderte Undine. »Zum Beispiel wusste sie, dass ich ein Bild gemalt habe.«

»Jeder weiß, dass du Bilder malst. Und darauf bist du hereingefallen?«, schnappte Serena.

Undine schüttelte den Kopf. »Nicht dieses Bild. Das kennt keiner. Nur …« Sie stockte und sah aus, als wäre ihr etwas eingefallen, aber dann murmelte sie wie zu sich selbst: »Nein, das ist unmöglich …« Mit fester Stimme fuhr sie fort: »Tante Cäcilie sagt, sie war bei mir, als ich es gemalt habe. Sie hat durch das Medium zu mir gesprochen. Mit ihrer echten Stimme. Es war Tante Cäcilies Stimme!«

»Tante Cäcilies Stimme? Wie kann ...« Serena brach ab. Sie blickte sinnend vor sich hin und erstarrte plötzlich. »Moment mal ... du warst doch nicht etwa bei dieser Frau Schmidt? Aber natürlich warst du bei ihr! Wie hat sie dich dazu gebracht?«

»Hat sie nicht. Ich habe sie darum gebeten. Sie wollte zuerst nicht. Ich musste sie richtig überreden!«

»Ich habe doch gewusst, diese Frau wird Unruhe stiften! Undine, hör mir zu: Sie war mit Tante Cäcilie befreundet, sie weiß, wie sie geklungen hat. Und das hat sie heute gegen dich benutzt.« Erregt ging Serena ein paar Schritte auf und ab, dann blieb sie vor Undine stehen. »Ich habe die feine Dame übrigens gestern bei Holger van Aalen getroffen, als ich seinen Vortrag besucht habe. Sie hat mir gleich unter die Nase gerieben, dass ihr euch gut kennt. Und sie hatte ihre unverschämte Enkelin dabei. Diese Stella ... Albers oder so. Ich habe mir den Namen dieser impertinenten Person nicht gemerkt.«

»Wie heißt Marias Enkelin?«, fragte Undine. Sie wirkte alarmiert.

»Stella Albers oder Albrecht oder so ähnlich. Ich sage euch: So ein freches Weibsbild ist mir noch nicht untergekommen. Sie hat mir unverhohlen gedroht, ich soll gefälligst höflicher zu ihrer Großmutter sein. Ich bitte euch: *Ich* soll einer Betrügerin gegenüber höflicher sein, die schamlos die Gutgläubigkeit meiner trauernden Schwester ausnutzt? Warum sollte ich? Ganz im Gegenteil, ich werde jetzt noch ganz andere Saiten aufziehen. Fridolin, wir werden Otmar bitten, dieses Weib für erbunwürdig zu erklären.«

»Das ist nicht so einfach«, sagte Fridolin. »Für Erbunwürdigkeit müssen bestimmte Kriterien erfüllt sein. Da reicht bei Weitem nicht aus, dass du sie unsympathisch findest.«

»Ist mir egal. Ich schleife sie durch alle Instanzen, wenn es sein muss. Ich habe viel mehr Geld als sie; mir ist egal, was das kostet. Wenn ich sie einschüchtern muss, werde ich auch das tun. Ich kenne Leute, die für Geld absolut alles machen und keine Fragen stellen.«

»Serena«, zischte Fridolin warnend.

»Du wirst mich nicht aufhalten, Frido. Ich werde sie so weit kriegen, dass sie freiwillig verzichtet. Tut mir leid für dich, Undine, und das meine ich vollkommen ernst. Du hast es nicht verdient …« Sie brach ab, sah sich um und fragte Fridolin: »Wo ist Undine?«

Sie hatten so hitzig gestritten, dass Undine den Raum unbemerkt hatte verlassen können.

Serena rannte hinaus und rief: »Undine? Undine!«

Keine Antwort. Serena kehrte zurück ins Büro, wo Fridolin am Fenster stand und hinausblickte. »Unsere liebe Schwester ist gerade mit durchdrehenden Reifen losgefahren.«

Serena ließ sich in einen Ledersessel fallen und rieb sich die Schläfen. »Fridolin, was war das gerade? Mir gefällt die ganze Sache nicht. Wird Undine verrückt? Ich meine: so richtig *verrückt*? Ich bin ihre Kapriolen so unendlich leid. Seit sie damals im Sanatorium war … Was haben sie dort bloß mit ihr angestellt?«

Fridolin setzte sich in den Sessel ihr gegenüber. »Das ist mehr als vierzig Jahre her, Serena. Wir sollten uns lieber um unser aktuelles Problem kümmern. Ich frage mich: Warum hat diese Frau Undine ausgerechnet auf diesen Ring angesetzt? Was hat sie davon, Unruhe zu stiften?«

»Ich verstehe nicht, was du meinst. Was ist so besonders an diesem blöden Ding?«

»Er … im Tresor liegt nicht der echte Ring.«

»Sondern?«

»Eine Kopie. Ich kann unmöglich zulassen, dass sie damit zu einem Juwelier geht; der merkt sofort, dass es sich höchstens um etwas besseren Modeschmuck handelt.«

Serena schloss die Augen und stöhnte. »Eigentlich will ich die Antwort gar nicht wissen, aber – was ist mit dem anderen Schmuck?«

»Auch Kopien. Jedenfalls zum größten Teil. Aber ich werde den echten Schmuck wieder auslösen, das musst du mir glauben. Allerdings … den Ring habe ich verschenkt. An jemanden, der sonst nicht … äh … nett zu mir gewesen wäre. Du verstehst.«

Serena fuhr hoch. »Willst du damit sagen, dass jetzt eine *Prostituierte* mit dem antiken Verlobungsring einer von Breidenbach herumläuft? Bist du von allen guten Geistern verlassen?«

»Herrgott, ich dachte, nach dem Ding kräht sowieso kein Hahn mehr. Wer sollte den denn tragen?«

»Darum geht es doch gar nicht!«, schrie Serena, die aufgesprungen war und mit langen Schritten durch den Raum lief. »Es gehört sich einfach nicht! Ich habe wenigstens meine eigenen Sachen versetzt, aber du … du vergreifst dich am Familieneigentum! Das ist unverzeihlich.«

»Ich verspreche, ich werde alles zurückholen. Niemand wird je davon erfahren.«

Serena ging zu ihm und beugte sich zu ihm hinunter, bis sich beinahe ihre Nasenspitzen berührten. »*Ich* habe davon erfahren, Fridolin, das reicht für den Moment. Und ich bin sicher: Irgendwie hat diese Frau Schmidt ebenfalls davon erfahren. Du hast recht: Warum hätte sie Undine sonst auf den Ring ansetzen sollen?«

»Serena, beruhige dich. Ich kümmere mich um alles. Sobald ich ans Geld komme, löse ich den Schmuck aus. Jetzt kann ich es ja endlich tun.«

»Ziemlich praktisch für dich, dass Tante Cäcilie so plötzlich gestorben ist, oder? Das kam wie gerufen.«

Fridolin stieß Serena so heftig weg, dass sie zurücktaumelte, bis die Wand sie aufhielt. »Was willst du damit andeuten?«, brüllte er. »Kommt es dir etwa nicht gelegen? Wie viel Geld schuldest du den Jungs auf dem Kiez? Genug, um Tante Cäcilie umzubringen?«

Serena stürzte sich auf ihn und begann, auf ihn einzuschlagen, kreischend wie eine Furie. Irgendwann schaffte er es, ihre Hände festzuhalten.

»Beruhige dich, verdammt. Wir müssen die Ruhe bewahren, Serena. Wir müssen herausfinden, was diese Wahrsagerin weiß. Und woher sie es weiß. Ich will wissen, warum sie so einen Wirbel veranstaltet.«

»Das will ich auch.« Serena stellte sich vor einen Spiegel und versuchte, ihr zerzaustes Haar zu ordnen. »Wusste Otmar davon?«

»Wovon?«

»Von deinem kleinen Juwelen-Geheimnis.«

»Nein, natürlich nicht.«

»Lüg mich nicht an, Fridolin.«

Fridolin hatte nicht die Kraft, sich gegen Serena zu behaupten. Nicht nach diesem alarmierenden Vorfall. »Also gut. Er wusste es. Aber er hat mich ständig damit genervt, dass ich den echten Schmuck wieder ranschaffen soll. Also mach ihm nicht die Hölle heiß. Er musste mir schwören, mich nicht an dich zu verraten.«

Darüber, ob sie Otmar dafür büßen lassen würde, musste Serena erst noch nachdenken.

Aber vorher gab es andere Dinge zu klären.

Kapitel 27

Diese ganze Geschichte ist ein einziges Durcheinander, dachte Stella.

Sie hatte sich von ihrer Großmutter und Otto verabschiedet und saß nun hinter der Orangerie in der Sonne. Diesen Teil des Gartens hatte sie Felicitas abgerungen, die am liebsten das gesamte Grundstück um die Villa herum in einen pflegeleichten Park verwandelt hätte. Nur noch Rasenmähen und ab und zu die Büsche und Bäume beschneiden lassen – das wäre ihr am liebsten gewesen.

Da Stellas Bereich versteckt hinter der Orangerie lag, hatte Felicitas sich schließlich erweichen lassen. So war dort eine kleine Idylle entstanden, auch dank der tatkräftigen Hilfe von Otto und Ben. Es gab kleine gepflasterte Flächen mit Sitzgelegenheiten, mal beschattet durch einen Essigbaum, mal umgeben von einer Pergola, an der sich Kletterrosen entlangrankten. Auch einen schönen Naturteich hatten sie angelegt, der nach und nach zu einem Zuhause für Frösche und Libellen geworden war. Felicitas beschwerte sich über das Quaken, aber das war zu erwarten gewesen. Denn: Über was würde Felicitas sich nicht beschweren?

Träge beobachtete Stella eine Amsel, die über den Rasen hüpfte und nach Beute Ausschau hielt. Ab und zu pickte der Vogel in den Boden, und schließlich zog er einen Regenwurm ans Tageslicht. Aber das reichte ihm nicht: Er suchte und pickte weiter, bis er drei Würmer im Schnabel hatte; erst dann flog er davon.

Ganz schön gierig, dachte Stella amüsiert. Sie schloss die Augen und lehnte sich zurück, bis sie merkte, dass sie einzuschlafen drohte. Aber das wollte sie nicht, denn sie hatte sich vorgenommen, bis zum nächsten Gespräch mit Ben oder Arno – oder beiden – alles zusammenzutragen und aufzuschreiben, was sie bisher herausgefunden hatten.

Ihr fiel ein, dass sie Arno noch wegen des Tresors hatte Bescheid sagen wollen, also ging sie ins Büro und wählte seine Nummer.

»Tillikowski.«

»Arno, hier ist Stella. Ich rufe wegen des Tresors an. Meine Oma sagt, der mit dem Familienschmuck steht in der Villa.«

»Hm. Viel nutzt uns das aber nicht. Ich bekäme ja niemals einen Durchsuchungsbeschluss, um ihn zu öffnen. Ich meine, wieso auch? Dieser Fridolin ist ein erwachsener Mann, und wenn es ihm in den Kopf kommt, echten Schmuck durch Plastikklunker aus dem Kaugummiautomaten zu ersetzen, ist das sein gutes Recht.«

»Es sei denn, seine Geschwister wussten nichts davon und schleifen ihn deswegen vor Gericht.«

»Eher unwahrscheinlich, oder? Ich finde einfach keine Stelle, an der ich das Brecheisen ansetzen könnte. Ich kann ja noch nicht einmal Cäcilie von Breidenbach exhumieren lassen, um die Leiche nach Spuren von Gift oder Gewalteinwirkung untersuchen zu lassen. Vielleicht müssen wir uns damit abfinden, dass wir niemals die Lösung herausfinden werden. Auch das gehört zu meinem Beruf.«

»Ja, das erwähnten Sie bereits. Wissen Sie, ich bin gerade dabei, alle Fakten aufzuschreiben, die wir bisher haben. Mich interessiert wirklich, welches Bild sich daraus ergibt.

Ich habe nämlich längst den Überblick verloren. Morgen ist Samstag. Haben Sie frei?«

»Bereitschaft. Ich bin dann auf Abruf.«

»Okay. Was halten Sie davon, wenn Sie und Ben morgen Vormittag zu mir in die Orangerie kommen und wir noch einmal alles besprechen?«

»Orangerie?«, fragte er verblüfft.

Stella lachte. »Sie werden ja sehen. Ich sage Ben Bescheid, und dann sehen wir uns morgen. Bis dann.«

Sie erreichte Ben, als er auf dem Weg zur Redaktionskonferenz war, deshalb redeten sie nur kurz. Er versprach, Arno abzuholen.

»Was sollen wir mitbringen?«

»Ein große Tüte Brötchen frisch vom Bäcker wäre klasse.«

»Und für dich mindestens ein Croissant, richtig?«

»Richtig. Bis morgen.«

Auch wenn wir nicht weiterkommen, wird es wenigstens ein netter Start ins Wochenende, dachte Stella.

Sie nahm Block und Stift mit nach draußen, setzte sich wieder und dachte nach. Was hatten sie? Eine tote Erbtante und drei Erben, von denen zwei – soweit sie wussten – sehr dringend Geld benötigten.

Opfer: Cäcilie von Breidenbach, schrieb sie, *angeblich nach kurzer, schwerer Krankheit verstorben*. Dagegen stand die Information ihrer Großmutter, dass Cäcilie wohl kerngesund gewesen sei. »*Gab es eine ordnungsgemäße Leichenschau, oder hat der Arzt aus falsch verstandener Pietät vorschnell ein Herzversagen attestiert? (Frage an Ben: Kommt man irgendwie an den Totenschein ran?)*, schrieb sie weiter.

So weit, so gut.

Gründe für Misstrauen/Verdacht: Serenas Besuch bei mir unter falschem Namen und ihr starkes Interesse am Zeitpunkt der Mars-Pluto-Konjunktion. Warum? Serena glaubte fest daran, dass das Leben ihrer Tante dann besonders gefährdet sei.

Dann wisse sie genau, wann sie besonders auf ihr Tantchen aufpassen müsse, hatte sie gesagt. *Warum ist sie damit nicht zu Holger van Aalen gegangen? Wollte sie verhindern, dass er wegen des plötzlichen Todes misstrauisch würde?*

Dieser Besuch allein hatte schon Stellas Misstrauen geweckt – und da hatte sie noch nichts über die möglichen Motive der Geschwister gewusst …

Mordmotive: enorme Schulden von Serena und Fridolin, notierte sie weiter. *Wurden sie bereits von Kiez-Kredithaien bedroht? Mussten sie handeln, um sich selbst zu schützen? Oder war es nur einer von ihnen, und der andere weiß nichts davon? Wollte Serena ihre Tante beschützen, weil sie befürchtete, Fridolin wollte Cäcilie umbringen? Oder gab es eine Komplizenschaft, ein Komplott? Halten die beiden gegenüber Undine zusammen?*

Undine …, dachte Stella, wirklich seltsam, diese Frau.

Sie kaufte ihr das uneingeschränkt harmlose und liebenswerte Elfenmädchen nicht ab. Im Gegenteil: Stella hielt sie für durchaus berechnend. Diese merkwürdige Geschichte mit dem Totenschädel auf dem Bild … und ihr Entsetzen bei der Séance, dass die angebliche Cäcilie von dem Bild wusste. Was hatte sie daran so erschreckt?

Hat Undine ein Motiv?, schrieb sie. *Wenn ja – welches? Wichtig: Weiß sie vom falschen Schmuck im Tresor? Falls nicht: Was wird passieren, wenn sie Fridolin damit konfrontiert? Weiß sie von der verzweifelten Situation ihrer Geschwister?*

Was hat es mit der Erlösung auf sich, von der sie immer wieder spricht? Wie sind ihre Gefühle ihren Geschwistern gegenüber? Sehr wichtig: Wusste sie von der Mars-Pluto-Konjunktion?

Plötzlich stockte Stella der Atem: Was es vielleicht gar nicht Serena gewesen, die wegen des Horoskops bei ihr gewesen war? Hatte es sich bei der Frau um Undine in doppelter Verkleidung gehandelt: als Serena, die Daniela Behrens gespielt hatte?

Der Gedanke elektrisierte Stella, aber nach einigem Nachdenken verwarf sie ihn wieder: Undine hätte sie bei dem Interview-Termin erkennen müssen ... Oder hatte sich Undine, die Meisterin der Verstellung, nur gut im Griff gehabt?

»Die Frau macht mich verrückt«, murmelte Stella. »Ich kriege sie einfach nicht zu fassen.«

Sie stand auf und wanderte durch den Garten – ein erneuter Versuch, ihre Gedanken zu sortieren. Vielleicht hatte sie sich ja doch in etwas verrannt? Aber die Kernfrage war und blieb: Warum hatte Serena – Stella war zu der Überzeugung gekommen, dass es tatsächlich Serena gewesen war – das Horoskop bei ihr und nicht bei van Aalen bestellt? Wozu dieser Umweg, diese Heimlichtuerei? Es musste einen Grund dafür geben, und der war, dass van Aalen nichts davon wissen sollte.

Sie ging weiter und zupfte trockene Blüten ab, dann stellte sie sich an den Teich und beobachtete zwei Libellen, die knapp über der Wasseroberfläche umherschwirrten. Ein Geräusch erregte kurz ihre Aufmerksamkeit – war das ein Automotor? Bestimmt Otto, der nach Hause fuhr.

Beim Gedanken an den alten Charmeur musste sie unwillkürlich lächeln. Es wärmte ihr Herz, wenn sie sah, wie liebevoll er und ihre Großmutter miteinander umgingen, mit so viel Respekt und Zuneigung. Aber … Warum kam ihr ausgerechnet jetzt der Kommissar in den Sinn? Er war tatsächlich nicht unattraktiv mit seinen etwas zu langen blonden Haaren, dem Bart und der hünenhaften Statur. Aber diese Sonnenbrille … Stella schüttelte den Kopf. Die ging gar nicht. Und er konnte mit Astrologie absolut nichts anfangen. Auch wenn er sich mittlerweile Mühe gab, dies nicht allzu deutlich zu zeigen – sie spürte es ganz deutlich. Er hielt ihren Beruf für albern und unseriös. Sie mochte sich nicht ausmalen, wie er auf ihre geliebte Großmutter reagieren würde. Nicht auszudenken. Eigentlich sehr schade, denn ansonsten war er bestimmt ein netter Kerl. Dennoch: Sein Beruf und ihrer könnten unterschiedlicher nicht sein. Wie sollte so eine Konstellation im Privaten funktionieren können?

Sie erinnerte sich noch deutlich an ihr erstes Zusammentreffen. Sie hatte ihm gut gefallen, sehr gut sogar, das hatte sie gesehen. Das untrügliche Zeichen dafür war, dass seine Pupillen sich bei ihrem Anblick deutlich geweitet hatten. Allerdings war dieser Moment nur von kurzer Dauer gewesen. Als sie von der Astrologie angefangen hatte, waren in seinem Gesicht Veränderungen vorgegangen, die sie nur mit sehr großer Anstrengung *nicht* hatte persönlich nehmen können. Nun ja, sie kannte mittlerweile die Geschichte, die dahintersteckte, aber das änderte nichts daran, dass er seine feste, leider negative Meinung zu ihrem Beruf hatte.

Ein leises Klingeln drang an ihr Ohr – ihr Telefon im Büro. Sie flitzte los in der Erwartung, dass vielleicht Ben oder Arno sich wegen ihrer späteren Verabredung meldeten.

»Ja?«, rief sie atemlos in den Hörer.

Zuerst hörte sie nichts außer einer Art Röcheln, dann eine leise, zitternde Stimme. »Stella? Ich … Hier ist deine Großmutter.«

Stella erschrak zutiefst. »Oma? Was ist los?«

»Ich brauche Hilfe … Mir ist so schlecht, mein Kind … Du musst mir helfen …«

»Wo bist du?«, schrie Stella entsetzt.

»In meinem Büro … Bitte, mein Kind, hilf mir …« Es wurde aufgelegt.

Stella ließ das Telefon fallen und rannte los. Raus aus ihrem Büro, den Weg an der Orangerie entlang und bei ihrer Großmutter wieder hinein.

Die Tür stand weit offen.

Stella rief Marias Namen, bekam aber keine Antwort. Dann sah sie ihre Großmutter, halb verdeckt vom Paravent, am Boden liegen.

»Oma …« Stella fiel neben ihr auf die Knie.

Sie verstand nicht, was sie sah. Marias Hände waren mit einem Tuch gefesselt, sie war geknebelt, ihre Augen waren geschlossen.

Wie hatte sie so telefonieren können?

Maria öffnete die Augen, die voller Panik waren.

In diesem Moment wurde Stella bewusst, dass ihre Großmutter sie hatte warnen wollen, denn ›mein Kind‹ war sie von ihr noch nie genannt worden. Allerdings hatte Cäcilie ihre Nichte Undine stets so angesprochen, deshalb hatte Maria diese Formulierung während der Séance benutzt.

Plötzlich verstand Stella: Undine war hier!

Als sie hinter sich eine Bewegung wahrnahm, war es bereits zu spät. Sie erhielt einen harten Schlag gegen den Kopf – dann wurde alles dunkel.

Den Aufprall auf den Fußboden spürte sie nicht mehr.

Sichtlich zufrieden betrachtete Undine von Breidenbach ihr Werk: die beiden Frauen, die zu ihren Füßen lagen. Langsam stellte sie den Kerzenleuchter beiseite, mit dem sie Stella bewusstlos geschlagen hatte.

»Sie hat hier hinter dem Paravent gesessen, während du mir vorgespielt hast, dass ich mit meiner Tante spreche, nicht wahr, Maria? Habt ihr euch über mich lustig gemacht, ja? Habt ihr über die dumme, leichtgläubige Undine gelacht?«

Maria schüttelte den Kopf.

»Was bist du doch für ein gemeines, altes Weib, Maria. Ich bin sehr wütend auf euch beide. Auf dich, weil du mich belogen hast, und auf deine Enkelin, weil sie dir von dem Gemälde erzählt und dir so geholfen hat, mich hinters Licht zu führen.« Sie legte nachdenklich den Finger ans Kinn und fügte dann hinzu: »Ich glaube beinahe, ich könnte euch hassen. Aber das ist ein Gefühl, das in meiner Welt keinen Platz hat.«

Sie sah sich um, fand ein Tuch und fesselte Stellas Hände.

Als Maria zu sprechen versuchte, zog Undine den Knebel heraus. »Ja bitte? Du hast mir etwas zu sagen?« Sie setzte sich im Schneidersitz neben Maria auf den Boden und fuhr fort: »Möchtest du dich bei mir für dein hinterhältiges Verhalten entschuldigen? Tut mir leid, aber dazu ist es zu spät.«

Maria räusperte sich. »Undine, mach keine Dummheiten. Was hast du mit uns vor?«

»Mit euch? Mit dir überhaupt nichts. Dich lasse ich einfach hier liegen. Aber Stella werde ich mitnehmen. Unter der Familienvilla gibt es wunderbare Katakomben mit geheimen Eingängen, die außer mir keiner kennt. Als Kind habe ich sie Meter für Meter erforscht; niemand wird uns dort finden. Ich möchte ein wenig mit Stella spielen, habe ich mir überlegt. So wie sie mit mir gespielt hat. Schleicht sich bei mir ein, mit diesem Journalisten, schnüffelt herum, stellt dumme Fragen über mein Gemälde ...« Sie lachte schrill. »Du meine Güte, ich weiß ja erst seit ein paar Stunden, dass sie deine Enkelin ist! Was glaubst du, wie überrascht ich war. Wenn Serena nicht von eurer gestrigen Begegnung erzählt hätte, würde ich noch immer im Dunkeln tappen.«

»Lass sie bitte in Ruhe, Undine. Nimm mich mit, aber tu Stella nichts. Bitte.«

»Tut mir leid, aber diesen Gefallen kann ich dir nicht tun. Ich will doch noch ein bisschen Spaß haben, aber ihr alten Mädchen haltet ja nichts aus.« Sie stand auf und blickte auf Maria hinunter. »Deine Enkelin Stella ist voller böser Gedanken. Wenn ich mit ihr fertig bin, wird sie sanfter als das sanfteste Lämmchen sein. Ich werde sie erlösen, Maria. Und sie ist nicht die Erste und wird nicht die Letzte sein, der ich diesen großen Liebesdienst erweise. Denn das ist es: ein Liebesdienst.«

Marias Augen weiteten sich im Schock. Dann flüsterte sie: »Du hast Cäc...«

Weiter kam sie nicht, denn Undine bückte sich und stopfte ihr den Knebel wieder in den Mund. »Wenn es dich beruhigt – sie ist nicht einmal wach geworden, als ich ihr das Kissen aufs Gesicht gedrückt habe. Ihr letzter Sinneseindruck war der Duft nach Lavendel. Den hat sie geliebt.«

Dann griff sie unter Stellas Achseln, zog sie hinter dem Paravent hervor und hievte sie aufs Sofa, wo sie die Bewusstlose in eine sitzende Position brachte. Nach kurzem Suchen fand sie in der Küchenecke einen Spüllappen, den sie dazu benutzte, um Stella zu knebeln.

Sie schob einen Arm unter Stellas Kniekehlen, den anderen unter den Rücken, hob sie problemlos vom Sofa und trug sie hinaus.

Mit Stella auf den Armen eilte sie zu ihrem Auto, das vor der Villa stand. Sie öffnete die hintere Klappe, warf Stella hinein wie ein Bündel Lumpen und schlug die Klappe wieder zu. Dann eilte sie zurück zur Orangerie, und zwar zu Stellas Bereich. Sie betrat das Büro und sah sich flüchtig um, als sie die offene Tür zum Garten entdeckte.

Sie ging hinaus. Was sie sah, gefiel ihr gut: keine abgezirkelten Beete oder in Reih und Glied gesetzte Rabatten, sondern naturbelassene Idylle. Sogar einen Teich mit Libellen und Fröschen gab es.

»Du dummes Ding, wir hätten Freundinnen werden können«, sagte sie halblaut.

Aber sie durfte nicht trödeln, sonst riskierte sie noch, erwischt zu werden, bevor sie Stellas Erlösung in die Tat umsetzen konnte. Immerhin war sie so klug gewesen, Maria zu sagen, dass ihr Ziel die Katakomben unter der Villa waren – die im Übrigen in Wirklichkeit natürlich nicht existierten. Schon allein deshalb brauchte sie Maria noch: Sie musste die Helfer in die Irre schicken.

Auf ihrem Weg zurück zum Auto fand sie Stellas Aufzeichnungen, die draußen vor der Orangerie auf dem Tisch lagen. Neugierig überflog sie die Notizen, dann riss sie die beschriebenen Blätter vom Block. Wunderbar – für Gesprächsstoff war also gesorgt.

Sie ging zum Volvo und setzte sich hinters Steuer. Hinten war alles ruhig, also war Stella offenbar noch immer bewusstlos. Sie war doch wohl nicht ernsthaft verletzt? Undine schüttelte den Kopf. Nein – wenn sie gewollt hätte, wäre der Schlag mit dem Kerzenständer deutlich härter ausgefallen.

Während sie eine kleine Melodie summte, startete sie den Motor, wendete den Wagen und fuhr die Auffahrt hinunter.

Kapitel 28

Als Stella wieder zu Bewusstsein kam, war ihr, als würde sie langsam aus tiefem Schlaf auftauchen.

Was allerdings überhaupt nicht dazu passte, war die Tatsache, dass sie sich nicht in ihrem Bett, sondern offenbar in einem Fahrzeug liegend befand – das ärgerlicherweise keine besonders gute Federung besaß. Die aktuell befahrene Straße – konnte man diese Piste überhaupt so nennen? – schien voller Unebenheiten und Schlaglöcher zu sein, denn Stella wurde unsanft hin und her geschleudert. Immer wieder prallte ihr Kopf, der übel schmerzte, auf den Boden. Als sie sich aufzurichten versuchte, musste sie feststellen, dass sie an Händen und Füßen gefesselt war. Nicht nur das: In ihrem Mund steckte ein Knebel.

Was war hier los?

Langsam drang das fröhliche Trällern in ihr Bewusstsein, das vom Fahrersitz kam. Es war eine Frau. Sie sang kein bestimmtes Lied, das Stella erkannt hätte, nur Lautmalerei wie: *Damdidam ... duh duh didada ... lalala didamdam ...* Unzweifelhaft hatte die Dame am Steuer beste Laune.

Genau – Undine.

Und offenbar befanden sie sich auf dem Zufahrtsweg zu Undines Hof.

Nach und nach erinnerte Stella sich. Zuerst der Hilferuf ihrer Großmutter – von Undine dazu gezwungen, um sie in Marias Räumlichkeiten zu locken. Ihr Entsetzen, als sie ihre Oma gefesselt und geknebelt vorgefunden hatte, und dann sofort der Schlag gegen ihren Kopf. Alles hatte sich in rasender Schnelle abgespielt. Kaum hatte sie die missliche Lage ihrer Oma registriert, war auch schon das Licht ausgegangen.

Undine hatte sie also … Ja, was eigentlich? Entführt? Verschleppt? Um was mit ihr anzustellen?

Mehr Sorgen als um sich selbst machte sie sich allerdings um ihre Großmutter, die hilflos in der Orangerie lag. Stella konnte nur hoffen, dass sie noch lebte, dass Undine ihr nicht noch mehr angetan hatte. In ohnmächtiger Wut musste Stella sich damit abfinden, dass sie nicht in der Lage war, jemanden über Marias Situation zu informieren.

Frühestens am nächsten Morgen bestand die Chance, dass Ben und Arno sie entdeckten, denn es war mehr als unwahrscheinlich, dass Felicitas etwas auffiel.

Würden Ben und Arno schnell merken, dass etwas nicht stimmte?

Stella dachte nach.

Falls Undine nicht noch in den anderen Bereich der Orangerie gegangen war, stand Stellas Tür weit offen, und ihre Notizen lagen auf dem Tisch auf der kleinen Terrasse davor. Das allein musste noch nichts heißen – sie konnte schließlich schon vor dem Eintreffen der beiden dort gesessen haben. Aber sie selbst würde logischerweise nicht dort sein. Vielleicht warteten Ben und Arno eine Zeit lang, dann würden sie sich auf die Suche machen … zum Beispiel klingeln, zuerst bei ihr, dann bei Maria.

Wie lange dauerte es wohl, bis sie nach ihr suchen und dabei Maria finden würden?

Das Auto wurde langsamer und hielt mit quietschenden Bremsen an. Weiterhin singend stieg Undine aus, und Stella hörte Schritte, die sich vom Auto entfernten. Nach kurzer

Zeit kehrte Undine zurück, öffnete die hintere Klappe des Wagens und spähte grinsend hinein.

»Was sehe ich denn da? Du bist ja wach! Herzlich willkommen in meinem Heim – wieder einmal. Im Gegensatz zum letzten Mal weiß ich allerdings mittlerweile, wer du *wirklich* bist.«

Sie packte Stella bei den Füßen und zog sie an den Rand der Ladefläche und in eine sitzende Position, dann beugte sie sich ein wenig vor und hievte sie sich über die Schulter. Mühelos richtete sie sich wieder auf und marschierte so leichtfüßig los, als würde sie nicht das komplette Gewicht eines Menschen tragen.

Wieso ist sie derart stark?, fragte Stella sich, die sich so hilflos wie nie zuvor in ihrem Leben fühlte. Mit gefesselten Händen und Füßen war sie außerstande, sich zu wehren. War es Adrenalin, das Undine diese Kräfte verlieh?

Dann fielen Stella die vielen Skulpturen in Undines Garten ein, große Kunstwerke aus Holz und Stahl. Natürlich: Undine war daran gewöhnt, sehr schwere Lasten zu bewegen und mit ihnen zu hantieren.

Von wegen ›filigranes Elfenwesen‹. Die Frau hatte Kräfte wie ein Waldarbeiter.

Ich als vergleichsweise leichte Frau bin für sie – vom Gewicht her – nichts anderes als ein Baumstamm oder ein großes Metallstück, dachte Stella.

Diese Erkenntnis machte es ihr nicht gerade leichter, denn sie würde – sollte die Chance sich ergeben – Undine kaum überwältigen und außer Gefecht setzen können.

Undine trug sie ins Haus und in einen Wohnraum, wo sie Stella auf ein Sofa setzte. Stellas Hände, die auf dem Rücken gefesselt waren, wurden allmählich taub.

»Ich entferne jetzt den Knebel«, sagte Undine. »Du kannst schreien, aber niemand wird dich hören. Du weißt ja, wie einsam mein Haus liegt. Aber ich warne dich: Ich bin lärmempfindlich. Wenn du mich nervst, gibt es wieder einen Knebel. Du hast die Wahl.«

Ja genau, zwischen Pest und Cholera, dachte Stella.

Undine zog einen Stuhl heran und setzte sich vor Stella. »Da sind wir nun. Wer hätte das noch vor zwei Tagen gedacht? Ich jedenfalls nicht.«

»Was hast du mit mir vor?«, fragte Stella.

Sie hoffte, ruhig und beherrscht zu klingen. Sie musste versuchen, Undine zu manipulieren und zum Aufgeben zu überreden – wohl wissend, eine Meisterin ihres Fachs vor sich zu haben.

Undine zuckte mit den Schultern. »Mal sehen. Ich werde improvisieren, denke ich. Ich könnte mir vorstellen, dich für ein Kunstwerk zu verwenden. Kennst du im Tarot die Karte *Der Gehängte*? So etwas in der Art.«

Stella stockte der Atem. Die besagte Karte zeigte eine Person, die mit dem Kopf nach unten an einem T-förmigen Kreuz befestigt war. Die Hände lagen auf dem Rücken, ein Bein angewinkelt und über das andere gelegt. Hatte Undine etwa vor, sie in dieser Position zu kreuzigen?

»Eine interessante Karte, findest du nicht auch?«, redete Undine weiter. »Manche sagen, sie steht für innere Erstarrung, für Blockaden. Ich denke, sie zeigt die Chance für innere Einkehr, und die hast du bitter nötig, Stella.«

»Wieso denkst du das?«, fragte Stella.

Sie musste dieses Gespräch in Gang halten, auf jede Verrücktheit Undines mit vermeintlichem Verständnis eingehen.

Undine lachte. »Fragst du mich das im Ernst? Du bist eine hinterhältige Betrügerin, aber es ist wichtig, dass du selbst zu dieser Erkenntnis gelangst. Ich helfe dir dabei, ich stelle deine Welt auf den Kopf. Ich schenke dir eine neue Perspektive. Du wirst Weisheit und neue Erkenntnisse finden, Stella. Wunderbare, göttliche Erlösung.«

»Ich bin keine Betrügerin«, erwiderte Stella.

Es war kein kluger Schachzug, Undine zu widersprechen, das wusste sie sehr wohl. Einer wahnhaften Person gab man am besten immer recht – zumindest so lange, bis man sie besser einschätzen konnte.

Undine beugte sich vor. »Hast du etwa nicht hinter dem Paravent gesessen und dabei zugesehen, wie deine liebe Oma eine Idiotin aus mir gemacht hat? Hast du Maria etwa nicht von meinem Gemälde erzählt, um der angeblichen Anwesenheit meiner Tante mehr Glaubwürdigkeit zu verleihen? Hast du mir etwa nicht verschwiegen, wer du wirklich bist, als du mit diesem Reporter in mein Haus gekommen bist, um mich auszuspionieren?«

»Ich wollte dich nicht …«, begann Stella, aber Undine schlug sie unvermittelt ins Gesicht.

»Lüg mich nicht an, Stella!«, schrie sie. »Nicht auch jetzt noch! Ich habe Beweise! Willst du sie sehen?«

Als Undine aufsprang und hinausrannte, blieb Stella verwirrt zurück. Welche Beweise glaubte sie zu haben?

Undine kam wieder in den Raum gestürzt; sie schwenkte triumphierend einige Blätter Papier, die sie Stella unter die Nase hielt.

»Ich habe deine Notizen über uns gefunden – du hast uns ausspioniert. Nicht nur mich, auch Fridolin und Serena. Du wolltest Unfrieden zwischen uns stiften, richtig?«

Stella schloss die Augen. Das war nicht gut, das war gar nicht gut, denn aus den Notizen erfuhr Undine einige Dinge, die sie vielleicht bisher nicht gewusst hatte. Die Sache mit dem Schmuck zum Beispiel. Oder die Möglichkeit, dass die geliebte Tante ermordet worden war – von den eigenen Geschwistern. Nicht auszudenken, wie sie darauf reagieren würde. Was, wenn sie komplett durchdrehte und sich an Serena und Fridolin rächen wollte?

»Ach, das?«, sagte Stella. »Das sind nur irgendwelche Theorien, nichts weiter als alberne Kritzeleien. Das darfst du nicht ernst nehmen.«

Undine musterte sie forschend. »Tatsächlich? Das willst du mir weismachen? Ich frage mich allerdings, wie man so einfach auf die Idee kommt, Theorien über den Tod meiner Tante anzustellen. Nur so? Aus Langeweile?«

Eine Frage, die Undine sich absolut zu Recht stellte, wie Stella zugeben musste.

»Meine Großmutter war so schockiert vom plötzlichen Tod deiner Tante«, erwiderte sie schließlich. »Cäcilie war doch kerngesund. Ihr hattet sogar noch diese lange Reise geplant, und Cäcilies Arzt hatte sie extra deswegen gründlich untersucht und dann zugestimmt. Ist doch kein Wunder, dass man sich Fragen stellt, oder?«

»Ach, und ›man‹ bist dann wohl du, nehme ich an. Die übereifrige, kleine Stella. Du hältst Serena für die Mörderin, wie ich sehe. Nun, das ist absolut lächerlich.«

Diesmal zog Stella es vor, Undine nicht zu widersprechen.

»Aber eines möchte ich wissen«, fuhr Undine fort, »was hat es mit dem Schmuck auf sich?«

»Frag deinen Bruder. Hast du dir den Verlobungsring deiner Tante geholt?«

Undine schüttelte den Kopf. »Fridolin wollte nicht, dass ich ihn aus dem Tresor nehme.«

»Ich weiß sicher, dass der echte Ring dort nicht mehr ist«, sagte Stella.

Undine fuhr hoch. »Woher? Von wem? Und warum?«

Sie rannte aus dem Raum. Nach einiger Zeit hörte Stella sie in einem Nebenraum, vermutlich der Küche, mit Geschirr klappern und halblaute Selbstgespräche führen.

Stella versuchte, sich zu entspannen, was allerdings bei der Verheißung, zu einem ›Kunstwerk‹ verarbeitet zu werden, nicht gerade einfach war. Zu allem Überfluss musste sie dringend zur Toilette.

Als Undine endlich wieder hereinkam, sagte Stella: »Ich muss mal aufs Klo.«

»Wenn das ein Trick sein soll – vergiss es.«

Stella zuckte mit den Schultern. »Lass es drauf ankommen, aber dann müsste ich dir leider auf dein schönes Sofa pinkeln.«

Ohne ein Wort verließ Undine den Raum erneut und kehrte mit einer großen und überaus scharf aussehenden Axt in der einen und einer Schere in der anderen Hand wieder zurück. Sie schob einen Hocker unter Stellas Beine und hob drohend die Axt.

»Ich kann damit sehr gut umgehen, also versuch gar nicht erst, mich anzugreifen. Wenn die Fesseln weg sind, bleibst du sitzen, bis ich dir sage, dass du aufstehen kannst. Ich warne dich. Ich habe keine Skrupel, dir den Schädel zu spalten. Dann muss deine Erlösung in diesem Leben halt ausfallen.«

Das waren klare Worte. Während Undine die Fesseln aufschnitt, rührte Stella keinen Muskel.

Dann trat Undine einen Schritt zurück, bedeutete ihr, aufzustehen, und dirigierte sie zum Bad.

»Und wie kriege ich die Hose runter?«, fragte Stella. »Machst du mir bitte die Hände los?«

»Ja, wahrscheinlich.« Undine schnaubte höhnisch. »Los, rein da.«

Vor der Toilette musste Stella stehen bleiben. Undine griff von hinten mit einer Hand um sie herum, öffnete die Jeans und zerrte Hose und Schlüpfer bis zu den Knöcheln herunter.

»Stehen bleiben.«

Stella hörte, wie Undine sich wegbewegte, dann sagte diese: »Los, setz dich aufs Klo.«

Als Stella sich umdrehte und auf der Toilette niederließ, sah sie Undine in der offenen Tür stehen. Es war ihr egal. Sollte sie doch zugucken, wie sie pinkelte.

Als sie fertig war, sagte Stella: »Ich würde mich gern abwischen.«

»Was denn noch? Ein Bidet vielleicht? Sei zufrieden mit dem, was ich dir erlaube. Bleib stehen und keinen Mucks. Denk an die Axt.« Sie zog die Hose wieder hoch, schloss aber nur den Reißverschluss, nicht den Knopf. »Komm jetzt.«

Sie ließ Stella an sich vorbei zurück ins Wohnzimmer gehen und fesselte ihr dort wieder die Füße.

»Undine, hör zu«, sagte Stella, »wollen wir nicht vernünftig reden? Lass mich laufen, noch ist es nicht zu spät. Ich bin sicher, auch Maria wird dir den Überfall verzeihen. Wir haben dich sehr verletzt, da ist es doch normal, dass man auch mal überreagiert, das nimmt dir niemand übel. Ich verspreche dir, dass wir dich nicht bei der Polizei anzeigen werden.«

»Bla, bla, bla. Ich glaube dir kein Wort.«

»Überleg doch mal: Was soll denn aus dieser Situation werden? Wenn Maria gefunden wird, schickt sie doch sofort die Polizei her, weil sie sich Sorgen um mich macht. Und dann? Die setzen vielleicht Waffen ein, um dich zur Aufgabe zu zwingen. Willst du das etwa riskieren?«

Undine grinste und zuckte mit den Schultern. »Niemand wird dich hier finden. Keine Chance. Ich habe Maria gesagt, ich bringe dich in die Katakomben unterhalb der Villa. Dort sind unzählige Räume und Gewölbe, die seit Jahrzehnten niemand mehr betreten hat. Als Kind habe ich die Gänge durchforscht und einen Wollfaden gespannt wie Ariadne, damit ich wieder hinausfinde. Damit haben die erst mal zu tun.«

Innerlich atmete Stella auf, denn ihre Großmutter lebte noch. Undine benutzte sie, um die Polizei in die Irre zu schicken.

»Wann warst du zuletzt dort?«, fragte sie.

»Ach, das ist schon sehr lange her.«

Bingo. Ein gewiefter Polizist würde sehr schnell merken, dass da unten niemand sein konnte: keine Fußspuren im Staub, überall intakte Spinnweben …

»Die müssen allerdings zuerst die Eingänge finden«, fuhr Undine versonnen fort, »es gibt etliche Geheimtüren im Haus; außerdem versteckte Zugänge, die überall im Park verstreut liegen. Ich habe als Kind eine Karte gefunden, auf der sämtliche Zugänge eingezeichnet waren. Ohne Karte – keine Chance.« Undine lachte fröhlich. »Ich sehe es buchstäblich schon vor mir, wie sie mit Suchhunden durchs Haus und durch den Park rennen, alles ist voller Leute … Serena wird ausflippen.« Plötzlich hielt sie inne und lauschte. »Da kommt ein Auto. Los, hoch mit dir.«

Erneut hievte sie Stella rasch und umstandslos über die Schulter und brachte sie dann durch eine Tür in der rückwärtigen Wand des Raumes ins Nebenzimmer, bei dem es sich offenbar um ihr Schlafzimmer handelte. Undine warf Stella aufs Bett, dann zog sie einen Schlüpfer aus einer Schublade und stopfte ihn in Stellas Mund.

»Wenn du hier herumlärmst, um auf dich aufmerksam zu machen, oder auch nur einen winzigen Mucks machst, werde ich kommen und dir sehr wehtun, verstanden?«

Stella nickte, und Undine verließ den Raum.

Die Tür ließ sie einen Spalt geöffnet.

Kapitel 29

Im Auto, das vor Undines Haus geparkt hatte, saßen Serena und Fridolin von Breidenbach. Sie starrten auf die geschlossene Haustür.

»Und nun?«, fragte Fridolin.

»Wir sprechen mit Undine.«

»Aber über was denn eigentlich? Ich habe noch immer nicht verstanden, was du von ihr willst. Wäre es nicht viel sinnvoller, mit dieser Wahrsagerin zu reden?«

»Das machen wir auch noch. Oder lassen sie am besten durch Otmar vorladen, das wird sie einschüchtern und zum Reden bringen. Wir finden schon noch heraus, wo die undichte Stelle ist. Aber ich ...« Sie stockte. Dann fuhr sie fort: »Fridolin, ich glaube, Undine hat Tante Cäcilie umgebracht. Oder *erlöst*, wie sie es vermutlich nennen würde.«

Fassungslos starrte er sie an. »Das meinst du nicht ernst.«

Serena nickte langsam. »Doch. Sie war auch in van Aalens Vortrag über die Mars-Pluto-Konjunktion ... Lass mich ausreden. Ich weiß, was du darüber denkst ... Aber diese Mars-Pluto-Konjunktion kann Mord und Totschlag bedeuten.« Serena presste die Lippen zusammen. »Jedenfalls hat van Aalen das stark betont. Undine weiß es nicht, aber ich habe sie dort gesehen. Und ich habe gleich befürchtet, sie könnte auf dumme Gedanken kommen.«

»Aber wieso ...«

»Weil Tante Cäcilie mir erzählt hatte«, fiel Serena ihm ins Wort, »dass Undine sie immer wieder fragte, ob es ihr gut ginge oder ob sie sich von bösen Gedanken verfolgt fühlte. Und da gingen bei mir alle Alarmglocken an. Wegen Undines Vergangenheit.«

»Und Tante Cäcilie?«, fragte Fridolin bestürzt. »Hatte sie keine Angst deswegen?«

»Nein, sie war überzeugt, dass Undine ihr niemals etwas antun würde.«

»Aber ich dachte, sie wäre geheilt! Sie war doch in diesem Sanatorium.«

»Herrje, Fridolin, du kennst Undine doch überhaupt nicht! Was weißt du denn schon darüber, was in ihrem Kopf vor sich geht? Jedenfalls habe ich mir dann von einer Astrologin den genauen Zeitpunkt der Konstellation ausrechnen lassen. Ich dachte, ich kann Tante Cäcilie vielleicht schützen.«

»Schützen? Vor Undine? Euer Planetenquatsch ist wirklich zu hoch für mich.«

»Glaub mir einfach, ja? Undine hat Tante Cäcilie beinahe jeden Abend besucht, wie du weißt. Ich habe aufgepasst wie ein Schießhund, aber ausgerechnet am Abend des kritischen Tages bin ich auf dem Sofa eingeschlafen. Am nächsten Morgen war Tante Cäcilie tot.«

»Gütiger Himmel.« Fridolin schüttelte den Kopf. »Warum hast du nichts gesagt?«

»Was denn zum Beispiel? Für mich gab es keine andere Option, als alles zu vertuschen, genau wie wir es damals gemacht haben. So schrecklich es ist, aber gerade uns beiden passt es ja zufällig gut in den Kram, dass wir nicht länger aufs Erbe warten müssen, oder?«

»Du bist so was von kaltschnäuzig.«

Serena lachte auf. Es klang bitter. »Und du bist scheinheilig. Wollen wir jetzt darüber streiten, was mieser ist? Ich habe jedenfalls dem Hausarzt gegenüber behauptet, Tante Cäcilie sei es plötzlich schlecht gegangen, und habe mich kasteit, dass ich völlig übermüdet war und eingeschlafen bin, anstatt auf sie aufzupassen oder ihn rechtzeitig zu rufen. Großer Gott, er hat mich noch getröstet und mich von jeder Verantwortung freigesprochen.«

»Und was machen wir jetzt?«

Serena zuckte mit den Schultern. »Ich habe keine Ahnung. Ich musste es dir erzählen, ich kann mit niemandem sonst darüber sprechen. Otmar würde es nicht verstehen. Wir müssen es für uns behalten, unbedingt.«

»Ich … ich möchte jetzt lieber nicht mit Undine reden. Ich muss das erst mal verdauen.«

»Herrje, wie kann man ein derartiger Waschlappen sein?«, fuhr Serena ihn an. »Was soll sie uns denn tun? Immerhin sind wir zu zweit. Komm jetzt. Und lass dir nichts anmerken.«

Sie stieg aus und schlug die Autotür mit lautem Knall zu. Dann marschierte sie auf die Haustür zu, und nach kurzem Zögern folgte Fridolin ihr. Serena wartete, bis er neben ihr stand, dann drückte sie auf die Türklingel. Sofort wurde geöffnet, Undine musste schon hinter der Tür gewartet haben.

»Na, so eine Überraschung!«, rief sie mit strahlendem Lächeln. »Willkommen bei mir. Ich dachte schon, ihr steigt überhaupt nicht mehr aus. Wart ihr überhaupt schon einmal hier? Ich glaube nicht. Umso mehr freue ich mich über euren Besuch.«

Sie trat einen Schritt beiseite und ließ ihre Geschwister an sich vorbei ins Haus gehen.

»Immer gerade durch ins Wohnzimmer. Nehmt Platz. Fühlt euch wie zu Hause. Was kann ich euch anbieten?«

Während Fridolin sich bereits gesetzt hatte, stand Serena mitten im Raum und blickte sich mit deutlicher Missbilligung um.

»Das ist ja schlimmer, als ich dachte. Eine staubige, unordentliche Hippiehöhle«, kommentierte sie. Sie setzte sich besonders behutsam auf die Couch, als befürchte sie, durch eine heftigere Berührung würde eine Heerschar von Mikroben geweckt und über sie herfallen.

»Serena, halt dich bitte zurück«, sagte Fridolin warnend. »Wir sind nun wirklich nicht hier, um Undines Wohnstil zu begutachten.«

»Ach, lass sie ruhig, Fridolin.« Undine winkte ab. »Wir kennen sie doch. Das kann mich nicht beleidigen. Ich finde es gemütlich so. Was kann ich euch anbieten? Ein Tässchen Tee?«

»Nein«, blaffte Serena, aber Fridolin warf ihr einen warnenden Blick zu und sagte: »Vielen Dank, Undine, *wir* nehmen sehr gerne einen Tee. Dabei plaudert es sich doch gleich viel entspannter.«

»Dauert nur einen winzigen Moment!«, flötete Undine und ging hinaus.

Serena und Fridolin sahen sich an. »Vielleicht solltest du sie besser nicht derart provozieren, auch wenn das euer normaler Umgang miteinander ist«, sagte Fridolin. »Wir trinken ihren Tee, dann klären wir ein paar Dinge. Und schon sind wir wieder auf dem Weg nach Hause. Geht ganz fix.«

Statt einer Antwort verdrehte Serena die Augen und versank in Schweigen.

Einige Minuten später kam Undine wieder herein und

stellte ein Tablett mit Teekanne, Zuckerdose und Porzellanbecher für alle auf den Couchtisch.

»Na, was ist denn das für eine trübe Stimmung«, fragte sie schelmisch. »Ich dachte, wir sind hier, um ein wenig nett zu plaudern.«

Sie schenkte Tee ein, fügte jedem Becher zwei Löffel Zucker hinzu und rührte um. »Diese Sorte ist ein wenig bitter, aber er tut wirklich gut. Ich trinke ihn täglich. Klärt die Gedanken.«

Fridolin und Serena nippten pflichtschuldig am heißen Getränk, und Serena verzog angeekelt den Mund. »Das ist ja ekelhaft. Das kriege ich nicht heruntergewürgt, bei aller Freundschaft.«

»Aber das ist bestimmt nur der erste Schluck«, sagte Fridolin, setzte den Becher wieder an die Lippen und trank, »der nächste schmeckt schon viel besser, finde ich. Los, Serena, versuch es. Eigentlich ganz lecker. Und wenn er die Stimmung klärt ...«

»Die Gedanken«, soufflierte Undine lächelnd. »Wir wollen doch keine bösen Gedanken zwischen uns, nicht wahr?«

Serena fuhr hoch. »Haben wir dich nicht immer beschützt? Drei unserer Hunde hast du umgebracht, weil sie angeblich erlöst werden mussten! Da warst du gerade mal elf Jahre alt! Und dann das Kindermädchen!«

»Sie alle hatten böse Gedanken«, sagte Undine. »Du spürst so etwas natürlich nicht – ich aber sehr wohl.«

»Du hast das Kindermädchen umgebracht! Du bist eine *Mörderin*.« Serena atmete schwer. »Wir haben dich immer gedeckt und beschützt.«

»Beschützt?«, schrie Undine. »Ihr habt mich in ein Irrenhaus gesperrt! Habt ihr eine Ahnung, wie sich Elektroschocks anfühlen? Ich war noch ein Kind!« Sie machte eine Pause, um sich zu beruhigen. »Nur mein fester Glaube an eine bessere Welt und Erlösung hat mich gerettet.«

»Und das respektieren wir, nicht wahr, Serena?«, sagte Fridolin. »Und wir sind nicht hier, um längst Begrabenes wieder aufzuwühlen, Undine. Wir sind gekommen, weil wir dich etwas fragen wollen.«

Undine schüttelte den Kopf. »Dann zeigt mir, dass ihr meine Gastfreundschaft zu schätzen wisst. Erst der Tee, dann die Fragen.«

Fridolin sah Serena drängend an, die schließlich nickte. »Also gut. Um des lieben Friedens willen.«

Die Geschwister zwangen sich das Getränk hinein, dann stellte Fridolin den Becher auf den Tisch. »Warum bist du heute Vormittag so plötzlich aufgebrochen, Undine? Wir waren doch mitten im Gespräch.«

»Auch ich habe eine Frage«, erwiderte Undine. »Warum wolltest du mir den Ring nicht geben, um den ich gebeten hatte?«

Fridolin wurde blass und hob abwehrend die Hände. »Ich? Aber davon kann doch gar keine Rede sein! Du warst so schnell weg, dass ...«

»Dann hast du ihn sicherlich jetzt dabei?«, fiel Undine ihm ins Wort.

»Was? Äh ... nein, das nicht. Daran habe ich leider nicht gedacht. Aber du kannst jederzeit ...«

Undine beugte sich vor und fauchte: »Du lügst mir mitten ins Gesicht, ohne rot zu werden. Der Ring liegt nicht im Safe, dort liegt nur ein billiges Imitat. Und deshalb wolltest du ihn mir nicht geben. Ich weiß Bescheid, Fridolin.«

Fahrig wischte er sich mit der Hand über die Stirn, auf

der dicke Schweißperlen glänzten. »Also, das ist kompletter Quatsch. Ein Imitat? Blödsinn.«

»Jetzt hör schon auf, dich wie ein Wurm zu winden, Fridolin«, keifte Serena. »Das ist entwürdigend. Sie weiß offensichtlich Bescheid, finden wir uns damit ab.« Sie versuchte, aufzustehen, schaffte es aber nicht. Kraftlos fiel sie in den Sessel zurück. »Warum ist mir plötzlich so schwindelig?«, murmelte sie.

»Mir auch«, ächzte Fridolin. »Was hast du uns in den Tee getan, Undine?«

»Ach, nur ein bisschen Gift aus meinem Kräutergarten.« Undine lächelte heiter. »Deshalb habe ich meinen auch nicht getrunken. Das ist euch nicht aufgefallen, richtig? Aber keine Sorge – wenn ihr mir alles gesteht, bekommt ihr ein Gegenmittel.«

»Gestehen? Was denn?«, fragte Fridolin matt.

»Warum ihr so große Schulden habt, zum Beispiel. Wisst ihr, es gibt Leute, die halten euch für die Mörder von Tante Cäcilie, weil ihr so dringend Geld brauchtet. Serena, du fängst an.«

Serena atmete schwer. Es bereitete ihr sichtliche Schwierigkeiten, sich zu konzentrieren. Stockend beichtete sie schließlich ihre Spielsucht, die mittlerweile fast komplett versetzte Sammlung teurer Rolex-Uhren und die Tatsache, dass sie gewissen zweifelhaften Gestalten eine Menge Geld schuldete. Danach gestand Fridolin seine fehlgeschlagenen Aktienspekulationen und seinen Hang zu käuflichen, aber leider sehr teuren Damen. Wahrheitsgemäß berichtete er auch davon, dass er den Verlobungsring verschenkt habe.

»Undine«, schloss er sein Geständnis, »du musst mir glauben, wie sehr ich mich schäme.«

»Für Scham oder Reue ist es jetzt wohl zu spät. Oder denkst du vielleicht, du kannst sie überreden, den Ring zurückzugeben?« Undine seufzte und fuhr fort: »Tante Cäcilie kann wirklich froh sein, nicht mehr von eurem üblen Pesthauch umgeben zu sein.«

»Du bist verrückt ...«, murmelte Fridolin, dann schlossen sich seine Augen, und sein Kopf sank auf die Brust.

»Fridolin ...«, ächzte Serena. Ihre Augen irrten zu Undine. »Warum hast du Tante Cäcilie umgebracht? Du warst es ... ich weiß es.«

»Das stimmt nicht, Serena«, erwiderte Undine sanft, »und das weißt du ganz genau. Die Planeten haben es so bestimmt. Sie musste erlöst werden.«

»Du hast dafür gesorgt, dass ich einschlafe, damit ich sie nicht retten kann ... so war es doch ... Undine, das Gegenmittel ... bitte ...«

Mit geschlossenen Lidern kippte Serena langsam zur Seite und blieb liegen.

»Na, das hat ja wie am Schnürchen geklappt«, sagte Undine zufrieden. Sie erhob sich aus dem Sessel und stupste ihre Geschwister an, aber sie rührten sich nicht.

Sie suchte in Fridolins Sakko nach dem Autoschlüssel und fand ihn. Dann verließ sie das Haus, schloss den Wagen auf, mit dem ihre Geschwister gekommen waren, und öffnete die Vordertüren weit.

Anschließend trug sie ihren Bruder zum Auto, den sie mit einiger Mühe auf den Fahrersitz hinters Steuer manövrierte. Als Nächstes holte sie Serena, die sie auf den Beifahrersitz platzierte. Sie steckte ihrem Bruder den Schlüssel wieder in die Tasche, danach schlug sie die Autotüren zu und kehrte ins Haus zurück.

Heftig schnaufend lag Stella im Schlafzimmer auf dem Bett. Wegen des Knebels bekam sie ohnehin schlecht Luft, und ihr fassungsloses Entsetzen machte es nicht besser. Je mehr sie vom Gespräch gehört hatte, desto hektischer war ihr Atem geworden. Dass Undine nicht nur das Kindermädchen, sondern auch Cäcilie umgebracht hatte, war schon schlimm genug. Aber Ohrenzeugin ihres skrupellosen Mordes an Serena und Fridolin zu werden, versetzte sie in Panik.

Hat Undine deshalb die Tür einen Spalt offen gelassen? Damit ich alles mitbekomme? Dient das in ihrer verdrehten Gedankenwelt etwa auch meiner Erlösung und Läuterung?, dachte Stella panisch.

Mittlerweile stand sie kurz vorm Hyperventilieren.

Als Undine endlich hereinkam und sie vom Knebel befreite, rang sie krampfhaft um Luft. Dann schrie sie: »Was hast du getan? Du hast sie umgebracht!«

Undine lachte fröhlich. »Unsinn! Sie haben keine Erlösung verdient. Ich habe nur einige Schlaftabletten im Tee aufgelöst, um sie glauben zu lassen, ich hätte ihnen Gift verabreicht. Die haben alles geglaubt, sogar den Quatsch mit dem Gegenmittel. So einen Spaß hatte ich schon lange nicht mehr!«

»Wo sind sie jetzt?«

»Sie sitzen draußen im Auto. In ein paar Stunden wachen sie auf und sind heilfroh, nicht tot zu sein.«

»Und wenn sie mit der Polizei wiederkommen?«

»Werden sie nicht. Garantiert nicht. Die glauben doch sowieso, dass ich plemplem bin. Die tauchen hier so schnell nicht wieder auf, glaub mir, ich kenne die beiden.« Sie setzte sich auf die Bettkante und gähnte. »Ich bin todmüde, das war ein anstrengender Tag. Und wir haben morgen eine Menge vor, nicht wahr?«

Ich an deiner Stelle wäre auch müde, dachte Stella gallig, Leute niederschlagen, Leute entführen, Leute durch die Gegend tragen ... Das bleibt nicht in den Klamotten hängen.

Fieberhaft dachte sie nach. Sie musste unbedingt eine Verbindung zu Undine aufbauen, eine Art von Beziehung herstellen. Das klappte meist am besten, wenn man sich für das interessierte, an das der andere glaubte.

»Sag mal, Undine, das mit der Erlösung ... Kannst du es mir noch einmal erklären? Das interessiert mich wirklich, denn es ist ein spannender Denkansatz.«

Undine gähnte wieder und nickte. »Es gibt Menschen, die verdienen es, erlöst zu werden und Frieden zu finden. Sie sind zart und schwach. Sie sind dem Bösen um sie herum hilflos ausgeliefert. Erlösung aus Liebe ist eine große Gnade, die nicht jedem zuteilwird.«

Genau das Argument, das diese sogenannten Todesengel immer benutzen, wenn sie pflegebedürftige und schwer kranke Menschen umgebracht haben, dachte Stella. Was ist das – eine Art religiösen Wahns?

»Aber wie entscheidest du, wann so ein Mensch erlöst wird?«, fragte sie. »Woher kennst du den richtigen Zeitpunkt?«

Undine starrte sinnend vor sich hin, dann erhob sie sich.

»Du verstehst es einfach nicht. Das wundert mich, denn du bist doch Astrologin, Stella, du solltest die Sprache der Planeten verstehen. Ich beschäftige mich schon sehr lange mit den Planeten, den uralten Wanderern. Ich höre ihren Gesang, ich erkenne ihre Zeichen.«

»Wie den Totenkopf am Himmel«, murmelte Stella.

Undine nickte. »Genau. Man könnte ihn für einen Unglücksboten halten, aber das ist er nicht. In jedem vermeintlichen Unglück liegt immer eine Chance, in jedem Ende ein

Neubeginn. Du wirst es selbst erleben, Stella, denn *Der Gehängte* steht für deine Läuterung. Ich habe die Karte für dich gezogen, weißt du? Und genau wie die Planeten sprechen auch die Karten immer die Wahrheit. Man muss sich ihr nur öffnen.« Sie ging ein paar Schritte in Richtung Tür und wandte sich noch einmal um. »Ich gehe jetzt schlafen. Du solltest dich auch ausruhen, denn morgen ist ein großer Tag für dich. Du wirst Kraft brauchen. Viel Kraft.«

»Aber … wo gehst du denn hin? Ist dies nicht dein Schlafzimmer?«

Undine lächelte. »Du bist mein Gast, also bekommst du das bequemste Bett. Ich gehe ins Atelier und übernachte dort. Das wird mich auf morgen einstimmen. Dort zu schlafen, inspiriert mich.«

»Ich spüre meine Hände kaum noch. Kannst du mich nicht losbinden?«

»Das geht leider nicht. Aber ich weiß etwas, um dir die Nacht zu erleichtern.«

Sie ging ins Nebenzimmer und kam mit einem Becher Tee zurück. In der anderen Hand hielt sie die Axt, die sie Stella auf den Bauch legte. Dann hob sie ihren Kopf an und setzte den Teebecher an Stellas Lippen. »Trink. Keine Sorge, da ist nur ein bisschen Schlafmittel drin.«

In instinktiver Abwehr drehte Stella den Kopf weg. »Ich will nicht.«

Undine seufzte. »Lass uns nicht streiten. Du trinkst den Tee, und ich werde nicht wütend. Ich finde, das ist ein guter Deal. Du wirst tief und traumlos schlafen. Und vor allem keine Schmerzen spüren. Ist es nicht das, was du willst?«

Stella wusste, dass es keinen Sinn hatte, sich zu wehren, also trank sie das mittlerweile kalte Gebräu.

Undine legte Stellas Kopf sanft zurück aufs Kissen.

»Siehst du? War doch gar nicht so schlimm. Schlaf gut.«

Sie ging hinaus und schloss die Tür hinter sich.

Es wurde rasch dunkler, und Stella spürte, wie der künstlich herbeigerufene Schlaf sie allmählich übermannte.

Immerhin wusste sie jetzt, warum Serena den Zeitpunkt der Mars-Pluto-Konjunktion unbedingt hatte wissen wollen. Es war ihr tatsächlich darum gegangen, wann ihre Tante ihres besonderen Schutzes bedurfte.

Tragisch, dass es Serena dennoch nicht gelungen war, Cäcilie vor dem Wahn Undines zu retten.

Ihre Lider wurden schwer. Sie war viel zu kraftlos, um sich noch vor dem morgigen Tag zu fürchten.

»Miss Tilly, bitte rette mich«, murmelte sie, dann dämmerte sie weg.

Als Fridolin aufwachte, war er zunächst vollkommen orientierungslos. Vorsichtig streckte er seine Hände nach vorne und ertastete ein Lenkrad. Warum saß er in stockdunkler Nacht in seinem Auto? Neben ihm stöhnte jemand, was ihn zutiefst erschreckte. Mit zitternder Hand knipste er die Innenbeleuchtung an und entdeckte Serena auf dem Beifahrersitz, die gerade langsam zu sich kam. Richtig, Undine hatte ihnen irgendein Gebräu serviert und behauptet, es sei Gift. Er hatte Todesangst gehabt, als er spürte, wie seine Sinne langsam schwanden – und Serena war es sicherlich nicht anders gegangen.

»Was? Wo …«, ächzte Serena und sah ihn verwirrt an.

»Alles ist gut«, sagte Fridolin, »immerhin leben wir noch.«

»Leben noch?«, murmelte Serena verständnislos. »Wo sind wir?«

Fridolin schaltete die Scheinwerfer ein und schüttelte den Kopf. »Wir stehen vor Undines Haus.«

Schlagartig wurde Serena munter. »Sie hat uns glauben lassen, sie hätte uns vergiftet! Diese verrückte Hexe! Ich gehe jetzt da rein und drehe ihr den Hals um. Ich bin es leid.«

Sie machte Anstalten, die Autotür zu öffnen, aber Fridolin hielt sie zurück. »Bleib hier. Wir müssen in Ruhe überlegen, was zu tun ist, oder willst du auch so enden wie das arme Kindermädchen damals?«

»Und wie Tante Cäcilie«, flüsterte Serena. »Was sollen wir nur tun, Fridolin?«

»Wir müssen uns mit Otmar beraten«, sagte Fridolin. »Wir fahren jetzt in die Villa und rufen ihn an. Er muss alles erfahren. Er wird wissen, was zu tun ist.«

»Er wird die Polizei einschalten. Diese Schande überlebe ich nicht. Damals konnte alles vertuscht werden, aber das wird uns nicht noch einmal gelingen.«

Fridolin schüttelte den Kopf. »Vielleicht gibt es eine andere Lösung. Ganz bestimmt findet sich ein diskretes Sanatorium, in dem wir Undine verschwinden lassen können. Zur Not kaufen wir eins.«

Er startete den Wagen und fuhr los.

Kapitel 30

»*Hier?*«, fragte Arno Tillikowski entgeistert, als Ben von der Straße abbog, das geöffnete Eisentor mit den steinernen Pfeilern passierte und die Zufahrt zur Villa hinauffuhr.

»Hier wohnen Stella, ihre Mutter und ihre Großmutter«, sagte Ben. »Man könnte es tatsächlich schlechter treffen. Stella residiert unterm Dach. Ihre Wohnung ist nicht riesig und hat viele Schrägen, aber du kannst von ihrem Bett aus direkt in den Sternenhimmel blicken.«

»Was du nicht sagst«, murmelte Arno, der flüchtig an seine Dreizimmerwohnung und seinen kleinen Balkon dachte. Ansonsten war er damit beschäftigt, die Eindrücke zu verarbeiten, die sich ihm boten: die lang gestreckte Remise auf der linken Seite, der weitläufige Garten – ach was: Park! – auf der rechten, die weiße, dreigeschossige Villa mit den dunkelgrünen Holzfensterläden, auf die sie zufuhren.

Nachdem Stella sie erwähnt hatte, war er sofort ins Internet gegangen, um herauszufinden, was eine Orangerie ist. Verblüfft hatte er auf große Gebäude ganz aus Glas gestarrt, die zum Beispiel reiche Herrschaften in früheren Zeiten als Aufenthaltsorte für ihre kostbaren tropischen Pflanzen errichtet hatten – besonders für Zitrusfrüchte, daher der Name. Er war zu dem – für ihn einzig logischen – Schluss gekommen, dass Stella allenfalls ein handelsübliches Gewächshaus nutzte, um dort ihre Klienten zu empfangen, diesem aber eine feudale Bezeichnung verpasst hatte, weil es sich exklusiver anhörte: *Orangerie* – klar.

Dieses vorschnelle Urteil brach gerade angesichts der Umgebung, in der sie sich befanden, krachend in sich zusammen. Hinter dieser Villa stand nie im Leben nur ein Gewächshaus aus dem Baumarkt, dessen war er sich plötzlich sicher.

»Hallo, Arno! Hattest du einen Schlaganfall, oder was ist los mit dir?«, fragte Ben, der mittlerweile den Wagen geparkt und den Motor abgestellt hatte, was an Arno komplett vorbeigegangen war.

Der Kommissar erwachte aus seiner Schockstarre. »Was … wie? Schlaganfall? Nein. Aber ein bisschen erschlagen vom Ambiente hier.«

»Stella ist trotzdem immer noch die nette, unkomplizierte junge Dame, die sie vorher schon war. Vergiss das nicht«, sagte Ben und stieg aus.

Nett? Bestimmt. Aber unkompliziert – keinesfalls. Für Arno war Stella der komplizierteste Fall, mit dem er je zu tun gehabt hatte.

Er folgte Ben auf dem Weg an der Villa vorbei in den hinteren Bereich des Grundstücks. Besagte Orangerie war nicht gigantisch, aber ganz schön groß. Die Scheiben waren mit prunkvoll wirkenden Tüchern verhängt, die den Blick ins Innere verhinderten.

»Hier im vorderen Teil praktiziert Stellas Großmutter, Maria. Vielleicht lernst du sie später noch kennen, sie ist fantastisch. Wenn du Glück hast, erlebst du sie sogar als *Madame Pythia,* dann sieht sie sensationell aus.«

Madame Pythia? Warum gab sie sich einen so seltsamen Namen? Arno schwirrte der Kopf. »Was praktiziert sie denn?«, fragte er vorsichtig, da er sich nicht sicher war, ob er die Antwort überhaupt wissen wollte.

»Kartenlegen, Pendeln, Wahrsagen mit der Glaskugel …
das ganze Programm«, verkündete Ben fröhlich.

War ja klar. Innerlich verdrehte Arno die Augen. »Und
was macht die Mutter? Ist sie Geistheilerin? Oder überbringt
sie Botschaften von Engeln?«

Während er sich dank des langwierigen Heilungsprozesses
seines Beins zu Hause langweilte, hatte Arno nachts mal zufällig beim Zappen einen Astro-Sender entdeckt, dessen ge-
samtes Programm offenbar aus diesem Schwachsinn bestand.
In fasziniert Verständnislosigkeit hatte er zugesehen: Leute
konnten dort anrufen und erhielten dann von einem hyste-
risch wirkenden, filigranen Jüngelchen eine Engelsnachricht.
Ganz hatte Arno nicht kapiert, um was es ging. Auf jeden Fall
hatte dieser Typ bei jedem Anruf – und somit jeder Frage –
die Augen geschlossen, mit den Armen gewedelt, seltsame
Laute ausgestoßen und dann einer Stimme gelauscht, die offenkundig nur in seinem Kopf existierte. Schließlich hatte er
die Botschaft des Erzengels verkündet. Arno hätte nicht sagen
können, wen er für bekloppter hielt: den Schmierenkomö-
dianten auf dem Bildschirm oder die Leute, die ihm diese
grottenschlechte Show abkauften und auch noch dafür be-
zahlten. Kontakt zu Erzengeln, also wirklich.

Auf jeden Fall hatte dieses nächtliche Erlebnis nicht gerade dazu geführt, in dieser Branche tätige Menschen – und
dazu zählte er auch Astrologinnen und ihre männlichen
Kollegen – ernster zu nehmen.

Ben wollte sich ausschütten vor Lachen. »Botschaften von
Engeln? Die pragmatische Felicitas Albrecht? Nichts könnte
weiter von der Realität entfernt sein. Sie ist eine angesehene

und respektierte Studienrätin und missbilligt entschieden die Berufe ihrer Lieben. Du müsstest eigentlich ihr Traumschwiegersohn sein: ein Beamter, der stets nach festen Regeln handelt.«

»Lass mal stecken«, murmelte Arno.

Sie gingen an der Orangerie entlang, bis der Weg nach links abbog.

»Hier sind wir bei Stella. Offenbar hat sie ihren morgendlichen Orangensaft schon in der Sonne genossen.« Ben deutete auf das Tischchen, auf dem ein Glas Saft stand. Als er näher hinsah, verzog er das Gesicht. »Bäh, mit Fleischeinlage. Das steht schon länger hier.«

Tatsächlich schwammen einige tote Insekten im halb leeren Glas.

»Vielleicht mag sie es so.« Neugierig spähte Arno durch die offene Tür ins Gebäude. »Stella? Guten Morgen!«

Ben gab ihm einen kleinen Schubs. »Nicht so schüchtern, immer hineinspaziert. Schließlich werden wir erwartet.«

Drinnen sah Ben sich verblüfft um. »Nichts vorbereitet? Die Zeit stimmt, der Ort stimmt … Aber wahrscheinlich holt sie gerade alles Nötige fürs Frühstück aus der Wohnung. Was meinst du, sollen wir uns nicht raus in die Sonne setzen?«

Genauso gern wäre Arno drinnen geblieben, denn ihm gefiel das lichtdurchflutete, helle und freundliche Ambiente. Schlichte, bequem aussehende Sitzgelegenheiten, große Pflanzen, ein schöner Teppich – hier konnte man sich wohlfühlen. Durch die gläserne Wand ging der Blick nach hinten raus in einen idyllischen Naturgarten, der so gar nicht zur klar strukturierten Parklandschaft vorne passen wollte.

Aber Ben war bereits dabei, zwei Stühle nach draußen zu tragen, also folgte Arno ihm.

Sie setzten sich, und Arno fragte: »Hast du eigentlich was rausgekriegt über den Tod des Kindermädchens?«

Ben zuckte mit den Schultern. »Wie man es nimmt. Natürlich war der Vorfall in der Zeitung. Es war aber nur von einem Unglücksfall die Rede. Man kam wohl zu dem Schluss, dass sie über einen verrutschten Teppich gestolpert und dann die Treppe runtergefallen ist. Offiziell wurde diese Version nie infrage gestellt. Im Mittelpunkt stand eher Undine, die ja die Tote gefunden hat. Praktischerweise hatte dieses Kindermädchen keine Angehörigen, die unbequeme Fragen hätten stellen können.«

»Hm. Meinst du, da wurde etwas vertuscht?«

»Ich dachte, das könntest du mir sagen.« Ben lachte. »Du bist der Polizist.«

»Du meinst, die von Breidenbachs haben ihren Einfluss geltend gemacht und dafür gesorgt, dass die Akte ganz schnell geschlossen wird?«

»Kann doch sein? Immerhin wurde ein gewisses Familienmitglied ganz schnell in ein Sanatorium verfrachtet: Undine.«

»Ich bitte dich«, sagte Arno. »Wie alt war sie damals? Zwölf? Dreizehn?«

»Mag sein. Aber eine Nanny, die man nicht mag, ist mal schnell die Treppe hinuntergeschubst. Was die Familie vielleicht wusste und sie deshalb aus der Schusslinie gebracht hat.« Ben blickte auf seine Uhr. »Allmählich frage ich mich wirklich, wo Stella bleibt. Ich rufe sie auf dem Handy an, vielleicht können wir ihr was helfen.« Aber als er ihre Nummer gewählt hatte, bimmelte es im Inneren der Orangerie. »Na toll. Ich klingele mal bei ihr.«

Er verschwand um die Ecke der Orangerie, und Arno

hielt sein Gesicht in die Sonne. Wie schön es hier ist, dachte er träge, ob Stella diesen Garten gestaltet hat?

Nach einigen Minuten kehrte Ben zurück. »Da macht keiner auf, weder Stella noch Maria. Bestimmt ist sie drüben bei ihrer Großmutter. Komm mit, dann lernst du sie gleich kennen.«

In dem schummrigen Raum mussten Arnos Augen sich erst einmal ans rötliche Licht gewöhnen. Die Vielfalt der Eindrücke war überwältigend – esoterischer Schnickschnack, orientalischer Krempel und schwellende Polster in satten Farben. Wo er auch hinsah: Überall schimmerte, leuchtete oder funkelte irgendetwas. Die kopfgroße Glaskugel auf dem niedrigen Tisch gab ihm beinahe den Rest.

Schlagartig erwachte er aus seiner Trance, als Ben entsetzt rief: »Großer Gott, Maria!«

Zu Arnos Verblüffung kniete Ben hinter einem Paravent und befreite eine ältere Dame von einem Knebel.

Die Frau rang um Luft und bat mit heiserer Stimme um Wasser. Von Ben dirigiert, raste Arno in die kleine Küche und füllte ein Glas mit Leitungswasser. Als er zurückkehrte, war Ben gerade dabei, Stellas Großmutter von Fesseln an Händen und Füßen zu befreien.

Arno wollte ihr das Glas reichen, aber sie schüttelte matt den Kopf. »Ich schaffe das nicht allein«, krächzte sie, »ich spüre meine Arme nicht. Ich liege seit gestern hier …«

Ben stützte sie sanft, und Arno flößte ihr das Wasser ein.

»Bringt mich zum Sofa«, sagte sie.

Arno hob sie auf – sie war leicht wie eine Feder – und trug sie zum Sofa, wo Ben bereits Kissen aufgeschichtet hatte, damit sie bequem liegen konnte.

»Ich hole Felicitas«, sagte Ben und verschwand.

Maria musterte Arno. »Und wer sind Sie?«

»Oh, natürlich. Verzeihen Sie.« Um ein Haar hätte Arno salutiert. »Arno Tillikowski, Kriminalpolizei. Aber heute … äh … privat hier.«

»Sie sind der nette Polizist, der Stella bei den Ermittlungen hilft. Gott sei Dank, dass Sie da sind.« Maria starrte ihn voller Panik an.

Nun, Arno hätte das anders ausgedrückt, aber jetzt war nicht die Zeit für Wortklaubereien. Hier hatte offenbar ein Überfall stattgefunden, und er schaltete sofort in den professionellen Modus.

»Stella … Entführt. Undine von Breidenbach hat sie verschleppt«, stammelte Maria.

Während Arno noch damit beschäftigt war, diese Information zu verarbeiten, kam Ben zurück – in Begleitung einer gut gekleideten Dame mittleren Alters, die sofort schrie:

»Habe ich dir nicht immer gepredigt, dass eure Patientinnen allesamt verrückt sind? Ich wusste, irgendwann einmal wird etwas passieren! Hoffentlich bist du jetzt …«

Weiter kam sie nicht.

»Herrgott, halt den Rand, Felicitas«, sagte Stellas Großmutter nachdrücklich. »Deine Tochter muss befreit werden. Sie wurde entführt.«

»Wie bitte?«, riefen Ben und Felicitas Albrecht im Chor, und irgendwie kam Arno sich allmählich vor wie in einem klamaukigen Volkstheaterstück, in dem alle durcheinanderredeten und niemand dem anderen zuhörte.

Es wurde Zeit, Struktur in dieses Chaos zu bringen.

Und vor allem wurde es höchste Zeit, zu *handeln*.

Er straffte die Schultern und sagte: »Alle bleiben ruhig.

Frau Albrecht, ich bin von der Polizei. Ben, du rufst einen Notarzt. Ich werde einige Kollegen informieren, die die Aussage von Madame ... äh ... Frau ...«

»Schmidt, Maria Schmidt«, soufflierte Maria.

Arno nickte. »Frau Schmidt, gleich kommen Kollegen, die Ihre genaue Aussage zum Tathergang aufnehmen werden.« Er führte ein kurzes Telefonat, dann fuhr er fort: »Ich werde Stella suchen, und zwar mit weiteren Kollegen. Haben Sie zufällig eine Ahnung, wohin Undine von Breidenbach Ihre Enkelin gebracht haben könnte?«

»Undine von Breidenbach?«, schrie Felicitas. »Was hat die denn damit zu tun?«

»Sie hat Stella verschleppt«, erwiderte Maria.

»Eine *von Breidenbach*? Aber das kann nicht ...« Felicitas schien es nicht fassen zu können.

»Sei endlich still«, sagte Maria. »Ich werde dir irgendwann alles in epischer Breite erklären. Jetzt geht es um das Leben deiner Tochter.«

»Frau Schmidt«, sagte Arno, »noch einmal: Wohin könnte Stella gebracht worden sein? Wurde irgendetwas erwähnt? Irgendein Hinweis?«

Maria nickte grimmig. »Sie hat mir sogar genau erklärt, wohin sie Stella bringen will: in die Katakomben, die sich angeblich unter der Familienvilla befinden. Sie hat gesagt, niemand außer ihr kenne sich dort aus, und niemand werde sie und Stella finden können.«

»Alles klar«, sagte Arno, »also die Hundestaffel. Ich brauche ein Kleidungsstück von Stella, an dem die Suchhunde schnüffeln können. Frau Albrecht – da können Sie mir doch sicher behilflich sein.« Er wandte sich wieder an Stellas Großmutter. »Was hat sie mit Stella vor? Hat sie irgendetwas gesagt?«

In Marias Augen traten Tränen. »Sie will sie erlösen, hat sie erzählt. Als Erlösung hat sie auch den Tod ihrer Tante Cäcilie bezeichnet … Ich glaube, sie hat es getan. Sie hat Cäcilie umgebracht.«

»Und dann stehen wir hier rum und quatschen?«, rief Ben. »Wir haben keine Zeit zu verlieren!«

»Diese Erlösung, die sie plant, scheint ein längerer Prozess zu sein«, sagte Maria. »Sonst hätte sie Stella ja gleich umbringen können. Sie sagte, wenn sie fertig mit Stella sei, dann sei diese wie ein sanftes Lämmchen.«

»Oh du liebe Güte«, wimmerte Felicitas Albrecht und presste die Hände vor den Mund.

Diverse Sirenen kündigten die nahende Ankunft von Rettungs- und Polizeikräften an. Arno ging hinaus, um sie in Empfang zu nehmen.

Dann wurde es sehr voll in Marias Räumlichkeiten, und Arno winkte Ben, ihn nach draußen zu begleiten. »Ich habe alles an die Kollegen übergeben«, sagte er. »Ich denke, Maria ist in den besten Händen. Fährst du mich rasch ins Präsidium? Dort wartet der Rest der Truppe auf mich.«

»Kann ich mit auf die Suche gehen? Bitte, Arno. Ich mache mir schreckliche Sorgen um Stella. Wenn diese durchgeknallte Tussi ihr etwas antut …«

Arno schüttelte den Kopf. »Ich verstehe dich sehr gut, aber das geht leider nicht. Ich verspreche dir, ich werde dich irgendwie auf dem Laufenden halten. Auch, wenn das gegen alle Vorschriften ist.«

Als der Kommissar ausgestiegen war, saß Ben in seinem Auto auf dem Parkplatz des Präsidiums und dachte fieberhaft nach. Irgendetwas musste er doch tun können! Hatte diese

Irre nicht etwas gefaselt, dass nur sie sich in diesen ominösen Katakomben auskannte?

Genau, er würde zu ihrem Hof fahren, das konnte ihm niemand verbieten. Zumal dann nicht, wenn er keinem etwas davon sagte. Vielleicht konnte er in ihrem Haus ja so etwas wie Aufzeichnungen über Geheimgänge oder sogar eine Karte finden ... Und falls er sie selbst antreffen würde ... dann gnade ihr Gott.

Kapitel 31

Stella erwachte vom Kreischen einer elektrischen Säge.

Ihr war nicht einmal eine kleine, gnädige Sekunde vergönnt, in der sie nicht wusste, wo sie war und was ihr blühte. Oh nein – alles war schlagartig da: Sie war in der Gewalt Undine von Breidenbachs, die offenbar schon munter am Werk war, um das geplante Kunstwerk vorzubereiten. Vermutlich zimmerte sie gerade das Kreuz, an das sie genagelt werden sollte.

Stella kämpfte die aufsteigende Panik nieder, indem sie ein paar Atem- und Entspannungsübungen versuchte. Obwohl es ihr kaum gelang, sich zu beruhigen, halfen diese ihrem mittlerweile völlig verkrampften Körper ein wenig. Aber an Flucht oder Angriff war nicht zu denken, Stella konnte sich nicht vorstellen, auch nur einen Schritt laufen zu können, geschweige denn, die Arme zu heben.

Um ihre Muskulatur ein wenig geschmeidiger zu machen, beugte und streckte sie vorsichtig die Beine, was zuerst kaum wehtat, dann aber entsetzlich kribbelte, als das Blut zu zirkulieren begann. Trotzdem biss sie die Zähne zusammen und machte weiter, vielleicht konnte sie sich dadurch ja doch einen kleinen Vorteil verschaffen.

Wie spät es wohl war? Die Schlaftabletten hatten sie vollständig ausgeknipst, und sie hatte keine Ahnung, wie viel Uhr es sein mochte. Sie hoffte inständig, dass Ben und Arno sich mittlerweile um Maria gekümmert hatten – und dass sie wohlauf war.

Obwohl Undine dafür gesorgt hatte, dass die Kavallerie erst einmal in die Irre geschickt wurde, betete Stella darum, dass irgendwer auf die Idee kam, hierher zu fahren – und sei es nur, um nach eventuellen Hinweisen zu suchen. Gehörte es wohl zum normalen Ablauf, auch das zu überprüfen? Hintergrundinformationen einzuholen, sozusagen? Selbst wenn Arno misstrauisch sein und die Finte wittern sollte, durfte er Undines Behauptung, Stella in die Katakomben bringen zu wollen, ganz sicher nicht ignorieren. Man stelle sich nur vor, dass jemand wegen des Bauchgefühls eines Polizisten zu Schaden kam. Undenkbar.

Das Hämmern und Sägen hatte aufgehört. Wenig später kam Undine herein und sagte: »Na, du machst ja Frühsport! Fleißig, fleißig … Ich nehme es mir immer wieder vor, aber der innere Schweinehund …« Sie zuckte mit den Schultern. »Wie sieht es aus? Frühstück?«

Nicht, dass Stella Appetit gehabt hätte, aber es konnte nicht schaden, sich ein wenig zu stärken, also nickte sie.

»Wunderbar. Ich könnte ein halbes Pferd verdrücken. Aber ich habe heute Morgen auch schon einiges geschafft. Tut mir leid, wenn ich dich geweckt habe, aber diese Maschinen machen einen unheimlichen Krach. Deswegen ist es ja gut, dass ich hier so einsam wohne. Aber ich plappere und plappere, und mein Gast hat Hunger. Du kriegst ein Frühstück mit allen Schikanen, versprochen. Ich hole dich gleich, dauert nicht lange.«

Stella konnte hören, wie Undine singend in der Küche hantierte, mit Geschirr klapperte und eine elektrische Kaffeemühle in Gang setzte. Wieder fragte sie sich, wie spät es sein mochte. Ärgerlicherweise gehörte Undine nicht zu den Menschen, die am Bett einen Wecker stehen hatten. Als sie den Duft frischen Kaffees roch, wusste sie, dass es bald losgehen würde mit ihrem Weg zur Erlösung, den Undine für sie geplant hatte.

Stella versuchte, sich zu wappnen. Aber wie wappnete man sich für den Gang zum Schafott? Sie musste unbedingt Ruhe bewahren und so viel Zeit wie möglich schinden.

Sie zuckte zusammen, als Undine plötzlich wieder im Zimmer stand, denn sie hatte sie nicht kommen hören. Natürlich hatte sie wieder die Axt dabei, und es begann ein umständliches Theater, bei dem Stella erneut die Fußfesseln durchschnitten bekam, gefolgt von einem Besuch auf der Toilette. Das Laufen klappte erstaunlich gut, offenbar hatten die Übungen im Bett etwas gebracht. Mit nach wie vor auf dem Rücken gefesselten Händen erduldete sie, dass Undine einen Waschlappen nass machte, ihr das Gesicht wusch und danach abtrocknete.

Dass Undine nicht vorhatte, ihr zum Essen die Hände loszubinden, begriff Stella, als sie am Frühstückstisch saßen. Den Kaffee durfte sie mit einem Strohhalm trinken; außerdem fragte Undine sie nach ihren Wünschen für belegte Brote und schnitt die Käsestulle dann in kleine Happen, mit denen sie Stella – mithilfe einer Gabel – fütterte. Währenddessen verspeiste Undine mit beachtlichem Appetit eine erstaunliche Menge Rührei, da Stella ihre Portion abgelehnt hatte.

»Bleibt mehr für mich!«, hatte Undine gesagt. »Du weißt nicht, was du verpasst. Mein Rührei ist legendär.«

Fragt sich nur, bei wem, dachte Stella, bei deinen Elfen und Gnomen?

Sie hatte nicht den Eindruck, dass Undine ein ausgeprägtes gesellschaftliches Leben führte oder nennenswerte soziale

Kontakte pflegte. Sie verstand es sehr gut, wenn Menschen das Bedürfnis nach Rückzug verspürten, zumal Menschen wie Undine, die sich eine Oase erschaffen hatten, in der sie sich kreativ austoben konnten. Unter anderen Umständen hätten sie sich vielleicht sogar ganz gut verstanden ...

»Schade«, sagte Undine in diesem Moment, »du bist eigentlich ganz nett. Als ich deinen Garten gesehen habe, dachte ich, wir hätten sogar Freundinnen werden können. Aber du hast dich dafür entschieden, mich zu hintergehen, und Entscheidungen haben Konsequenzen. Immer. Manchmal schöne, manchmal schmerzhafte. Für alles, was uns widerfährt, sind wir selbst verantwortlich. Weil wir irgendwann einmal eine Entscheidung getroffen haben. Egal, ob es um Menschen geht oder um andere Dinge. Wenn man das einmal verstanden hat, ist vieles leichter. Deshalb muss deine Großmutter auch nicht geläutert werden, denn ich habe sie in mein Leben gelassen. Das war meine Entscheidung. Dass sie sich von dir hat manipulieren lassen, kann ich ihr nicht übel nehmen. Zugegeben, zuerst war ich wütend auf sie, aber mittlerweile nicht mehr. Ich bin damit versöhnt.« Sie zwinkerte Stella zu und fuhr fort: »Wenn überhaupt, sollte ich auf mich sauer sein. Ich war nicht aufmerksam genug. Manchmal bin ich einfach zu vertrauensselig, weißt du ...«

Stella ließ das Gerede an sich vorbeirauschen, das war reiner Selbstschutz. Sie hätte schreien können, so sehr ging ihr Undines Monolog auf die Nerven. Außerdem hatte sie die Hoffnung aufgegeben, Undine durch ein Gespräch erreichen zu können. Andererseits verging Zeit, solange sie redete, und diese Minuten würden vielleicht später entscheidend sein.

»So«, sagte Undine schließlich, »genug geplaudert. Ich

muss jetzt weitermachen; eine Skulptur entsteht nicht von alleine. Willst du mit rauskommen? Du kannst zusehen.«

»Gut«, erwiderte Stella spontan. Sie war sich dennoch nicht sicher, ob das eine clevere Entscheidung war. Wollte sie sehen, wie Undine ihre *Läuterung* vorbereitete? Wollte sie wissen, was mit ihr geschehen sollte?

Es war wie beim Zahnarzt: Man saß in diesem Behandlungsstuhl und ließ sich vom Doktor in allen Einzelheiten erklären, was er vorhatte – in dem Irrglauben, das würde es leichter machen. Leider war meist das Gegenteil der Fall, und man hockte nach der detaillierten Beschreibung des Eingriffs gelähmt vor Entsetzen da und wollte am liebsten kreischend aus der Praxis fliehen.

Aber sie hatte eine Entscheidung getroffen, und zu der stand sie jetzt wie ein Fels in der Brandung.

Als Ben die Einmündung des Feldwegs zu Undines Hof erreichte, stellte er den Wagen am Rand der Landstraße ab, und zwar aus zwei Gründen. Erstens wollte er verhindern, dass er sich – sollte Undine da sein – frühzeitig durch das Motorengeräusch verriet. Zweitens konnte sein Auto als Wegweiser für die eventuell zu alarmierende Verstärkung dienen, was er ziemlich clever fand. Immerhin bestand die Möglichkeit, dass er auch Stella dort vorfinden würde. Er stieg aus und machte sich auf den Weg. Er rechnete mit einem circa zwanzigminütigen Fußmarsch, bis er das Gehöft erreichte.

Undine hatte Stella in den Garten geführt und dort an einen billigen Klappliegestuhl gefesselt. Ihre Fußknöchel hatte sie selbst an die Beine des Liegestuhls binden müssen, wie üblich die Axt vor Augen, dann hatte Undine ihre Hände an den Armlehnen fixiert. Für Stella war es wie eine Generalprobe für später, denn sie kam sich schon jetzt vor wie gekreuzigt.

Sie hatte dabei zugesehen, wie Undine zwei Balken aus dem Atelier nach draußen geschleppt und T-förmig platziert hatte. Jetzt trieb sie mit wuchtigen Schlägen eines großen Hammers riesige Zimmermannsnägel ins Holz, um die Balken zu verbinden. Stella konnte nur mutmaßen, welchen Kraftaufwand es bedeutete und welch enormer Kondition es bedurfte, den Hammer so regelmäßig wie ein Metronom auf die Nagelköpfe donnern zu lassen. Vermutlich könnte Undine ihr mit bloßen Händen einen Arm ausreißen.

»Nicht schlecht, was?« Undine richtete sich auf und wischte sich mit dem Unterarm den Schweiß von der Stirn. Sie trug einen fleckigen Arbeitsoverall und grobe Handschuhe und wirkte jetzt auch optisch alles andere als elfenhaft. Zufrieden begutachtete sie ihr Werk, dann nickte sie. Als Nächstes ging sie zu einem großen Baum, nahm ein im Gras bereitliegendes Seil und warf ein Ende über einen starken Ast. Sie zog das Holzkreuz zum Baum und befestigte das andere Ende des Seils am Kopfteil. Stella verstand: Mithilfe des Seils wollte Undine das Kreuz aufrichten, denn wenn eine Person daran hing, würde das ohnehin beträchtliche Gewicht noch größer werden. Stella spürte, wie ihr kalter Schweiß ausbrach. Es wurde allmählich Zeit, dass jemand auftauchte, um sie zu retten.

Ben hörte die Hammerschläge, als er ungefähr zwei Drittel des Wegs zurückgelegt hatte, wie er schätzte; er konnte den Hof bereits sehen. Er blieb stehen und lauschte, um die

Richtung zu orten, aus der das Geräusch kam. Konnte ja sein, dass im nahe gelegenen Wald gerade ein paar Bäume gefällt wurden. Aber dann war er sich sicher, dass der Krach von Undines Haus herüberschallte. Er ging weiter und beschleunigte seine Schritte, dann rannte er. Schon nach wenigen Metern wünschte er sich, er hätte nie aufgegeben, jeden Morgen durch den Stadtpark zu joggen. Keuchend quälte er sich weiter, bis er schließlich völlig außer Atem den Hof erreichte.

Um nicht gesehen zu werden, robbte er das letzte Stück der Strecke durch den ausgetrockneten Graben, der am Feldweg und weiter an der Grundstücksgrenze entlangführte.

Hinter dem Haus hörte er eine Frauenstimme reden. Zentimeter für Zentimeter bewegte er sich weiter vorwärts, bis er am Haus vorbei war, dann hob er vorsichtig den Kopf. Er sah Undine, die mithilfe eines Seils, das über einem Ast hing, ein riesiges Holzkreuz ein Stück anhob und wieder ins Gras fallen ließ. Sie wandte sich an jemanden, den er noch nicht gesehen hatte, und sagte: »Klappt sogar besser, als ich dachte. Du wirst eine wunderbare Skulptur abgeben, Stella.«

Ben erstarrte – sie waren also beide hier. Da er nicht davon ausging, dass Stella lässig im Gras hocken und darauf warten würde, eine wunderbare Skulptur abzugeben, wie Undine es formuliert hatte, musste sie gefesselt oder auf irgendeine andere Art hilflos sein.

Er reckte den Kopf ein wenig höher, und da sah er sie. Auf den ersten Blick sah es so aus, als würde sie entspannt im Liegestuhl ruhen und Undine bei der Arbeit zusehen – was natürlich absurd war. Bei genauerem Hinsehen bemerkte er, dass sie an den Liegestuhl gefesselt war.

Sein erster Impuls war, aufzuspringen und ihr zu Hilfe zu eilen, aber das war unvernünftig. Zu gern hätte er Stella irgendwie signalisiert, dass er in der Nähe war – viel zu gefährlich.

Mit angehaltenem Atem kroch er zurück, bis er sich außer Hörweite glaubte. Dann wählte er die Nummer von Arnos Diensthandy.

Es klingelte endlos, dann hob Arno endlich ab. »Tillikowski.«

»Arno«, flüsterte Ben, »sie ist hier. Stella ist hier. Zusammen mit Undine.«

»Wie bitte?«, rief Arno. »Sprich lauter, ich kann dich kaum verstehen.«

»Geht nicht«, raunte Ben etwas lauter, »sie könnte mich hören. Arno, Stella ist bei Undine. Und was hier vorgeht, sieht nicht gut aus. Ihr müsst herkommen, schnell. Ihre Adresse hast du, oder? Mein Wagen steht oben an der Straße, dort, wo ihr abbiegen müsst. Und, Arno: Keine Martinshörner, ihr müsst leise sein, damit sie nicht gewarnt wird und Stella etwas antun kann. Am besten, ihr lasst die Autos ein Stück entfernt stehen und schleicht euch dann zu Fuß an.«

»Wie lang ist der Weg von der Straße zum Haus?«

»Wie lang? Keine Ahnung! Woher soll ich das denn wissen? Habt ihr keine Landkarten oder so was? Verdammt, druckt euch doch eine Route aus, oder was weiß ich!«

»Ben, bleib ruhig. Wir kommen so schnell wie möglich. Mach keine Dummheiten, ja?«

Aber Ben hatte bereits aufgelegt.

Kapitel 32

Langsam wurde die Zeit knapp. Mit wachsender Panik wurde Stella bewusst, dass Undine mit ihren Vorbereitungen so gut wie fertig war. Eine Zeit lang hatte sie allein im Garten gesessen, denn Undine war ins Haus gegangen. Als sie wieder herauskam, trug sie eins ihrer geblümten Flatterkleider.

Stella nahm allen Mut zusammen und fragte: »Was passiert jetzt?«

»Du weißt, was jetzt passiert«, erwiderte Undine.

Sie wirkte entrückt, und Stella fragte sich, ob sie wohl Drogen genommen hatte. Irgendwie mit Vernunft zu ihr durchzudringen, war jedenfalls völlig unmöglich.

Stella wehrte sich nicht, als Undine sie erst vom Liegestuhl losband, ihr dann die Hände wieder auf dem Rücken fesselte und sie schließlich aufforderte, sich mit den Füßen zum Querbalken auf das Kreuz zu legen. Das harte, kantige Holz schmerzte höllisch im Rücken, aber Bequemlichkeit war momentan ihre geringste Sorge.

Undine fixierte ihre Füße mit Seilen am Querbalken und sagte: »Für den Moment verzichte ich darauf, eins deiner Beine anzuwinkeln, denn ich möchte dir den Weg zur Erkenntnis ein wenig erleichtern. Du hast es eigentlich nicht verdient, aber ich bin ja kein Unmensch. Bist du bereit?«

Nein, dachte Stella, ich bin nicht bereit.

Als sie spürte, wie das Kreuz sich langsam hob und immer weiter aufrichtete, bis sie mit dem Kopf senkrecht nach unten baumelte, beschleunigte sich ihr Herzschlag. Stella verlor die Fassung und begann zu schreien.

Im Schritttempo fuhr die Kolonne aus vier Polizeiwagen und einem Krankentransporter den Feldweg entlang. Oberste Direktive war, keinen Lärm zu verursachen. Nach genau neunhundert Metern stoppten sie; laut Karte waren es bis zum Haus noch fünfzig Meter. Die Männer stiegen aus; zwei von ihnen hatten Hunde dabei. Mit Arno Tillikowski an der Spitze machten sie sich auf den Weg. Als sie die Schreie einer Frau hörten, rannten sie los.

Ben hatte vom Graben aus zähneknirschend zugesehen, wie sich Stella auf das Holzkreuz legen musste. Wo blieben Arno und seine Männer? Irgendjemand musste jetzt etwas tun. Was, wenn die Irre vorhatte, Stella die Kehle aufzuschlitzen und sie ausbluten zu lassen? Er kletterte aus dem Graben, und im selben Moment begann Stella zu schreien. Mit ausgestreckten Armen stürmte Ben brüllend in Richtung Undine, die ihm gelassen lächelnd entgegenblickte.

»Ben, sei vorsichtig, sie ist gefährlich!«, kreischte Stella, die ihn jetzt auch bemerkt hatte.

»Ich bring dich um!«, brüllte Ben.

Unbeirrt rannte er weiter auf Undine zu, die sich bückte und etwas aufhob, das im Gras lag. Als er sie beinahe erreicht hatte, holte sie aus. In letzter Sekunde registrierte Ben den Hammer und versuchte instinktiv, auszuweichen. Trotzdem traf ihn das schwere Werkzeug seitlich am Kopf. Der Schlag riss ihn von den Füßen.

»Neiiiin!«, kreischte Stella, aber das bekam Ben nicht mehr mit.

Sie hatten den Vorplatz des Hauses erreicht, als Arno es hörte: Eine Frau schrie in höchster Not, das Gebrüll eines Mannes brach abrupt ab. Das klang nicht gut.

Mit Handzeichen bedeutete Arno der Truppe hinter sich, zu warten; nur ein Kollege mit Funksprechgerät begleitete ihn. Sie schlichen geduckt an der Hauswand entlang, dann spähte Arno vorsichtig um die Ecke. Was er sah, ließ ihm das Blut in den Adern gefrieren: Stella hing kopfüber an einer Art Kreuz und wimmerte, daneben stand eine grauhaarige Frau im Blümchenkleid, die einen großen Hammer in der Hand hielt. Das dürfte Undine von Breidenbach sein. Den Mann, den er hatte brüllen hören – es musste Ben gewesen sein –, konnte er nirgends sehen.

Er zog seine Waffe und richtete sie auf die Frau mit dem Hammer, dann sagte er leise zu seinem Kollegen: »Aufschließen. Leise. Nichts machen, bis ich den Befehl zum Zugriff gebe. Die Sanitäter sollen sich bereithalten.«

Der Polizist hinter ihm gab den Befehl weiter, und Arno hörte das Trappeln von schweren Stiefeln. Arno hatte nach wie vor Undine von Breidenbach im Visier, die jetzt auf die weinende Stella einsprach. Wenn die Verrückte mit dem Hammer auch nur eine falsche Bewegung machte, würde er feuern.

»Dein Reporterfreund ist ja genauso waghalsig wie du«, sagte Undine von Breidenbach zu Stella. »Ihr scheint beide ein Faible dafür zu haben, in Wespennestern herumzustochern.«

»Wenn Ben tot ist, dann ...«

»Dann *was*?«, fiel Undine ihr amüsiert ins Wort. »Steigst du dann wie der Erlöser vom Kreuz herab und bestrafst mich?« Sie beugte sich über den reglos daliegenden Ben und sagte: »Er atmet, also lebt er noch. Herrje, ich habe ihn ja nicht einmal richtig erwischt.«

»Was hast du mit ihm vor? Mach mit mir, was du willst, aber lass ihn in Ruhe.«

Undine richtete sich auf und musterte Stella wohlwollend. »Das gefällt mir. Du denkst nicht an dich, sondern willst ihn retten. Deine Läuterung hat begonnen.«

Plötzlich bemerkte Stella eine Bewegung in Undines Rücken, dann hörte sie jemanden »Zugriff!« rufen. In der nächsten Sekunde war der Garten voller Polizisten.

Undine drehte sich langsam um, musterte das uniformierte Aufgebot und sagte dann über die Schulter zu Stella: »Das ist aber jetzt nicht meine Schuld, dass deine Läuterung und Erlösung verhindert werden.«

Stella merkte, dass ihr langsam die Sinne schwanden. Das Letzte, was sie durch ihre Tränen sah, war Arno, der auf sie zulief. Aus ihrer Perspektive hing er kopfüber vom Himmel und ging über Wolken, die seltsamerweise grasgrün waren.

Ein Engel kommt, um mich zu retten, dachte sie.

Dann verlor sie das Bewusstsein.

»Sanitäter! Hierher«, schrie Arno und winkte. »Zwei Verletzte! Jemand soll den Krankentransporter vorfahren und einen zweiten alarmieren.« Er packte den nächstbesten Kollegen am Arm. »Los, hol dir den Schlüssel und fahr den Krankenwagen vors Haus. Tempo!«

Nur aus dem Augenwinkel nahm Arno wahr, dass Undine von Breidenbach sich widerstandslos festnehmen und abführen ließ. Allerdings quengelte sie wie ein Kind, weil man es ihr versagte, die beiden Polizeihunde zu streicheln.

Arnos Sorge galt Stella und Ben.

Während Stella zwar bewusstlos war, aber äußerlich unverletzt schien, blutete Ben stark am Kopf. Also versorgten die Sanitäter zuerst den Journalisten, und Arno machte sich mit einigen Kollegen daran, das Kreuz vom Baum zu lösen und behutsam zu Boden zu bringen. Rasch schnitten sie Stellas Fesseln auf, hoben sie vom Balken und legten sie ins Gras.

Als Stella die Augen öffnete, blickte sie auf eine männliche Gestalt, die sich über sie beugte und sagte: »Sie ist wieder da.«

Wieso wieder da?, fragte sie sich verwirrt. Ich war doch die ganze Zeit hier.

Sie hatte die Stimme erkannt: Es war Arno.

Die Sonne stand hinter ihm und zauberte einen Strahlenkranz um seinen Kopf.

Du liebe Güte, dachte Stella, jetzt hat er auch noch einen Heiligenschein. Man kann auch übertreiben.

Erneut wurde die Welt um sie herum schwarz.

»Wo bleibt ihr denn?«, rief Arno. »Sie ist wieder bewusstlos!«

Die Sanitäter hatten Ben versorgt und auf eine Trage gebettet, die zwei von ihnen nun zum Transporter brachten. Der dritte kam herüber, stellte seinen Einsatzkoffer ins Gras und kniete sich neben Arno. Zu seiner Erleichterung näherte sich mittlerweile von Ferne mit lautem Gejaule der zweite Krankenwagen.

Rasch und routiniert nahm der Sanitäter einige Untersuchungen an Stella vor, dann sagte er: »Sie ist äußerlich unverletzt, und nichts deutet auf innere Verletzungen hin. Zur Sicherheit werden wir sie aber mitnehmen und ganz genau durchchecken.«

Stella kam wieder zu sich. Zwei Männer unterhielten sich über sie, so viel bekam sie mit.

Sie öffnete die Augen, und jetzt waren zwei Gestalten mit Heiligenscheinen über sie gebeugt.

»Gibt es im Himmel Toiletten?«, fragte sie. »Ich müsste mal aufs Klo.«

Auf dem Weg zurück zum Präsidium, wo die Vernehmung Undine von Breidenbachs auf ihn wartete, ließ Arno den Kollegen einen Zwischenstopp bei Stellas Zuhause machen. Er dirigierte ihn die Auffahrt hinauf, stieg aus und sagte: »Dauert nicht lange.«

So wie er Stellas Großmutter einschätzte, hatte sie sich mit Händen und Füßen dagegen gewehrt, sich ins Krankenhaus transportieren zu lassen. Und richtig – kaum hatte er bei ihr geklingelt, ertönte der Türsummer.

Er betrat das Haus. Stellas Mutter stand in der Wohnungstür und sagte: »Sie haben uns etwas mitzuteilen?«

Ihm wurde bewusst, dass sie und Maria Schmidt voller Panik auf Nachrichten über Stellas Befinden gewartet hatten.

Arno nickte lächelnd. »Gute Nachrichten, Frau Albrecht.«

Sie schlug die Hände vors Gesicht und begann zu schluchzen, dann packte sie ihn am Arm und zog ihn mit sich in ein großes Schlafzimmer.

Stellas Großmutter thronte in einem gigantischen Himmelbett und schnappte bei ihrem Eintreten entsetzt nach

Luft. »Felicitas, warum weinst du?«, fragte sie mit hoher, panischer Stimme. »Was ist mit Stella?«

»Sie ist in Ordnung«, sagte Arno, »aber man hat sie zur Sicherheit ins Krankenhaus gebracht, um sie genau zu untersuchen.«

»Was hat Undine mit ihr gemacht?«, fragte Maria.

Nein, das würde er ihnen jetzt nicht erzählen; sie sollten sich einfach darüber freuen, dass Stella gerettet war. »Ich weiß noch nichts Genaues. Am besten, Sie fragen Stella danach.«

Er nannte ihnen noch die Klinik und zog sich dann leise zurück, als die beiden Frauen sich weinend umarmten.

Wochenende hin oder her – Arno Tillikowskis Arbeitstag war noch lange nicht zu Ende.

Das kommt davon, wenn man sich einen spannenden Fall wünscht, dachte er, während er auf den wartenden Polizeiwagen zuging und einstieg.

Epilog

Der Abend war lau, und im Grill glühte die Holzkohle.

Stella hatte den großen Tisch in ihrem Garten für sechs Personen gedeckt, und sie ging in Gedanken noch einmal durch, wer gleich dort Platz nehmen würde: ihre Großmutter, Otto, der bereits am Grill stand, Ben und Arno, sie selbst, natürlich, und Felicitas. Ja, Felicitas hatte sich tatsächlich bereit erklärt, sich zur Runde zu gesellen.

Sie hatten gut gegessen und dabei fröhlich geplaudert, und nun saßen sie – beschienen vom sanften Licht einiger Lampions, die in den Bäumen hingen – noch ein wenig beisammen.

Stella hob ihr Glas. »Ich möchte mich noch einmal bei meinen beiden Helden bedanken. Ben und Arno – ich bin euch unendlich dankbar.«

Arno lachte und hob abwehrend die Hände. »Bei mir muss sich niemand bedanken, Stella. Ist schließlich mein Beruf, nicht wahr? Ben ist der wahre Held hier am Tisch. Er hatte nicht nur den Geistesblitz, zu Undines Hof zu fahren, sondern hat sich auch noch mit bloßen Händen auf diese Frau gestürzt, um Stella zu beschützen. Ich dagegen war bewaffnet und hatte etliche Kollegen im Rücken; mir konnte nichts passieren. Wir wollen nicht vergessen: *Er* ist derjenige, der verletzt wurde. Auf dich, Ben. Du hast mich sehr beeindruckt.«

Alle sahen ihn an, und prompt wurde Ben rot.

»Ach, Quatsch«, sagte er verlegen und berührte unwillkürlich die Stelle am Kopf, wo man die Platzwunde von Undines Hammer genäht hatte, »das hätte jeder gemacht. Ich konnte doch nicht einfach zusehen, während meine beste Freundin leidet.«

Stella warf ihm eine Kusshand zu. Arno könnte bestimmt einen längeren Vortrag darüber halten, wie unvernünftig Bens Verhalten war, dachte sie, stattdessen lobt er ihn für seinen Heldenmut ... das ist wirklich nett.

»Was wird denn jetzt aus Undine, Herr Tillikowski?«, fragte Maria. »Ist sie in Untersuchungshaft?«

Der Kommissar schüttelte den Kopf. »Sie ist in der geschlossenen Psychiatrie. Sie versucht ... äh ... das hier bleibt aber unter uns, ja? ... Wie soll ich sagen ...«

»Sprich es aus, Jungchen«, warf Otto grinsend ein, »sie macht einen auf plemplem. Dat mag kein medizinischer Fachbegriff sein, aber darauf läuft es doch hinaus: Sie wird auf Unzurechnungsfähigkeit plädieren.«

»Genauer gesagt: Das wird ihr Anwalt mit Sicherheit versuchen«, sagte Stella. »Natürlich wird Otmar Hansen sie vertreten, nehme ich an?«

Arno nickte. »Klar. Ich dürfte eigentlich nicht darüber sprechen, aber ... Ihre Show fing ja schon bei der Verhaftung an, als sie unbedingt mit den Polizeihunden spielen wollte.«

»Sie wollte was?«, fragte Felicitas ungläubig. »Das ist doch wohl ein Scherz.«

»Nein, leider nicht. Dann, in meiner Vernehmung, verlangte sie nach Buntstiften, um ein Bild davon zu malen, was sie mit Stella vorhatte.«

»Das ist dir in deiner Laufbahn bestimmt noch nie passiert, oder?«, rief Ben lachend.

»Während ich in ihrer Gewalt war, hat sie vollkommen klar geredet und absolut überlegt gehandelt«, sagte Stella. Sie schauderte bei der Erinnerung und fuhr fort: »Als sie ihren Geschwistern weisgemacht hat, sie hätte sie vergiftet ... das war gruselig. Ich habe alles mit angehört und dachte wirklich, sie hätte die beiden gekillt.«

Felicitas legte die Hand auf Stellas Arm. »Du musst schreckliche Angst gehabt haben.«

»Schon, aber beinahe noch mehr um Oma, da ich nicht wusste, wann sie gefunden wird.«

Otto hob sein Glas. »Warum einigen wir uns nicht einfach darauf, dass jeder um jeden Angst hatte? Es ist doch gut ausgegangen, nicht wahr?«

Sie prosteten sich zu und tranken.

»Und wie sieht Undines Zukunft aus?«, fragte Maria. »Letztendlich ist sie doch nur eine verwirrte Seele ... Ich finde nicht, dass sie ins Gefängnis gehört.«

»Mutter!«, Felicitas war sichtlich entrüstet. »Wie es aussieht, hat sie nicht nur deine Freundin Cäcilie umgebracht, sondern auch das Kindermädchen. Und sie wollte Stella töten. Aus meiner Sicht gehört sie selbstverständlich hinter Gitter.«

»Leider wird es an dieser Stelle kompliziert, besonders für die Gutachter«, sagte Arno. »Genau hier ist die Grenze zwischen Wahn und rationalem Verhalten. Sie besteht darauf, Cäcilie nicht getötet, sondern erlöst zu haben, genau wie das Kindermädchen. Ich nehme an, sie wird auf Dauer in der geschlossenen Psychiatrie landen. Und das ist vielleicht wirklich das Beste für sie.« Er wandte sich an Stella. »Es ist schon spät, ich möchte mich verabschieden. Vielen Dank für die Einladung.«

»Ich begleite Sie nach vorne«, sagte Stella und stand auf.

Sie sprachen nicht, bis sie neben Arnos Auto standen.

»So, das war es nun, oder?« Arno grinste verlegen. »Nicht, dass Sie sich noch einmal bei mir bedanken. Ich habe nur meine Pflicht getan.«

»Die Gerichtsverhandlung ... ich habe keine Ahnung, was mich da erwartet.«

»Ich ... äh ... Wenn Sie Fragen haben, treffen wir uns mal, und ich erkläre Ihnen alles. Was halten Sie davon?«

»Das wäre sehr nett.« Stella gab sich alle Mühe, nicht allzu erfreut zu klingen. »Ich rufe Sie an.«

»Gut«, murmelte er. Sie schwiegen, dann sagte er: »Also dann. Sie rufen mich an.«

Urplötzlich machte er einen Schritt auf sie zu und umarmte sie. Überrumpelt ließ sie es geschehen und lehnte sich einen Wimpernschlag lang an ihn. Dann ließ er sie genauso unvermittelt wieder los und stieg in seinen Capri. Er sah sie nicht mehr an, als er den Motor startete und losfuhr.

Verwirrt blickte Stella ihm hinterher. Was war das denn jetzt gewesen?

Als auch Ben und Otto sich verabschiedet hatten, blieben Stella, Felicitas und Maria noch im Garten sitzen. Stella genoss die neue Harmonie zwischen ihnen, die sich seit dem Vorfall mit Undine eingestellt hatte. Dieses zarte Pflänzchen galt es zu hegen und zu pflegen.

»Pff ... Psychiatrie«, sagte Felicitas plötzlich, nachdem sie eine ganze Zeit lang geschwiegen hatten. »Soll das etwa eine Strafe sein?«

»Immerhin ist sie nicht in Freiheit«, erwiderte Maria, »selbst wenn es im Vergleich zum normalen Strafvollzug deutlich komfortabler zu sein scheint. Denn in einer derartigen Institution wird sie weiterhin ihren künstlerischen Neigungen nachgehen können.«

»Und vermutlich ein Gemälde malen, auf dem ich als Gehängte zu sehen bin – aber niemand wird es kapieren«, brummte Stella. »Ich als Tarotkarte; darauf muss mal auch erst mal kommen.«

Maria nickte. »Das ist die Welt, in der sie lebt, Stella. Und in der sie vollkommen davon überzeugt ist, das Richtige und Gute zu tun, wenn sie Menschen erlöst. Das empfinden wir als wahnhaft, und das wird sie in die Psychiatrie bringen.«

»Aber ist es nicht verrückt«, sagte Stella, »dass ausgerechnet Serenas Versuch, ihre Tante vor Undine zu schützen, sie in unseren Augen verdächtig gemacht hat? Warum ist sie damit zu mir gekommen, noch dazu unter falscher Identität?«

»Ganz einfach, Liebes«, entgegnete Maria, »weil sie sich vor Holger van Aalen geschämt hat. Was hätte sie ihm sagen sollen? Dass Undine plant, ihre Tante zu killen? Das hätte Serena niemals gemacht. Vor ihm wollte sie nicht das Gesicht verlieren.«

»Aber dass diese stilvolle Frau sich in der Halbwelt herumtreibt ...«, Felicitas schüttelte den Kopf. »Ich kann es einfach nicht begreifen.«

Vielleicht muss man nicht alles begreifen, dachte Stella, während sie den Vollmond betrachtete, der hell über ihnen leuchtete, vielleicht sollten wir uns mit den Dingen einfach versöhnen.

Sie lächelte, als ihre Großmutter sagte: »Wir müssen nicht alles begreifen, Felicitas.«

Genau, dachte Stella, und das gilt genauso für Serenas Verhalten wie für Umarmungen, mit denen man nicht gerechnet hat ...

»Was, du glaubst an Astrologie?«

Niemand kann behaupten, die Astrologie gälte als ernsthafte Wissenschaft – und doch werfen wir bei der morgendlichen Zeitungslektüre am Frühstückstisch zumindest einen kurzen Blick in unser Tageshoroskop. Wenn es positiv ist, freuen wir uns insgeheim, falls nicht, können wir uns damit trösten, dass die Astrologie ohnehin Mumpitz ist.

Zu allen Zeiten waren Sterndeuter hoch angesehen und wurden vor wichtigen Entscheidungen gehört. Bis in die heutige Zeit lassen sich selbst Staatslenker von Astrologen beraten – von vielen weiteren Personen des öffentlichen Interesses ganz zu schweigen. Während eine Wahrsagerin früher zu jedem Jahrmarkt gehörte, werden heute einschlägige Fernsehsender eingeschaltet, bei denen man sich per Anruf wahlweise beraten, segnen oder die Zukunft vorhersagen lassen, aber auf jeden Fall um viel Geld erleichtern lassen kann, wenn man zusätzlich die dort angebotenen Glücks- und Heilsbringer, Sternzeichen-Schmuck und weiteren Tand bestellt.

Dennoch: Viele ausgebildete Astrologen – wie Stella – betreiben ein seröses Geschäft und verstehen sich als Lebensberater. Wer glaubt, Astrologie habe etwas damit zu tun, sich die Zukunft vorhersagen zu lassen, irrt. Oft zusätzlich psychologisch geschult, beraten Astrologen ihre Klienten häufig in existenziellen Lebenskrisen, ohne ihnen vorzugeben, wofür oder wogegen diese sich zu entscheiden haben.

Vielmehr geht es darum, Lebensthemen zu erarbeiten und sich Fragen zu stellen: Wie bin ich in diese Situation geraten? Was kann ich in Zukunft tun, um Krisen nicht erst entstehen zu lassen? Was tut mir gut – was nicht?

Oder anders: »In der Erstberatung lernen Sie Ihr Geburtshoroskop als eine Landkarte der Seele kennen. Das Horoskop zeigt die wichtigen Lebensthemen und Ihre Potenziale ebenso wie Schwierigkeiten und Hindernisse auf dem Weg der Selbstentfaltung. Häufig geht es dabei um einen neuen Blick auf wiederkehrende Problemsituationen. Die astrologische Beratung hilft dabei, den tieferen Sinn von inneren Blockaden zu begreifen und durch eine schrittweise Bewusstwerdung den eigenen Persönlichkeitskern zu entdecken und zu stärken.« (Quelle: www.astrologos.de)

Tatsache ist: Die Astrologie existiert, die Klienten existieren, und es werden jährlich Abermillionen Euro umgesetzt.

Ja, auch von Scharlatanen und Betrügern, das stimmt.

Aber die gibt es in jeder Branche der Welt, oder etwa nicht?

Danksagung

Zum ersten Mal schreibe ich eine Danksagung für einen Roman, denn zum ersten Mal hat mir jemand sehr aktiv dabei geholfen. Wer das war? Warten Sie es ab.

Die Astrologin Stella Albrecht ist die Heldin einer neuen Krimödienreihe, deren erstes Abenteuer Sie bereits gelesen haben (… sollten Sie dieses Buch nicht von hinten angefangen haben).

Nun ist das Thema Astrologie keines, mit dem ich mich seit Urzeiten beschäftige; dafür gibt es Experten. Zum Beispiel meine langjährige Freundin Monika Heer, deren Beruf die Astrologie ist; und zwar schon seit Jahrzehnten. Sie hat dafür gesorgt, dass ich keinen Blödsinn schreibe, sie hat ein Horoskop von Stella erstellt, und mit ihr zusammen habe ich Stella und deren Universum entwickelt. Ohne Monikas Hilfe wäre das nicht möglich gewesen, denn sie sorgt dafür, dass alles authentisch ist und jeder Überprüfung standhalten wird.

Und alles begann mit einem Telefonat vor mehr als zwei Jahren, als ich folgende Frage stellte: »Sag mal, könnte nicht eine Astrologin Morde mithilfe von Horoskopen aufklären?« »Klar, warum nicht?«, antwortete Monika. Da meine Agentin Margit Schönberger die Idee für gut hielt, machten wir uns an die Arbeit. Das Ergebnis halten Sie in den Händen.

Danke, Monika!

Lesen Sie weiter, wenn Sie etwas mehr über Monika Heer erfahren wollen!

Die Astrologin Monika Heer über sich:

Ich bin 1957 zu Frühlingsbeginn im Zeichen Fische geboren. 1978 habe ich während meines Studiums an der Ruhr-Universität Bochum die Astrologie entdeckt.

Von Beginn an faszinierte mich die Frage, wie man erklären kann, dass Astrologie funktioniert, und woher der Gegensatz von Astrologie und Wissenschaft kommt.

Ich besuchte Philosophie-, Psychologie- und Soziologie-Seminare neben meinem Hauptstudium. Und lernte, zu verstehen, wie sich die Wissenschaft von der Antike bis zur Moderne entwickelt hat und wie dabei bestimmte Sphären des Seins ausgegrenzt wurden.

Gleichzeitig entdeckte ich die Bilder der Astrologie als kulturelles Erbe in Kunst und Kultur. Die Astrologie als ein therapeutisches Instrument half mir, mich selbst und andere Menschen besser zu verstehen. 1981 begann ich, in ersten Astrologie-Kursen am Bochumer IAG mein Wissen und meine Begeisterung weiterzugeben.

1986 beendete ich mein Studium als M.A. für Geschichte und Germanistik.

Während meiner Magisterarbeit über Rudolf Steiner lernte ich die Anthroposophen-Szene in Bochum kennen und arbeitete nach dem Studium fünf Jahre in der Praxis der Ärztin und Astrologin Dr. Olga von Ungern-Sternberg. Hier baute ich mir eine astrologische Beratungspraxis auf und begann, die Astromedizin zu erforschen.

In den Neunzigerjahren habe ich in verschiedenen Museen des Ruhrgebiets Ausstellungen und Veranstaltungen zur Industriekultur organisiert. Ein spannendes Jahrzehnt, denn nun begann der Umbau der ehemaligen Industrieanlagen des Reviers. Sie wurden in Museen oder Veranstaltungsorte umgewandelt, mit den beeindruckenden Kulissen der alten Hochöfen und Zechenanlagen.

Ende des letzten Jahrtausends fiel die Entscheidung, mich als Astrologin selbstständig zu machen. Seit 2001 arbeite ich hauptberuflich als Astrologin in Bochum, mit einigen Gastauftritten in Hamburg, Berlin oder Köln.

In Seminaren und Ausbildungsgruppen ist es mir ein Anliegen, die astrologischen Bilder zeitgemäß, anschaulich und lebendig zu vermitteln. Mein Blick auf die Astrologie bezieht Kunst und Philosophie von der Antike bis zur Moderne ein. Auch die Alltags- und Popkultur spielen eine wichtige Rolle. Das Leben ist bunt!

Thomas Künne/Monika Heer: Fabelhafte Astrologie
(ISBN 978-3-89997-231-3)
www.astrologos.de

Loretta Luchs

Ruhrpott-Krimödien mit

Glücksorte im Pott

jetzt auch
in Grün

Grüne Glücksorte
im
Ruhrgebiet

Geh raus &
blüh auf

DROSTE

Thomas Dörmann

ISBN 978-3-7700-2031-7 | 14,99 Euro